개들의 왕

하밀 퓨전 판타지 소설

개들의 왕 1

하밀 퓨전 판타지 소설

초판 1쇄 찍은 날 § 2006년 6월 9일
초판 1쇄 펴낸 날 § 2006년 6월 19일

지은이 § 하밀
펴낸이 § 서경석

편집장 § 문혜영
편집책임 § 심재영
편집 § 이재권 · 서지현

펴낸곳 § 도서출판 청어람
등록번호 § 제1081-1-89호
등록일자 § 1999. 5. 31
어람번호 § 제1-0712호

주소 § 경기도 부천시 원미구 심곡1동 350-1 남성B/D 3F (우) 420-011
전화 § 032-656-4452 팩스 § 032-656-4453
http://www.chungeoram.com
E-mail § eoram99@chollian.net

ISBN 89-251-0161-0 04810
ISBN 89-251-0160-2 (세트)

개들의 왕

하밀 퓨전 판타지 소설
Fantasy Frontier Spirit

1

오크 도시의 인간 선생

도서출판 청어람

CONTENTS

　스물한 살 김황운. 고교 시절 내내 평범한 성적과 평범한 학교생활을 해왔으나 게임 중독으로 인해 대학을 가지 못함.

　재수를 목적으로 서울 상경 후 자취 생활 중이나 공부는 적성에 안 맞는다는 이유로 현재 휴식 중.

　생계 유지 및 여가 생활을 위해 세 달 중 한 달은 아르바이트 생활, 나머지 두 달은 매일을 오늘처럼 지내고 있음. 고교 졸업 후 지금까지 같은 생활 중.

　"젠장……."

　황운은 천장을 바라보며 스스로를 되돌아봤다. 게임에서

의 그는 완벽한 영웅이며 존경받는 인물이지만 결국 게임은 게임일 뿐, 자신의 삶이 될 수 없었다.

일본은 인건비가 비싼 편이라 아르바이트 생활만 해도 그럭저럭 먹고살 수 있다고 한다. 굳이 무리해서 인생의 목표를 정할 필요 없이 그때그때 벌어서 먹고 놀기만 하는… 프리터라고 했나?

황운은 한때 그런 이야기를 듣고 '일본으로 건너가 볼까'라는 생각을 하기도 했다. 하지만 새로운 언어나 문화의 취득이라는 그런 과감한 목표를 노릴 만한 근성이 없었다.

곧 군대에 가게 되겠지만 나온 후에도 바뀔 것은 별로 없을 거라고 생각했다. 하고 싶은 일들은 많지만 무엇을 해도 쉽게 포기하는 그였다. 가끔 정신을 차리지만 이내 새로운 소설들과 영화, 신작 게임들을 보고 그것에 빠져들어 버리는 그의 모습은 비단 자신만의 것이 아니었다.

인터넷 속에서는 자신과 같은 수없이 많은 이들이 있었다. 그 때문일까, 황운은 언젠가부터 스스로의 이런 삶에 만족해하기 시작했다.

정체, 그는 정체 중이었다.

"후우……."

담배를 입에 물고 불을 붙인 그는 한숨과도 같은 연기를 내뿜었다. 가족은 그립지 않다, 자신이 게임을 시작하던 그때부터 충분히 서로에게 무관심한 관계로 되어갔으니까. 여자도 필요치 않다, 자신의 이런 삶에 방해가 될 것이고, 족쇄가 될 것이니까.

이런 자신의 삶을 좋아할 여자도 세상엔 없다. 외로움 역시 온라인 게임이나 인터넷을 통해서 해소시켜갔다. 다만,

"후우우……."

자신의 그 모든 행위들 뒤에 찾아오는 허무감, 그것을 견딜 수 없었다. 목표가 없는 삶은 얼핏 보면 편해 보이지만 그것만큼 위험한 것도 없다. 특히 영화를 보거나 소설을 읽으며 그는 그런 가상의 삶을 유난히 동경해 왔고 그때마다 거대한 파도의 우울증에 시달려야만 했다.

담배를 대충 비벼 끈 그는 오늘 빌려온 소설 중 한 권을 골라 침대에 누운 채 읽기 시작했다.

"또 이런 줄거리네. 먼치킨은 좋다 이거야. 그런데 갈등이나 고난 같은 것도 좀 있어야 할 거 아냐? 나라면……."

방금 전까지 했던 고민들은 모두 담배 연기와 함께 사라져 버렸다. 다시 새로운 것에 빠져들기 시작한 그의 뇌에 더 이상 우울한 녀석들은 남아 있지 않았다. 그런 망각들이 지금의 그를 유지하게 했다.

혼자 살다 보니 집에선 마치 누군가와 이야기하듯 큰 소리로 혼잣말을 내뱉는 게 버릇이 되었다. 그는 계속 신랄한 비판을 이어나갔다.

"어이구, 깽판이 따로 없구만."

분명 졸릴 법도 한데 책에 빠져든 그는 잠들 줄 모르고 계속 책을 읽어나갔다. 그는 결국 빌려온 책을 모두 읽고 나서야 잘 생각을 하게 되었고, 시계를 보자 아침 9시를 가리키고 있었다.

"오늘은 밤이나 되어야 PC방에 가겠는걸. 후아… 이제 그만 잘까."

그가 기지개를 펴는데 갑자기 쿵쿵거리며 문이 울리는 소리가 들려왔다. 황운은 고개를 갸우뚱거리며 자신의 집인지 곰곰이 생각해 봤다.

"뭐야, 우리 집인가?"

황운이 멍하니 있자, 그런 모습을 알기라도 하듯 다시 문을 두들기는 소리가 들려왔다. 황운은 졸린 눈을 비비며 문을 열었다.

"무슨 일로… 헉?"

"안녕하세요. 김황운 씨, 인생재활 복지공단에서 나왔습니다."

열린 문틈 사이로 보이는 사람은 상당한 미모의 여성이었다. 깔끔한 정장과 손에 들고 있는 많은 서류들이 그녀가 딱딱한 사무직에서 종사하고 있음을 알려주는 듯했다.

"저… 저는 보험 같은 거 필요없는데요."

무엇보다 그가 신경 쓰이는 부분은 현재 속옷밖에 입고 있지 않다는 것이고, 그녀의 시선이 자신의 벗은 몸을 태연하게 바라보고 있다는 것이다.

"전혀 관계없는 이야기입니다. 일단 들어가서 이야기 좀 할까요?"

"아, 아니 그건, 보통 집주인이 하는 멘트인데……."

그녀가 문을 세차게 열자 황운은 그것을 막을 생각도 하지 못한 채 방으로 뛰어들어 가 입을 옷을 찾기 시작했다. 그녀는 미소를 지으며 천천히 집 안으로 들어왔다.

잠시 후, 빠르고 민첩하게 청소를 마친 황운은 접대용이라고 하기엔 조금 민망한 밥상에 사이다 두 잔을 올려놓고 그녀의 맞은편에 앉았다.

"그래, 무슨 일로 오셨는지 들어볼까요?"

아무리 예뻐도 그림의 떡이다. 소개팅도 아니고 이런 모습까지 보여준 마당에 공단 직원을 꼬셔서 무엇 하랴. 황운은 이야기를 빨리 끝내야겠다고 생각했다. 그는 서른 시간이 넘도록 잠들지 못해 여간 피곤한 것이 아니었다.

"인생재활 복지공단은 이름 그대로 재활이 필요한 낙오된 인생을 살고 있는 사람들에게 새로운 기회를 제공해 주는 곳입니다. 특성상 기밀이 많기 때문에 대외적으로 알려져 있지 않지요. 이렇게 황운 씨에게 제가 찾아오게 된 것은 황운 씨가 그런 낙오자들 중에서도 가장 적합한 조건과 환경을 갖추고 있기 때문이에요."

"나, 낙오자요?"

"예."

태연한 표정으로 이야기를 하고 있다. 황운은 당황해서 말도 한마디 못했지만 이것이야말로 자신이 낙오자라는 것을 증명하는 반응 아닌가. 반박할 수 없는 묘한 상황에서 그는 모욕감과 민망함을 동시에 느껴야 했다.

과연 나는 국가적으로 인정받은 낙오자였군. 그는 그런 생각을 하며 씁쓸한 미소를 지어 보였다.

"그렇군요. 뭐, 나라에서 일자리라도 주실 생각인가요?"

"이민의 기회를 제공해 드릴 것입니다."

"이민?"

그녀는 환한 미소를 지으며 몇 가지의 서류를 펼쳐 보였다. 황운이 자세히 바라보자 '이 땅에서 이룰 수 없는 꿈, 저 천국으로 가보자!' 라는 어이없는 광고 문구와 함께 몇 가지의 내용이 빽빽하게 적혀 있었다.

"우리는 황운 씨 같은 분들을 대상자로 지정하여 면밀히 관찰한 뒤, 최종적으로 '차원 부적응자' 라는 검진을 내립니다. 그리고 다른 차원으로 이민을 시켜 드리는 거죠."

"차원이요?"

이건 또 무슨 복날에 개 패는 소리인가. 황운은 상대방의 정신이 과연 멀쩡한지 눈알을 굴리며 살펴봤다. 적어도 겉보기에는 멀쩡하다.

"본인이 원하실 만한 환경의 차원으로 보내 드리는 것이기 때문에 적응하긴 더욱 쉬울 거예요. 물론 당장 겪게 될 많은 일들이 현실에서 일반인들이 알고 있는 상식으로 이해할 수 있는 것들이 별로 없어요. 그래선지 당황하시더라고요."

"예, 충분히 당황스럽습니다."

"후훗, 이거 적응 못하시면 수준 미달로 탈락하게 되고 기억까지 지워 버리니까 미리 알려 드리는 거예요. 맨인블랙이나 X—File 같은 영화 보셨죠? 실제로 다 존재하는 것들이라고 생각하시면 돼요. 이거 못 믿어주시면 바로 기억 삭제 들어갈 거예요."

"아뇨. 믿어요!'

정말 믿을 리가 있나. 항운은 이 여자를 본격적으로 정신 이상자로 분류할 것인지 고민해야 했다. 갑자기 현실을 소설로 만들어 버리다니… 황운은 믿지 않는다고 하면 그녀가 무슨 짓을 할지 몰라 일단 맞장구를 쳐주기로 했다.

"못 믿는 기색이 역력하네요. 더 이야기해도 소용없겠군요."

"아니, 그게 아니라… 믿고 싶은데 그렇게 쉬운 이야기가 아니잖아요? 믿게끔 해주세요. 믿고 싶어요."

황운은 최대한 솔직하게 자신의 입장을 피력했다. 하지만 그녀는 여전히 사무적인 목소리로 이야기했다.

"이런 것도 테스트의 일종이라고 해두지요. 약도와 간단한 팸플릿을 드릴 테니 이번 수요일 저녁 10시까지 공단으로 나오세요. 안 나오시면 거부로 간주하고 기억 삭제 작업에 들어가겠습니다. 조사에 의하면 가족들과 전혀 교류가 없으시더군요. 친구들도 없고, 사귀는 분도 없지요? 신변 정리는 어렵지 않겠어요."

"……."

아무리 직업 정신이라고 해도 너무 무덤덤하게 상처를 주는 말을 하는 거 아냐? 황운은 조사 결과를 들으며 가슴을 오른손으로 움켜잡았다. 그의 일그러진 표정에 반해, 그녀는 여전히 화사한 미소로 화답했다. 이윽고 그녀는 자리에서 일어나며 말했다.

"아마 오시게 되면 간단한 절차 후 바로 이민국으로 넘어가게 될 겁니다. 복장이니 경비니 하는 것들 전부 나라에서 부담하니 몸만 오시면 되겠네요. 작성하실 서류가 많으니까 등본이랑 도장을 지참하시구요. 공간 이동기 관리하시는 기술자 분들은 이물질 같은 것들을 제일 싫어하시니까 당일 낮에 꼭 깨끗이 씻고 오세요."

"네, 네."

더 이야기가 길어지면 골치 아파진다. 일단 그에게는 자는 것이 중요했다. 황운은 서둘러 문을 열고 친절한 미소를 지으며 그녀에게 말을 건넸다.

"이번 주 수요일에 뵙겠습니다."

"친절하시네요. 그럼 안녕히 계세요."

황운이 문을 닫은 후에도 그녀의 구두 굽이 울리는 소리가 들렸다. 그 소리가 점점 멀어지자 그제야 황운은 그녀가 떠난 것을 실감할 수 있었다. 꽤나 놀랍고 믿을 수 없는 일들이 지나갔지만 그에겐 그것의 진실 여부를 판별하는 것보다 더 중요한 일이 있다.

　황운은 쏟아지는 잠을 더 이상 이겨내지 못하고 침대 위로 몸을 내던졌다.

Chapter 1

스물한 살 대한남아의 차원 이민

Chapter 1

"아뜨뜨!"

황운은 프라이팬에 올려두었던 토스트를 입에 문 채 컴퓨터 앞에 앉았다. 자정이 되어서야 기상한 그의 현재 모습은 완벽한 아침의 모양이었다. 평소와 다름없이 능숙하게 마우스를 잡아챈 손이 첫 번째 클릭을 하기 직전, 황운은 갑자기 고개를 돌려 밥상을 바라봤다.

"꿈이 아니었어! 악!"

무릎 위에 떨어진 토스트의 화끈함과 함께 그의 사고도 정상적으로 움식이기 시작했다. 밥상 위에 놓인 팸플릿은 아침의 사건을 현실화시켜 주는 좋은 아이템이었다. 그는 팸플릿을 집어 들곤 읽기 시작했다.

짧게 줄이자면, 정말로 말도 안 되는 내용이었다. 어제 들었던 내용이 문서로 남아 있으니 더욱 어이가 없을 만했다. 문제는 그 어이없는 내용에 비해 팸플릿의 모양새가 꽤나 신빙성을 가지고 있었고, 팸플릿의 한가운데 대한민국정부의 로고가 커다랗게 찍혀 있다는 것이었다.

황운은 결국 거짓말이라 해도 하룻밤 정도의 투자는 속는 셈치고 할 수 있겠다는 결론에 도달했다.

"그래, 뭐… 딱히 할 일이 있던 것도 아니었고 말이지. 혹 사실이라면 얼마나 좋아?"

그렇게 스스로의 불안감을 줄이기 위해 삼던 위안은 점점 자기 최면이 되어갔다. 황운은 어느새 막연한 기대감과 상상력을 발휘하기 시작했다.

"내가 실제로 소설의 주인공이 될 수도 있단 말이지. 아뵤옷! 춉! 춉!"

잔뜩 때가 낀 전신 거울 앞에서 이소룡의 포즈도 잡아보고, 소설책을 뒤지며 차원 이동에 관한 주의 사항을 찾아보기도 하는 그의 모습은 영락없는 소년이었다.

"아, 정말 사실이면 좋겠다."

물론 믿기 힘든 사실이었지만 애초에 진지한 사고를 하는 편이 아니었기에 진실 여부보다 현재의 게임을 즐기기 시작한 것이랄까. 그는 평소 많은 생각을 하긴 했지만 깊은 생각을 하는 건 아니었다.

황운은 이왕 즐기기 시작한 거 남은 돈을 긁어모아 근사한 저녁을 먹어보기로 했다.

"뭘 먹어볼까. 탕수육? 스테이크? 패밀리 레스토랑?"

황운은 혼잣말을 중얼거리다 곧 절망에 빠졌다. 혼자서 하는 외식은 죽었다 깨나도 싫었다. 그렇다고 이 우중충한 집에서 먹자니 그것도 싫다. 이내 한 가지 생각을 떠올린 그는 환호성을 지르며 집 밖으로 뛰어나갔다.

"좋아, 가는 거야!"

도착한 곳은 집 앞 편의점. 목에 힘을 잔뜩 주고 입장한 그는 평소에 가까이 하지도 않았던 냉동식품 코너로 향했다. 그의 꽤나 어실스러운 동작을 본 아르바이트생은 의아한 표정을 지으며 그의 행동에 관심을 가지기 시작했다.

시선을 느낀 황운, 한 명의 관객 정도는 있어도 좋을 오늘이었다.

"이민 축하합니다. 이민 축하합니다. 사랑하는 우리 황운이, 이민 축하합니다."

자신이 직접 개사한 '해피 이민데이 투 미'를 흥얼거리며 냉동식품을 한가득 고르기 시작한 황운. 식품 코너에서 비싼 족발도 하나 집어 들고, 주류 코너에서 좀 가격있어 보이는 포도주도 한 병 꺼내 들었다.

결국 두 손으로도 모자라 계산대에 놓고 다시 몇 가지를 집어 온다. 5인분은 족히 넘을 양이었다.

"저기… 영수증 필요하세요?"

"예? 아뇨. 괜찮아요."

시원한 표정으로 계산을 마친 황운은 음식들을 들고 전자레인지 앞으로 향했다. 그는 음식을 하나씩 넣고 돌리다 손이 부족하다 느꼈는지 구경만 하고 있던 아르바이트생을 향해 말했다.

"손님도 없는데 좀 도와줘요."

"…아? 아, 예. 갈게요."

지나가는 이 아무도 없는 평일 새벽 작은 편의점, 두 명의 남녀는 전자레인지에 각종 식품들을 데우고 있었다. 황운은 바쁜 이들이 서서 간단하게 요기를 하는 테이블에 데워진 음식을 올려놓았다.

그는 음식 배치에 한껏 신경 쓰면서 바쁘게 움직이고, 그것을 바라보는 아르바이트생은 그저 어이가 없을 뿐이었다.

'설마 여기서 혼자 먹겠다는 생각일까.'

"도와줘서 고마워요."

"아뇨. 그렇게 어려운 일도……."

아르바이트생은 말끝을 흐리며 계산대로 돌아갔다. 어느새 테이블 위는 굉장히 많은 양의 음식들로 채워져 있었다. 황운은 뿌듯한 표정으로 테이블을 바라봤다.

"이 정도면 훌륭해. 멋지다."

누군가는 소박하다 할지 모르겠지만 막연하게나마 꼭 해보고 싶던 일이었다. 편의점에서의 사치. 그동안 쌓인 것이 많았던 탓일까. 그에게는 뒷일보다도 현재의 상황이 너무나 마음에 들었다.

그는 목을 가다듬은 뒤 아무도 없는 창밖을 바라보며 말을 시작했다.

"흠, 흠. 오늘 밤 이 자리에 김황운이 있다. 낳아주신 부모님이 멀쩡하게 살아 계시고, 함께 지내온 친구들도 있다. 하지만 지금 난 하늘 아래 혼자다. 나는 외롭다. 나는 항상 스스로를 위로하고, 나는 항상 스스로에게만 인정받는다. 지금의 내 존재는 그렇다."

'미친 것일까.'

새벽 편의점 아르바이트생이 만나는 사람들이란 멀쩡한 이보다는 그렇지 않은 이들이 많다, 멀쩡한 사람들은 다 잠들어 있으니까.

그녀의 눈에는 그렇게 정신이 나갔거나 술에 취한 것 같지는 않아 보이는데 분명 평범한 사람이 할 짓은 아니었다.

'하지만 외로워 보여.'

일 년 동안 거의 매일 봐온 단골손님이기 때문일까. 그녀는 걱정이 되기보단 관심이 가기 시작했다.

"나는 정체하는 청년. 나는 현실에 안주하는 청년. 매일 컴퓨터에 빠져 살고, 게임에 빠져 살고, 수많은 환상 속에 사로

잡힌 채, 그저 현실로부터 도망치고 있는 폐인. 나는 허무함으로부터 벗어나기보단 쾌락을 좇기를 선택한 패배자. 나는 패배자. 꿈은 많지만 능력은 없는 패배자. 나라가 공인한 부적응자. 지금의 내 존재는 그렇다."

말하는 그의 목소리 끝이 조금씩 젖어 들어가기 시작했다. 그는 이따금 차들이 지나가는 창밖 도로를 바라보며 말을 멈췄다. 잠시 스스로 한 말을 되새기는 것일까. 아니면 말 그대로 감정에 겨워서?

그를 바라보던 아르바이트생은 다른 것은 잘 몰라도 그가 가지고 있는 그 외로움이라는 것이 뼈에 사무치게 와 닿았다. 그녀에게도 자신의 삶이 있고 외로움이 있다.

철저하게 공감하는 그녀의 감성은 마치 한 편의 영화를 보는 듯 그의 말과 행동을 주시하게 했다.

"바꿀 생각조차도 하지 못했다. 바꾸고 싶다는 생각도 없었다. 그냥 하루하루 살면 그만이었다. 하지만 이 자리, 바로 이 마지막 만찬에서 내가 바라는 것은… 부디 꿈만 같은 기회가 내게 현실로 주어지길. 그리고 만약에, 정말 만약에 그렇게 이루어진다면 지금과는 다른 내가 되길. 나라는 녀석이 정말 쓰레기라서가 아니라, 태어날 세계를 잘못 찾은 미운 오리 새끼이길."

그에게 확신이란 없었다. 하지만 지금 황운은 만족스러웠다. 다른 차원으로의 이민이라는 것이 사실일 확률이 극히 낮은 것이었지만, 만약 사실이 아니라 하더라도 이미 자신에게 충분한 변화의 계기가 생긴 것이었다.

"나를 위해, 나에게."

인정하진 못했지만 이미 그의 삶은 그 스스로에게 충분한 패배감을 주고 있었다. 곧 다시 잊고 원래대로의 삶으로 돌아갈지라도 황운에게 지금의 시간은 충분히 의미가 있었다.

그는 종이컵에 포도주를 따랐다. 아마도 처음 마셔보는 것이리라. 그는 종이컵을 들어올리며 유리창에 비친 자신을 향해 말했다.

"건배."

황운은 굳은 표정으로 종이컵을 비웠고, 그것을 바라보던 아르바이트생은 아랫입술을 강하게 물었다.

그 이후로 그 많은 음식들을 황운이 처리하는 동안 아르바이트생은 표정의 변화 없이 그것을 지켜봤다.

"지켜봐 줘서 고마워요. 봐주는 사람이 있어서 다행이었습니다."

만찬을 마친 황운은 그녀의 대답을 기다리지 않은 채, 카운터 위에 포도주가 가득 채워진 종이컵 하나를 올려놓고 나갔다. 황운은 기분이 너무 좋았다. 배도 부르고, 머릿속도 시원했다.

하지만 차가운 새벽바람 탓일까. 그의 머릿속에 현실적인 문제들이 떠오르기 시작했다.

"낭패다!"

지갑은 텅 비었건만 아직 약속한 날짜까진 시간이 많이 남아 있었다. PC방도 갈 수 없고, 담배도 더 이상 살 수 없었다. 무엇보다 밥값이 없다는 사실은 엄청난 치명타였다. 그런데 만약 그 여자에게 낚인 것이라면 그것이야말로 더 큰일일 텐데, 황운은 그 모든 사실을 잠시 잊기로 했다.

"으하핫, 내일 생각합시다!"

봄이라고 하지만 도시의 밤은 여전히 춥기만 했다. 정말 편한 복장으로 나왔던 황운은 자신의 옷깃을 여미며 발걸음을 재촉했다. 그의 예상과 달리 공단은 꽤나 북적거리는 곳에 자리 잡고 있었다.

번화가 한가운데 세워져 있는 고층 빌딩, 목적지에 다다른 그는 더 이상 지체하지 않고 안으로 들어갔다.

"어떻게 오셨습니까?"

"인생재활 복지공단에 가려고 하는데요."

꽤나 나이있어 보이는 얼굴에도 불구하고 좋은 체격을 가지고 있던 경비원이 황운에게 말을 걸었다. 전혀 비밀스러워 보이지 않는 장소다. 하지만 이상하게도 넓은 라운지 안에 존재하는 사람은 오직 황운과 그 경비원뿐이었다.

자신의 차트를 살펴보며 무언가를 찾던 경비원은 차트에서 시선을 떼지 않은 채 황운에게 말을 건넸다.

"김황운 씨… 가 맞는지요?"

"예, 제가 김황운입니다."

"오른쪽 통로를 따라 들어가다 보면 복지공단의 팻말이 붙어 있는 엘리베이터가 있을 겁니다. 그걸 타시면 돼요. 절대 다른 문이나 엘리베이터를 만지지 마세요."

"예, 예. 감사합니다."

건성으로 대답한 황운은 통로를 따라 들어갔다. 타원형으로 뻗어 있는 복도의 좌우에는 일정 간격으로 많은 문들과 팻말이 붙어 있었다. 팻말들을 확인하며 앞으로 걸어가던 황운은 무언가 이상한 것을 느꼈다.

"문들이 전부… 엘리베이터처럼 생겼네?"

황운이 자세히 살펴보자 모든 문들이 엘리베이터로 이루어져 있었다. 그러고 보니 라운지에서도 계단같이 생긴 것은 한 개도 볼 수 없었다.

"모든 층에 전용 엘리베이터가 있는 거야?"

일반적으로 상상하기 어려운 구조였지만 그의 말은 사실이었다. 그는 계속 팻말을 확인해 가며 곧 복지공단으로 향하는 엘리베이터를 찾아냈다. 문 왼편에 여러 버튼과 인식 시스템이 있었지만 처음 오는 그로선 도대체 뭘 눌러야 할지 알 수 없었다.

이내 호출 버튼을 발견한 그는 그것을 누른 뒤 반응을 기다렸다.

"어떻게 오셨습니까?"

"예, 저 김황운이라고 하는데요."

그의 대답이 끝난 후 한참 동안 반응이 없었다. 난감해진 황운은 자신의 말에 실수가 있는지 되새겨 봤다. 그의 고민이 꽤나 오래 지속되고 있을 즈음 다시 문 위편에서 목소리가 들려왔다.

"기다리게 해서 죄송합니다. 탑승하세요."

"죄송한 목소리가 아닌데."

황운은 혼잣말로 투덜거리며 열린 문으로 들어갔다. 역시 엘리베이터다. 다만 층수를 누르는 버튼 같은 것들은 보이지도 않았고 자신이 알 수 없는 장치들이 대신 자리 잡고 있었다.

기이잉.

기계음을 내며 문이 닫힌 엘리베이터는 곧 빠른 속도로 올라가기 시작했다. 얼마 지나지 않아 상승이 멈추고 문이 열리자 그의 눈앞에 넓은 홀이 나타났다.

"오셨군요. 저는 구면이지요? 제가 안내해 드릴게요."

그를 향해 누군가 말을 건넸지만 황운은 앞에 펼쳐진 정경에 정신이 팔려 있었다. 황운은 눈을 동그랗게 뜨며 주위를 둘러봤다.

홀에는 수많은 책상들과 컴퓨터들이 놓아져 있었고 밤 10시가 넘는 시간이었지만 많은 사람들이 바쁘게 움직이고 있었다. 특히 정면에 보이는 거대한 스크린에는 세계지도의 모습과 어마어마한 데이터들이 움직이고 있어 비밀 기지라는 느낌을 주기에 충분했다.

"멋있는데!"

"저… 황운 씨?"

황운은 그제야 고개를 돌려 자신에게 말을 걸었던 상대를 바라봤다. 그가 알고 있는 얼굴이었다.

"어? 안녕하세요. 또 뵙네요."

각진 뿔테를 쓰고 있어 누군지 몰라봤던 그녀는 바로 황운의 집에 찾아왔었던 직원이었다. 다시 한 번 안내의 말을 전한 그녀는 황운의 앞에 앞장서서 그를 어디론가 안내했다.

그녀는 인파와 서류 더미들을 능숙하게 피해가며 황운에게 말하기 시작했다.

"다른 차원으로 가기 위해선 약 80개의 국내 및 국제 행정 절차를 거쳐야 합니다. 그동안 적어야 할 서류도 엄청나게 많지요. 보통은 반년 정도 걸리지만 공단에 위임하신다면 지금 바로 출발하실 수 있구요. 도착한 차원 이민소에서 짧은 절차를 거친 뒤 자세한 설명을 듣게 될 거예요. 괜찮으시지요?"

"네, 네."

황운은 뒤에서 따라가고 있었기에 그녀의 눈이 빛나는 것을 발견할 수 없었다. 그는 처음부터 강제적인 통지에 가까웠던 절차에 의문이 있기도 했다. 하지만 아무것도 모르는 그가 반박할 수 있는 내용이란 애초부터 없었다. 다만 80개의 서류와 반년의 절차라면 그 누구도 위임할 수밖에 없을 거라는 막연한 생각을 했을 뿐.

"자, 이 녀석이 차원 이동기예요. 안에 있는 직원에게 설명을 들으세요. 전 이만 가볼게요."

"아, 예. 감사합니다."

"뭘요. 이게 제 업무인걸요. 행복하시길 빌게요."

가볍게 고개를 숙여 인사를 한 그녀는 왔던 길로 되돌아가기 시작했다. 황운은 자신의 앞에 나타난 거대한 기계의 위용에 놀라 그녀를 신경 쓸 틈도 없었다. 마치 기계로 만들어진 탑과 같았다.

그곳으로 들어갈 수 있는 유리문을 발견한 황운은 주저함 없이 문을 열고 들어갔다.

"이리 오세요. 김황운 씨 맞죠?"

"예."

"목욕은 하고 오셨어요?"

겉만 깨끗한 게 아니라 속도 깨끗했다. 그는 며칠 동안 제대로 된 음식을 먹지 못했다.

"예."

황운을 위아래로 훑어보던 직원은 서류를 한 장 내밀었다.

"등본 주시구요, 여기에 도장 찍으세요. 그리고 둘 다 놓고 가셔야 합니다."

"이 서류는 뭐예요?"

"차원 공용어로 되어 있는 서류라서 못 읽으실 거예요. 이동 중 생길 수 있는 각종 위험이나 사고에 대한 각서 같은 거예요."

소름 끼치는데. 역시 아무것도 모르는 쪽이 더 편하다. 비행기를 타기 전 비행기의 자세한 작동 원리나 위험성에 대해서 알아봤자 무엇 하겠는가. 그냥 동네 마을버스 타듯 이용하는 것이 이래저래 편했다.

모든 절차가 귀찮았던 황운은 더 이상 묻지 않고 도장을 찍었다.

"여기 보이는 의자에 앉으세요. 신장할 것 없으니까요. 그냥 사진 찍듯이 '팟~' 하는 순간에 끝날 테니 걱정 마세요."

"예……."

황운은 직원의 책상 옆에 있는 의자에 앉았다. 사방의 벽과 천장에는 각종 기계 장치가 가득했지만 그와 전혀 무관하게 생긴 어디서나 볼 수 있는 평범한 식당 의자였다.

그가 그곳에 앉자 직원은 책상 위에 있던 리모컨을 들어 버튼을 눌렀다.

"수고하셨습니다. 좋은 여행 되세요."

그가 직원이 말에 대답하기 위해 고개를 돌린 순간 마치 강한 플래시가 터지듯 그의 눈앞에 하얀 빛이 가득 찼다. 그리고 황운이 고개를 흔들며 눈을 깜박이자 금세 새로운 풍경이 나타나기 시작했다.

그의 주위에는 그가 앉아 있는 것과 같은 수백, 수천 개의 식당 의자들이 깔려 있었다. 개중에는 사람이 앉아 있기도 했고 전혀 알아볼 수 없는 생물체가 보이기도 했다.

그것은 마치 영화에서 보던 외계인과 같은 모습이었다.

"이게… 뭐야?!"

"뿌으으으으으으으읏, 찌이이이이잇. 쮜이이이이잇?"

그가 자리에서 일어나자 알 수 없는 목소리가 자신의 발밑에서 들려왔다. 그가 밑을 바라보자 황운의 무릎 정도 오는 높이의 쥐─사람이 서 있었다.

쥐의 머리를 하고 있는 그 사람은 날카롭게 생긴 침을 황운의 허벅지에 박았다.

"악!"

놀랄 틈도 없이 그의 귀로 새로운 목소리가 들려오기 시작했다.

"4번 행성의 한국에서 오셨군요. 이곳은 은하계 이민소입니다. 적응할 시간을 준비해 드리진 않습니다. 따라오세요. 어서요!"

쥐─사람은 황운의 바짓단을 붙잡고 어디론가 가기 시작했다. 지금부터 일어나는 모든 현실을 받아들이기로 작정한 황운은 얼굴에 잔뜩 힘을 주고 쥐─사람의 뒤를 따랐다.

마치 헐리우드의 특급 SF 영화 같은 주변 경광에 시선을 빼

앗길 틈도 없었다. 이윽고 황운과 쥐—사람이 도착한 곳은 작은 사무실이었다.

"앉아요, 앉아. 4번 행성이 한 바퀴 자전하는 시간 동안 나는 수백 명을 이민 보냈습니다. 나의 원활한 업무 성과를 당신이 방해하지 않길 바랍니다. 앉으라니까."

그의 재촉에 질린 황운이 서둘러 책상 앞에 있는 의자에 앉자 쥐—사람은 맞은편의 자리에 앉았다(라기보다는 올라갔다는 표현이 맞겠다). 그는 많은 서류들을 황운에 앞에 펼쳐 놓으며 말했다.

"대부분의 권한이 정부에 넘어가 있군요. 불쌍한 사람, 당신은 넘어갈 차원의 고급 자원과 맞거래 되는 겁니다. 아마 모르고 있었겠지요. 정부는 당신을 다른 차원에 넘기는 대신 그에 상응하는 대가를 취하게 될 겁니다."

"……."

"뭐 당신이 해당 차원에 넘어가서 누구의 소유가 되는 것은 아니고, 몇 가지의 수칙을 지켜주시면 됩니다. 하지만 해당 차원에서 요구하는 것들을 어기거나 만족스러운 결과가 나오지 못한다면 최악의 경우 당신은 차원과 차원 사이에 있는 아공간에 버려지게 될 겁니다."

"네, 네."

"참고로 이 은하계 이민소도 9번 행성 뒤쪽에 자리 잡고 있는 아공간 속에 있어요. 이해가 되시나요? 4번 행성인들은 다른 행성인들보다 머리가 나쁜 편이라 최대한 쉽게 설명했어요."

황운은 정신없는 그의 말들 속에서 몇 가지 정보를 얻을 수 있었다. 아무리 정부라고 해도 공짜 이민을 쉽게 보내줄 리 없었다. 자신이 거래 물품이라는 것은 좀 기분 나쁘지만 그 흑심을 알고 나니 되레 마음이 편했다.

그런데 아공간이라니? 죽어서 썩지도 못하는 그런 우주의 쓰레기 같은 것이 되는 걸까.

"그런데……."

"당신의 질문을 받아줄 생각은 없어요, 나는 바쁘니까. 자, 보자. 지금 당신이 갈 차원이 정해졌습니다. 나의 직감과 선택은 항상 최선의 것을 고르지요. 자, 이 서류를 들고 어서 옆에 있는 사무실로 가요. 그 친구가 더 자세한 것들을 설명해 줄 수 있을 겁니다. 빨리!"

성격이 엄청 급한 사람… 아니, 쥐네. 그는 충분히 노련했다. 서류를 건네받은 황운이 자리에서 일어나자 바로 몇 가지 서류를 들고 다시 밖으로 뛰어나갔다.

"당신도 어서 가세요. 빨리!"

황운은 그의 뒤통수를 향해 주먹을 쥐어 보였다. 그는 투덜거리며 쥐—사람이 알려준 옆 사무실로 향했다.

노크한 뒤 사무실 문을 열자 그곳에는 금발의 미인이 앉아 있었다.

"아하하, 안녕하세요?"

뭔가 더 신기한 사람을 기대했던 황운이었으나 금발의 미인도 충분히 좋았다.

"자리에 앉으세요."

딱딱한 그녀의 어투에 황운의 기대감은 산산조각나 버렸다. 그는 자리에 앉아 자신이 가지고 온 서류를 그녀에게 보여줬다.

"4번 행성, 대한민국. 갈 곳은, 음… 설명해 봤자 잘 모르겠군요. 좋은 곳입니다."

"좋아요? 어떤 것이?"

"4번 행성에서 차원 이민을 하는 대부분의 사람들이 가는 곳입니다. 라나파즈리라는 행성인데, 4번 행성의 수십 배 정도 되는 크기입니다. 4번 행성과 비슷한 환경에 비슷한 문화를 가지고 있습니다. 도착하게 되면 차원 적응 기간 동안 도우미가 적응을 도와드리게 될 거예요. 자세한 건 그분에게 물어보세요."

황운은 오늘 만난 사람들의 공통점을 한 가지 발견할 수 있었다. 항상 설명은 다음 사람에게 미룬다는 것이었다. 한마디 잔소리라도 해주고 싶었지만 어차피 두 번 다시 못 볼 사람들… 과 쥐가 아닌가.

그는 겸허한 마음으로 작은 미소를 지어 보였다.

"그럼 이제 제가 어떻게 하면 되지요?"

"가시면 됩니다. 눈을 감으세요."

"이렇게?"

그가 눈을 감자마자 둔탁한 충격이 뒤통수에 느껴졌다. 황운은 정신을 잃어가면서도 한 가지 생각을 버릴 수 없었다.

'잊지 않겠다.'

Chapter 2

차 원 적 응 훈 련 소

"배가 고프진 않으세요?"

"그러고 보니 좀 고픈데?"

황운은 자신의 배를 만져 봤다. 도대체 몇 끼를 거른 것인지 기억조차 나지 않는다.

"제가 식사를 미리 준비했습니다."

"음… 그래?"

햇살이 황운의 뒤를 좇는 듯 유난히 환하게 내리쬐었다. 무슨 일일까. 분명히 사신은 정신을 잃었는데, 정신을 차려보니 어떤 남자와 걷고 있다. 회색 벽돌로 만들어진 몇 개의 건물과 아름다운 정원, 그리고 푸른 잠옷을 입은 자신. 잠옷?

"이봐, 다른 건 다 이해하겠는데 이 옷은 뭐야? 그리고 난 왜 처음 보는 당신한테 반말이지?"

"차원 이동을 하신 분들이 직접 복장을 선택하실 수 있긴 하지만 일단 최대한 편한 옷으로 준비해 드린 겁니다. 초면에 반말을 하는 것은 저한테 물어볼 게 아니지 않나요?"

할 말이 없었다. 너무나도 편안한 분위기 때문인지 자신도 모르게 반말을 하고 있었던 것이다. 그걸 듣고 있는 사람한테 왜냐고 물어보는 스스로가 웃기기만 했다.

그들이 도착한 정원에는 미리 준비된 음식과 테이블이 있었다. 그와 마주 앉은 황운은 음식을 들기 시작하며 여러 가지를 그에게 물어보기 시작했다.

"당신이 차원 적응 도우미야… 요?"

"예. 이름은 메르부라고 합니다. 메르부 힐리안."

자신을 소개하며 금발의 긴 머리를 쓸어 올린 남자는 황운이 보기에도 무척이나 미남이었다. 그의 목소리도 얼굴만큼이나 호감형이었지만 어딘가 이상했다.

"그런데 왜 난 메르부 씨 목소리가 귀로 들리는 게 아니라 머릿속에서 울리는 거죠?"

"오른쪽 허벅지를 보세요."

황운이 오른쪽 다리의 이질감이 느껴지는 곳을 보자 쥐— 사람이 꽂았던 칩이 보였다. 이미 피부에 단단하게 고정되어 버려서 마치 몸의 일부처럼 보였다.

그가 다시 메르부를 바라보자 메르부는 왼쪽 손등을 들어 자신의 칩을 보여줬다. 역시 같은 모양이었다.

"차원 이동자들과 직원들에게 지급되는 '커뮤니티 칩'입니다. 이렇게 대화가 가능하지요. 물론 생각의 전달도 가능합니다만 익숙하지 않으시니 계속 자신이 사용하던 언어를 입으로 이야기하고 계신 거예요."

"오오, 편리하네. 그럼 다른 사람들의 말을 알아듣는 것도 가능한 겁니까?"

"불가능합니다. 칩을 꽂고 있는 사람끼리만 가능합니다. 모든 차원 이동자들은 이 칩을 가지고 있습니다. 이는 커뮤니티 기능 외에도 통제, 관리 등을 가능하게 합니다."

자신이 어디서 뭘 하던 알 수 있다는 이야기일까. 황운은 고개를 설레설레 저었다.

"그건 좀 싫은데……."

식사를 마친 그들은 상당히 오랜 시간 동안 대화를 나눴다. 물론 황운은 주로 질문을 하고 메르부는 설명을 해주는 식이었다.

"호오, 그러니까 검이니 마법이니 하는 것들이 이 세계의 주축을 이루고 있다는 거네요?"

"실제로 대부분의 차원 이동자들은 평범한 삶을 살기보단 모험자나 영웅으로서의 삶을 가지고 싶어하지요. 하지만 몇 가지 반드시 지켜야 할 것들이 있습니다. 이는 모든 차원 이동자들에게 적용되는 법칙입니다."

"어떤 건데요?"

메르부가 알려주는 법칙은 다음과 같았다.

첫째, 차원 이동에 관한 모든 것을 언급하지 말 것. 같은 차원에서 온 사람들끼리는 서로를 식별하는 것이 가능하지만 직원이나 같은 차원 이동자 외의 다른 누군가에게 자신의 고향을 밝히는 것은 절대 금지.

둘째, 자신이 살고 있던 차원으로 돌아가기 위해선 강력한 에너지원과 오랜 준비 기간이 필요하다. 적응에 실패한 차원 이동자들이 자신의 고향으로 돌아가기 위해서 노력했지만 최근 백여 년 동안 단 한 명도 성공한 사람이 없었다.

셋째, 섣부른 죽음을 부르지 말 것. 이 차원의 지배자들에게 인정받지 못한 존재가 죽을 경우 일반적인 경로를 거치게 되는 것이 아니라 차원과 차원 사이의 아공간으로 가게 된다. 이 차원의 절대적 존재들에게 인정받지 않으면 사후 생활이 참으로 암담한 것이었다.

"음, 뭐 멋진 아티팩트나 전설의 무기 같은 건 없나요? 무공비급 같은 것도 좋은데."

"대부분의 차원 이동자들이 그런 쉬운 코스를 원하지요. 실제로 드래곤은 모든 차원 이동자들의 친구라며 드래곤의 레어로 뛰어들어 갔던 분도 있습니다."

"그래요? 나도 그 생각을 하고 있었는데, 우리의 친구 드래곤."

수많은 소설에서 허다하게 등장하는 스폰서다. 황운은 검과 마법이 있다면 틀림없이 그 고마운 분들도 이곳에 있을 것이라는 확신이 들었다.

하지만 곧 들려온 메르부의 대답은 그에게 실망을 주기 충분했다.

"그분이라면 지금쯤 아공간에서 떠다니고 계시겠지요. 드래곤이라는 분들이 실제로 존재하긴 하지만 여러분의 세계에 있던 분들처럼 호락호락하진 않습니다."

황운은 그들이 어두컴컴한 우주의 한가운데를 떠다니는 모습을 상상하며 몸서리를 쳤다. 메르부는 그런 반응이 익숙한 듯 미소를 지으며 자신의 말을 계속 이어나갔다.

"처음부터 검술이나 마법 쪽으로 진로를 정하시려는 분들도 있었지만 성공 사례는 많지 않습니다. 우선 가장 중요한 문화와 언어, 그리고 역사, 사회, 생활 등의 기본 상식들을 배우는 것도 엄청난 양이 될 겁니다. 아마 공용어 하나 원활하게 쓰시는 데도 몇 년은 걸릴걸요?"

현실적인 문제가 황운의 앞에 나타났다. 사실 그도 수많은 판타지 소설을 섭렵하면서 의문점을 느꼈던 적이 많았다. 그런데 이것이 자신의 앞에 나타나자 생각보다 큰 난관이 될 듯 싶었다. 그는 벌써부터 돌아가고 싶은 마음이 조금씩 들기 시작했다.

"만약 마법을 익힐 수 있을 정도로 특출난 재능이 있으시다면 좀 더 빠른 방법으로 지식을 습득하는 것도 가능합니다. 하지만 소질이 없다면 말짱 꽝이지요."

"후우, 어딜 가나 먹고살기 힘들긴 마찬가지로군. 한번 해봅시다."

"예, 그럼 바로 시작하겠습니다."

시간은 더디게 흘러갔다. 여느 소설처럼 몇 개월이 지난 뒤 습득이 끝난 모습이 나오면 좋으련만, 황운의 마음처럼 쉽게 이루어지는 것은 없었다. 집중력과 성실함이 떨어지는 그로 선 방대한 양의 공부가 생각처럼 쉽지 않았다.

그나마 다행인 것은 꽤나 경험이 많은 도우미인 메르부의 인도로 자신의 한계를 쉽게 발견하게 되었다는 것이다. 황운은 못날 정도로 평범한 두뇌를 가지고 있었다.

"후딱 검술이든 마법이든 배워서 한바탕 쓸고 싶어요!"

"기본적인 언어를 익히기 전에 다른 것을 배우게 되는 일은 없을 겁니다. 보는 사람마다 칩이라도 꽂아주시게요?"

반년이라는 시간 동안 그의 눈앞에는 멋진 히로인도, 사건도 나타나지 않았다. 그저 싱글거리는 미소의 메르부와 끝없는 공부의 시간이었다. 마법이나 검술 같은 것은 조금도 손대지 못한 채 오직 문화와 공용어의 습득에만 집중해야 했다.

그는 답답한 훈련소를 벗어나고 싶었지만 외딴 산속에 있는 훈련소는 나가는 길조차도 없었다.

"뭔 발음이 이렇게 힘들어. 영어보다 훨씬 어렵네."

"다시 한 번 해볼까요? 지금 그 실력에서 삼 년 정도 더 공부하면 동네 꼬마아이와 대화 정도는 할 수 있겠군요."

"아악! 좀 쉬운 방법 없는 거야? 지겨워 죽겠어!"

참을성이나 집중력이 떨어지는 황운은 소리를 질러가며 짜증을 냈다. 그는 십 년을 더 해도 별반 나아지는 것이 없을 것 같았다. 무엇보다 반년이라는 시간도 충분히 지루했다.

"그쪽 차원에선 좀 더 쉬운 습득이 가능했을지 몰라도 이곳은 꾸준한 노력만 보답받을 수 있습니다."

"아아, 아아아!"

반년이라는 적지 않은 시간 동안 황운이 겪어야 했던 고초는 한두 가지가 아니었다. 컴퓨터나 담배의 금단 증상은 둘째 치고, 음식은 그에게 있어 상당히 난감한 문제였다.

저장할 수 있는 식재료는 훈련소 안에 풍부하게 있었고 훈련소를 운영하고 있는 아홉 명의 직원은 모두 요리를 잘했다. 하지만 김치와 라면을 그리워하는 황운의 입에는 도무지 맞을 수 없는 유럽식 컬쳐 쇼크였다.

물론 흔들릴 때마다 생각을 바로잡았다. 언젠가 붉은 망토를 휘날리며 적들을 베어나가는 멋진 기사의 모습이 되겠다는 생각을 하며 정신을 차리고, 또 차렸다.

검과 마법이 존재하고, 드래곤과 몬스터들이 가득 찬 이 세계라면 자신이 성공할 수 있을 것만 같았다. 하지만 게임과는 달랐는지 현실적인 문제들은 여전히 그의 정신을 혼란스럽게 했다.

여느 때와 다름없는 평범한 날, 갑자기 메르부는 진지한 얼굴로 황운에게 물었다.

"황운님, 정말 언어를 빨리 배우고 싶어요?"

"예."

단호한 표정의 황운. 정말 진지한 모습의 그를 바라보며 메르부는 다시 말을 시작했다.

"저도 사실 제 스케줄이라는 게 있어서… 이렇게 몇 년이고 지도만 할 수 없는 노릇이니까요. 그래서……."

"그래서 뭐가 어떻다는 겁니까?"

말끝을 흐리는 메르부.

뭔가 있다고 생각한 황운은 꼬치꼬치 캐묻기 시작했다. 하지만 다시 닫힌 메르부의 입술은 쉽게 열리진 않았다. 황운이 재차 다그치자 메르부는 어렵게 이야기를 꺼냈다.

"한 고대 문헌에서 모든 의사소통을 원활하게 하는 마법의 물약에 관한 이야기를 들었습니다. 이런 '커뮤니티 칩'과 같은 능력으로 모든 사람들과 대화를 할 수 있게 되는 능력이 생기는 거예요. 좋지요?"

"그래서 그 물약을 저보고 구하라구요?"

황운은 어이가 없다는 표정을 지어 보였다. 그런 물약이 동네 약국에서 파는 것도 아니고, 이 약한 몸을 가지고 직접 모험을 떠나기라도 해야 한다는 말인가.

"아니요. 제가 다녀올 겁니다. 다만 문제가 있는데 이 물약은 뛰어난 능력에도 불구하고 저주를 위한 용도로 사용되는 것이라기에 미심쩍은 것이 너무 많……."

"아니, 아니. 일단 마시고 봅시다. 정말 미심쩍은 것은 나의 참을성이니까."

"예, 일단 성능은 확실하다니 구해오겠지만… 책임은 지지 않습니다. 괜찮겠어요?"

메르부는 그 물약에 대해서 꽤나 잘 알고 있는 듯 몇 번에 걸쳐서 위험성을 강조했다. 그럴 거면 애초에 말은 왜 꺼냈을까.

황운은 다소 짜증이 섞인 말투로 대답을 했다. 그의 참을성은 이미 한계를 넘어선 것이다.

"다녀오기나 하세요."

결국 메르부는 몇 달이 될지 알 수 없는 여행을 출발했다. 반년 정도로 끝내려고 했던 이 훈련 코스가 너무나도 길어지자 그는 스스로 적응 훈련을 종료시킬 방법을 찾은 것이었다.

그같이 인내심 많은 사람이 지켜보기에도 황운은 그렇게 성실한 타입이 아니었다. 메르부는 남아 있는 여덟 명의 직원에게 황운의 지도를 맡긴 뒤 그렇게 여행을 떠났다.

다른 여덟 명의 직원은 언어를 제외한 또 다른 것들을 가르치기 시작했다. 황운은 국가별 상식이나 기초 예절은 물론, 요리에서 재단에 이르는 부가적인 것들까지 빠른 속도로 습득할 수 있었다. 메르부와 함께했던 반년이라는 시간은 결코 쓸모없지 않았다.

어느새 그동안 배운 언어와 함께 조금씩 황운에게 스며들어 있었던 것이다. 만약 언어라는 기초적인 토대가 더 잘 갖춰졌다면 다른 것들의 습득을 더욱 빨리 할 수 있을 것이었다.

황운은 여전히 제대로 된 회화를 할 수는 없었지만 다른 공부를 하는 데 걸리는 시간은 상당히 단축되었다.

메르부가 떠난 지 꽤 오랜 시간이 지나자 황운은 직원들과 함께 훈련소의 업무를 보기 시작했다. 실전으로 익히는 것들이 가장 큰 경험이 된다는 것을 알게 된 후, 그는 요리도 직접 해보고 청소도 스스로 하는 것을 즐기게 되었다.

문화의 차이가 많은 부분도 있었지만 전혀 차이가 없는 것도 있었다. 그런 것들을 발견하며 황운은 이방인으로서의 넓은 시야를 가지게 되었고 대부분의 새로운 사실들을 선입견 없이 바라보게 되었다.

여전히 타고난 게으름과 한량 기질은 버릴 수 없었지만 공부하는 것을 즐길 수 있게 되었다는 것만으로도 그에겐 많은 변화가 생긴 것이다.

"아저씨, 산책 좀 다녀올게요."

"너무 멀리 나가면 몬스터의 습격을 받거나 다른 사람에게 들킬 수 있습니다. 조심하세요."

"제가 뭐 언제는 걸렸었나요. 으하핫."

황운은 가끔씩 답답함을 해소하기 위해 훈련소를 둘러싸고 있는 숲 속을 돌아다녔다. 그는 직원들에게 받은 작은 단검과 숏보우, 화살통만을 가지고 가벼운 차림으로 나섰다.

외지인을 만나봤자 말이 제대로 통해지지 않으니 소용은 없었고, 작은 산짐승들을 발견하기라도 하면 그것을 사냥하는 것이 최근 그에게 생긴 즐거움이었다. 숏보우는 특별한 훈련 없이 사용할 수 있었기에 황운이 특별히 애용하는 것이었다.

길 없는 숲을 다니는 것은 쉬운 일이 아니다. 운동을 목적으로 하는 것이 아니라면 스트레스를 받을 만도 하건만, 황운에겐 좋은 운동이며 놀이가 되고 있었다. 황운은 젊은 나이답게 다람쥐처럼 이곳저곳을 옮겨 다니며 작은 동물들을 찾았다.

그런 그의 귀에 이상한 소리가 들리기 시작했다.

크르르……

분명 짐승의 울음소리. 황운은 제자리에 멈춘 채로 자세를 낮췄다. 아직 사람이나 몬스터와 만난 적은 한 번도 없지만 느낌상 저런 소리의 주인공에게 걸려서 좋을 것이 없었다.

한참 동안을 가만히 있던 황운은 목소리의 주인공이 멀리

간 것을 확인한 후 다른 방향으로 다시 걷기 시작했다. 훈련소 주위에는 몇 가지 거목과 바위산이 있었기에 그가 돌아가는 길을 찾는 것은 어려운 일이 아니었다. 최소한 낮에는 그랬다.

사냥감은 오래지 않아 나타났다. 부스럭거리는 소리를 들은 그가 주위를 살피자 우거진 풀숲 사이로 작은 사슴이 한 마리 보였다. 사슴을 먹어본 적이 없는 황운은 그것이 꽤나 신선한 경험이 될 것이라고 생각했다.

하지만 황운이 화살을 날리기 위해 숏보우를 꺼내는 동안 작은 사슴은 이미 다른 곳을 향해 뛰기 시작했고, 목표를 확실히 정한 그는 숏보우를 든 채 사슴을 쫓아가기 시작했다.

"오늘은 오빠랑 같이 자자!"

아무리 다양한 음식이 있다 해도 황운이 원하는 대로 먹을 수 있는 것이 아닌지라 황운은 유독 고기에 많은 집착을 보였다. 사실 그 때문에 산책을 시작했다고 해도 과언이 아니리라.

황운은 열심히 달리는 사슴의 허벅지를 보며 자신도 모르게 침을 흘리기 시작했다.

"으헤헤……."

얼마나 달렸을까. 물론 두말할 나위 없이 황운이 졌다. 그가 사슴을 포기하고 난 뒤 주위를 둘러보자 숲 속으로 짙은 어둠이 깔리고 있었다. 밤이 되면 돌아가는 일은 두 배 이상 힘들어진다.

황운은 위치를 확인한 후 걸음을 재촉하기 시작했다.

"이것 참 야단났네. 빈손으로 가는 것도 민망한데 길까지 잃어버리면 직원들이 오해할 텐데……."

어둠은 그의 예상보다 훨씬 빨리 찾아왔다. 숲의 밤은 대도시에서 자라온 그에게 보통 무서운 것이 아니다. 낮에는 하나도 들리지 않던 소리들이 들리기 시작했다.

사방의 부스럭거리는 소리, 짐승의 울부짖음, 나무 사이를 스쳐 가는 바람 소리, 영문 모를 웃음소리.

'음? 웃음소리?

"크크크크……."

"하하하하하하! 좋아!"

아직 훈련 중인 그가 다른 사람들과 마주치는 것은 무조건 피해야 했다. 사람들의 웃음소리를 확인한 그는 이동을 멈추고 나무 뒤에 숨어 웃음소리의 근원지를 찾기 시작했다.

"이 숲 속은 사람들이 별로 안 돌아다녀서 그런지 경계가 무디다니까."

"오오, 이 금들 좀 보소. 세 달은 놀고먹겠는데요, 두목!"

"으하하하! 마을로 가자! 마셔야지!"

다행히 황운의 존재가 알려지진 않은 듯했다. 목소리들의 주인공들은 횃불을 들고 있어 위치를 알아내는 것이 어렵지 않았다. 하지만 그들의 말을 이해하는 것이 어려웠던 황운은 그 상황이 궁금해져 좀 더 가까이 다가갔다.

호기심이란 때론 걷잡을 수 없는 대가를 치르게 한다. 황운은 곧 그것을 몸소 깨달을 수 있었다.

"정찰 나간 새끼는 왜 이렇게 안 돌아와?"

"조금만 더 기다려 봐요, 두목."

스무 명은 족히 될 법한 산적 떼였다. 말은 반의반도 알아들을 수 없었지만 쓰러져 있는 시체들과 부서진 마차가 그들의 행위를 증명하고 있었다. 거친 동물 가죽을 두르고 하나같이 흉흉한 기세의 무기를 들고 있는 것이 전형적인 산적의 모습이었다.

"낄낄낄, 저 마차에 붙은 장식품도 뜯어내. 비싸게 팔 수 있겠다."

그들의 주위에는 피로 흥건한 시체들이 널브러져 있었다. 황운은 시체들을 보고 속으로 욕지기를 내뱉었다.

구역질이 올라오고, 두 손에는 식은땀이 흘렀다. 직접 시체를 본 것은 처음이라 그 충격은 너무나 컸다. 황운은 자리를 피하기 위해 조금씩 뒤로 벗어나기 시작했다.

"이게 누구야. 귀여운 사슴이 한 마리 있었네."

자리를 벗어나려던 황운의 목에 서슬 퍼런 단검이 닿았다. 살기! 황운은 소리도 지르지 못한 채 그 자리에서 굳었다. 큰일이었다.

황운의 뒤에서 단검을 들이댄 자는 그의 허리춤을 잡고 억지로 일으켜 세웠다.

"자, 일어나, 사슴 씨."

자세한 단어는 알 수 없었지만 무엇을 요구하는지 알 수 있었다. 황운은 두 손을 어정쩡하게 들어올린 채 패거리들이 있는 곳으로 나아갔다.

그는 목에 닿은 단검의 차가운 냉기 때문에 아무런 생각도 할 수 없었다.

"왜 이리 늦은 거야! 기다리다 지쳤다!"

"키키킥, 사슴 한 마리 붙잡아 오느라고."

"오호라, 웬 샌님이셔?"

물건을 나르거나 일을 하고 있는 산적들 외에는 모두 황운과 그를 데려온 산적을 바라봤다. 황운은 말 한마디 하지 못한 채 온몸을 덜덜 떨고 있었다.

그의 발 바로 아래에는 죽은 지 얼마 안 되어 보이는 시체 한 구가 눈을 까뒤집고 있었다. 황운은 공포로 인해 두 다리가 저려오기 시작했다.

"아, 안녕하세요. 마, 만나서, 반갑습니다."

황운은 입술도 제대로 움직이지 못하며 자신이 익혀온 언어를 구사했다. 산적들은 그런 모습이 웃겼는지 킬킬거리며 무어라 지껄이기 시작했다.

황운의 목에 칼을 들이대던 산적은 위협을 할 필요도 없다고 생각했는지 황운을 발로 걸어차 버렸다. 그는 충격을 견디지 못하고 힘없이 땅을 굴렀다.

"크어억! 사, 살려주세요. 사랑한니다."

황운은 앞뒤 가리지 않고 고개를 숙이며 살려달라고 빌기 시작했다. 자신이 알고 있는 모든 언어들을 동원하여 살길을 찾았다. 다른 이들이 보기엔 퍽이나 비굴해 보였지만 현 상황에서 그가 할 수 있는 최선의 행동이었다. 황운은 그 외에 아무것도 할 수 없었다.

"사랑한니다. 사, 사랑한니다. 잘몬했슨니다."

"이 녀석, 뭐라는 거야! 으하하하하!"

"노예로 팔던가, 끌고 가기 귀찮으면 여기서 적당히 처리하자."

"킬킬킬. 웃긴데, 이 녀석."

그런 황운의 모습이 재미있었는지 산적 중 하나가 땅에 굴러다니던 사람 머리 하나를 집어 들어 황운에게 던졌다. 얼떨결에 사람 머리를 받아 든 황운은 기겁을 하며 다시 내던졌다.

그것은 정말 아무렇지도 않게 돌멩이처럼 땅을 굴러갔다.

"사, 사람 살려! 사람 살려!"

"쟤, 뭐라는 거야?"

"다른 나라 사람 같은데. 이상한 말을 하는 것도 그렇고 공용어도 잘 못 쓰잖아?"

패닉에 빠진 황운은 소리를 지르기 시작했다. 공용어는 하나도 생각나지 않았고 정신이 없는 중에 한국어로 외치니 산적들도 알아챌 길이 없었다.

"흐끅, 사람 살려!! 살려주세요! 흐끅, 흐끅!"

너무나도 놀란 나머지 입에서는 딸꾹질이 튀어나왔다. 정신없이 소리를 지르던 황운의 눈에 한 산적이 단검을 들고 자신에게 다가오는 것이 들어왔다. 황운은 그의 비릿한 웃음에서 날카로운 검과 같은 것을 느꼈다.

황운은 주저앉은 채로 뒤로 물러나기 시작했다. 그의 발은 먼지를 일으키며 바닥을 긁어냈다.

"가, 가까이 오지 마! 아, 아니, 오지 마세요! 저리 가! 가!"

"뭐라는 건지 한마디도 알아들을 수가 없네. 뭐 살려달라는 말이 아니면 욕하는 거겠지. 키키킥."

"저 새끼 취향도 특이해."

산적들은 저마다 한마디씩 던지며 그 모양을 구경하고 있었다. 더러 불평을 하거나 귀찮아하는 모습도 보였다.

"그냥 대충 먹따고 가면 안 되는 거야?"

"냅둬라, 냅둬."

산적의 손에 머리를 잡힌 황운은 두려움이 가득 찬 괴성을 질러댔다. 팔다리를 휘저으며 벗어나기 위해 발버둥을 쳤지만 그의 눈에 들어오는 시체들이 더욱 커다란 두려움을 주고 있었다.

"좀 얌전히 있어! 짜증나게 굴지 말고."

그의 머리를 붙잡고 있던 산적은 짜증이 났는지 황운을 자신의 발로 사정없이 걷어차기 시작했다. 숨조차 내뱉을 수 없는 고통이 그의 몸을 엄습했다.

"으허어어어엉! 흐끅, 흐끅!"

한참을 맞은 황운은 그 자리에 쓰러진 채 끅끅거리기만 했다. 더 이상 한마디도 할 수 없을 정도로 힘이 빠져 버린 그는 기절하기 직전의 몽롱한 정신으로 그저 살려달라고 머릿속으로 되뇌었다.

'제발 살려주세요……'

그런 그를 구타하던 산적은 황운이 더 이상 움직이지 않자 단검으로 황운의 옷을 잘라내기 시작했다. 쉽게 말하자면 좀 더 편한 방법으로 벗기고 있는 셈이었다.

황운은 반항할 생각도 하지 못한 채 정신 나간 표정을 하고 있었다.

"시체 굴러다니는 것 좀 본 거 가지고 이렇게 벌벌 떠는 녀석도 처음이다."

"앞으로 겪을 일을 알게 되면 더 떨었을 텐데 말이지. 키키킥."

"자, 마음껏 즐겨보자고, 사슴 씨."

더 심각한 상황이 연출되기 전, 운명의 바람이 불어왔다. 짐을 나르고 있던 산적 졸개들 쪽에서 비명 소리가 들려왔다.

"크아아아아악!"

"저, 적이다!"

"뭐라고?"

황운의 주위에 있던 산적들은 모두 간부급인 녀석들뿐이었다. 그리고 모두들 무기를 들고 있었기에 금세 경계 태세를 갖추기 시작했다. 곧 졸개들이 있던 쪽에서 몇 명의 사람이 뛰어오는 것이 보였다.

"다리엔님은 생존자를 확인해요! 넬피는 나와 함께 돌격하고, 나머지는 엄호를 부탁한다. 시답잖은 산적 패거리니 빨리 끝내자!"

"뭐, 뭐야? 누구냐!"

"산적 따위에게 밝힐 이름은 없다. 제국 10용사 중 다섯이 모였으니 너희의 목숨도 폭풍 앞 촛불이나 다름없다!"

아마도 환상일까. 황운은 자신이 죽기 전 환상을 보는 것이라 생각했다. 그의 앞에선 현란한 검무와 마법들, 그리고 핏빛 비가 내리고 있었다.

기운이 하나도 없는 황운이었지만 다시 구역질이 나오기 시작했다. 피, 피가 너무나 싫었다. 두려웠다.

"여기, 생존자가 한 명 있어요. 상태가 굉장히 좋지 않아요!"

"칸말 씨기 가서 치료해 줘요!"

"알았다고!"

대부분의 산적들은 말 한마디 하지 못한 채 두 동강, 혹은 세 동강이 나고 있었다. 황운의 눈에는 그것이 똑똑히 보였다. 조금도 움직이지 못한 채 땅에 엎어져 있는 자신의 얼굴 위로도 핏덩이가 쏟아져 내렸다.

다리엔이라 불린 여자는 황운을 자신의 무릎에 눕히고 상태를 보기 시작했다. 황운은 그녀의 얼굴을 자세히 볼 수는 없었지만 뜨거운 물방울이 자신의 얼굴로 떨어지는 것은 느꼈다.

분명 피가 아닌 눈물이었다. 황운은 살았다는 안도감도 느낄 틈 없이 정신을 잃었다.

그가 정신을 차린 것은 며칠이나 지난 후였다. 황운이 정신을 차린 뒤 주위를 둘러보자 주변에는 아무도 없는 것을 알 수 있었다.

그의 몸 위에는 옷 구실을 할 수 없을 정도로 찢겨진 옷 대신 꽤나 푹신한 모포가 둘러져 있었고, 그가 누워 있던 자리의 주위에는 몇 가지 물건들이 놓아져 빛을 발하고 있었다.

"이런 것에 보호받은 것인가."

알 수 있었다, 자신을 구해준 사람들이 굉장한 실력자라는 것을. 그들은 자신을 구해주긴 했지만 그 이상 챙겨줘야 할 이유는 없었을 테니 이 정도도 충분히 감사해야 했다.

인삼 뿌리 비슷한 것으로 보이는 녀석과 돌무더기들에서 시작되는 빛은 서로 이어져서 황운이 누워 있는 자리 주위를 푸른 막으로 감싸고 있었다.

황운이 자리에서 일어나자 맞은 상처가 아직 완전히 낫지 않았는지 숨이 막혀왔다.

"케엑, 콜록콜록."

그가 푸른 막을 벗어나자 역한 냄새가 코를 찔렀다. 자신이 있던 곳은 바로 그 싸움터였다. 사방에는 검붉어진 고깃덩이들이 굴러다니고 있었다. 그의 정신이 다시 혼란스러워지기 시작했다. 아무것도 생각할 수 없었다.

그저 공포, 막연한 공포가 그의 정신을 뒤덮고 있었다.

황운은 다리에 힘이 풀린 채 그 자리에 주저앉았다. 그는 헛구역질을 하며 지난 기억들을 또렷하게 기억해 내기 시작했다. 다른 것보다도 머리가 구르던 그 순간과 핏빛 비가 내리던 때의 기억들이 황운의 머릿속을 휘감기 시작했다. 그는 머리를 푸른 막 안으로 들이밀었다.

냄새는 사라졌지만 눈앞에 보이는 사실은 변하지 않았다.

"구웨엑! 하아, 하아……."

더 이상 비울 것도 없을 속인데 구역질은 쉬지 않고 계속되었다. 그가 정신을 되찾을 무렵 젖은 눈언저리로 작은 쪽지 하나가 보였다. 급하게 쓴 듯 휘날려 쓴 글씨는 분명 공용어가 아닌 한글이었다.

황운은 힘들게 손을 뻗어 그 쪽지를 들었다. 쪽지엔 다음과 같은 말이 적혀 있었다.

이제 혼자가 아니에요.

무슨 말일까. 분명 그는 혼자인데. 일 년에 가까운 이곳에
서의 생활에서도 뼈저리게 느꼈던 것인데. 그 외로움을 부정
하는 문장이 적혀 있었다. 아니, 그는 그런 것을 생각하기보
다 우선 이 구역질 나는 공간에서 벗어나길 선택했다.

그는 그 쪽지를 넝마에 가까운 바지에 쑤셔 넣은 뒤 훈련소
를 향해 비틀거리며 걷기 시작했다. 이곳이 다른 세계라는 것
을 실감했던 그의 첫 경험이었다.

훈련소에 돌아온 황운은 그 뒤로 밖으로 나가지 않았다. 말
수도 많이 없어진 그는 그저 매일 책을 읽거나 공부를 했다.
예전 같은 특유의 활발함은 사라진 채 그저 책에 빠져 있는
것이 전부였다.

그는 이해할 수 없는 이 세계를 이해하기 위해서 읽고 또
읽었다. 그는 날이 있는 것의 근처에는 가까이 가지도 않았
다. 그렇게 몇 달이 지난 후 메르부가 돌아왔다.

"황운님, 그동안 별일없으셨어요?"

"건강해 보이십니다."

"아무리 학자라고 해도 책만 읽고 있는 삶이 편하진 않지
요. 이렇게 세상으로 나가는 게 더 좋아요."

사실 메르부는 황운과 비슷한 또래였다. 훈련소에서 있는 것이 지루해서 나갔던 것은 아닐까. 황운의 머릿속에 꽤 불량한 생각이 들었지만 금세 지워 버렸다.

그것보다 황운의 관심사는 다른 곳에 있었다.

"물약은… 구해왔습니까?"

"내 평생 그렇게 많은 스켈레토네이크(Skeletonake)와 싸운 건 처음이었어요. 왕국의 수도보다 훨씬 넓은 유적을 뒤지느라 고생 좀 했지요. 결국 얻었구요."

역시 뛰어난 실력이 필요한 모험이 분명했다. 메르부는 겉으로 실력을 드러내진 않았지만 황운은 그동안 함께 지내오며 그의 실력이 보통이 아니라는 것을 알 수 있었다. 황운은 그에게 물었다.

"바로 마셔도 될까요?"

"아니요. 유적 탐사를 하는 동안 더 많은 정보를 얻어냈고 그걸 미리 황운님께 알려줘야겠어요. 이 물약은 탐사에 참여했던 모험자 중 누구도 가지고 싶어하지 않았어요. 그래서 더 쉽게 가져올 수 있었다구요."

메르부는 가방에서 작은 유리병을 하나 꺼냈다. 그냥 우유병 같은 평범한 통에 아무런 색도 가지고 있지 않은 평범한 물이 담겨 있었다. 황운이 자세히 보니 먼지 같은 것들이 좀 가라앉아 있긴 했다. 그리고 병에 희미하게 'MK—3'라는 글귀가 적혀 있었다.

메르부는 그것을 탁자에 올려놓고 가방에서 낡은 수첩을 하나 꺼냈다. 그리고 그것을 소리 내어 읽기 시작했다.

"자… 들어보세요. 저주 '완벽한 의사 지각'. 이것은 마법으로 모든 생물들과의 의사소통을 하려고 했던 한 대마법사의 연구의 산물로서 다행히 효능이 입증되고 또한 성공하였다. 하지만 이것은 강력한 능력이라기보다는 사람을 미치게 하는 저주의 물약으로서 남게 되었다. 실제로 이 물약을 먹은 사람의 경우 통제할 수 없을 정도로 많은 말들 속에서 결국 미쳐 가게 된다고 한다. …마시고 싶어요?"

"나한테 먹이려고 찾아온 것 아닙니까?"

메르부는 이상하게도 본인이 알려주고, 본인이 찾아왔으면서 다른 소리를 했다. 지금도 마치 자신이 마시지 않았으면 좋겠다는 뉘앙스를 풍기며 다시 묻고 있었다.

"그랬지요. 도우미라는 건 너무 지겹고 오래 걸리니까. 전에 교육시키던 사람들처럼 영특하게 반년 코스로 끝내는 것도 아니고 말이지요. 황운님은 자질이 다른 분들보다 많이 떨어지니까요. 특히 언어에서 유독 그런 면모를 보이시는데, 이곳의 언어를 알지 못하면 다른 기본적인 것에 대한 습득도 자연스럽게 느려집니다. 제가 예상하기론 오 년은 걸려야 할 텐데, 오 년 동안 붙잡혀 있긴 싫으니까요."

"아아, 그랬군요."

황운은 이해할 수 있었다. 자신이 지겨워하는 것처럼 메르부도 충분히 지겨울 것이다. 자신같이 투덜거리고 공부도 제대로 하지 않는 불량 학생을 바라보며 나아질 때까지 몇 년이고 지켜봐야 하는 것, 보통 일이 아닌 것이다.

"그래도 미치게 만들거나 죽게 만들고 싶진 않아요. 분명이 약은 완벽한 의사 지각을 얻게 해주겠지요. 문제는 그것이 축복이 아니라는 것. 듣기 싫은 의사들까지 듣게 될 사람의 운명은 저도 알 수 없어요."

"이것 좀 보세요."

황운이 내민 것은 훈련소의 수료증이었다. 많은 양의 수료증들은 각각 부분에 대한 적응 능력을 보여주는 것이었다. 여덟 명의 다른 직원이 평가해 준 것으로서, 실제로 황운은 회화 능력을 제외하곤 거의 모든 학습을 완벽할 정도로 이수했다.

"어떻게 이런 결과를 얻게 된 거죠? 정말 열심히 하셨군요!"

물론 살아가는 데 가장 기초적인 것이지만 언어의 미진했던 습득 능력을 생각하면 메르부의 입장에서는 그저 놀라운 일이었다. 무엇보다도 책들을 능숙하게 읽을 수 있게 된 것, 그것은 언어의 독해 능력을 완벽하게 깨쳤다는 말이었다.

"그냥 안 좋은 일이 있었는데… 그 뒤로 밖에 나가기 싫어져서 책만 읽다 보니 이렇게 되었습니다."

메르부는 정말 기뻐하는 표정을 지으며 좋아했다. 하지만 지금의 수료증이 전부는 아니다.

"놀랍네요. 놀라워요. 그런데 회화는?"

"그것만큼은 진전이 안 됩니다. 나는 그것을 이 '커뮤니티 칩' 탓으로 여기고 있습니다."

황운이 갑작스러운 변화를 거쳤다던가, 영특하게 된 것은 아니었다. 글을 읽을 수 있게 되니 자연스럽게 학습의 진도도 빨라지게 된 것이다.

하지만 그는 '커뮤니티 칩'을 통한 직원들과의 소통 시간 이 길어지면서 점점 말을 잊게 되는 자신을 발견하게 되었다. 입 모양을 아무리 움직여 봐도 대화가 쉽지 않았다.

"그럼, 이 물약을 드시겠다는 건가요?"

"이따금, 궁금할 때가 있었습니다. 나무는 무슨 생각을 할 까. 다람쥐는 날 보면서 무슨 생각을 하고 있지? 내가 들고 있 는 검은? 당신이 말한 완벽한 의사 지각이라는 것, 그런 능력 이 아닙니까."

"궁금한 건 순간이지만, 저주는 평생이에요. 감정적으로 결정해선 안 됩니다."

메르부는 사뭇 진지한 표정을 지으며 황운을 설득했다. 그 의 말대로 지금의 황운은 충분히 감정적이고 급한 선택을 하 고 있는지도 모른다.

"저랑 같이 사 년 더 지내고 싶지 않으면 이리 주세요. 저 도 여기서 사 년 더 있기 싫습니다."

황운은 물약을 받아 들었다. 메르부는 걱정되는 얼굴로 그를 바라봤다. 도우미로서 지금의 상황을 막아야 할지도 모른다. 하지만 자신 역시 계약에 휘둘리며 몇 년을 더 머무르긴 싫었다.

"부탁할 것이라도?"

"미치기라도 하면 돌봐주셔야죠. 내가 훈련을 마치기 전까지 아직 메르부님은 제 도우미잖습니까?"

"알겠습니다."

황운의 동작은 짧고 간결했다. 그는 아무런 동요 없이 물약을 들었다. 사실 이런 행위는 무모하고 대책없는 행동이었다. 한순간의 실수로 평생을 저주 속에서 살아가야 하는 선택의 무게를 아직 젊은 황운은 잘 모르고 있었다. 그는 물약의 마개를 따 마시기 시작했다.

기분 나쁜 액체가 목구멍으로 넘어가는 것이 느껴졌다. 마법을 사용할 줄 아는 메르부는 입으로 주문을 외우며 황운의 손목에 손가락을 가져다 댔다.

"이상감지화."

메르부의 손가락에서 미미한 빛이 흘러나오기 시작했다. 그는 몇 가지 반응을 살피며 황운의 상태를 관찰했다.

"건강에 문제는 없는데, 괜찮니요?"

약간의 어지러움을 느낀 황운이 정신을 차리자 주위가 환하게 밝아져 왔다. 하지만 전혀 다른 느낌이 그를 사로잡았

다. 평소 17인치로 보던 시야가 30인치 정도 넓어진 느낌이었
다.

"우우……."

급작스러운 상황에 어지러움을 느낀 그는 쓰러질 듯 비틀
거렸다. 황운이 제대로 서기 위해 옆에 있던 테이블을 손으로
잡자 그 순간 그의 머릿속으로 정체 모를 목소리가 들리기 시
작했다.

'살려줘. 살려줘. 살려줘. 살려줘. 살려줘. 살려줘. 살려줘.
살려줘.'

"이, 이게 뭐야!"

황운이 말하는 것이 공용어는 아니었지만 메르부는 그것
을 '커뮤니티 칩'이 아니라 목소리로서 이해할 수 있었다. 약
효가 분명 있는 것이었다. 황운은 테이블을 손으로 잡자마자
소리를 지르며 뛰어 일어났고, 바로 머리를 감싸 쥐며 밖으로
달려나갔다.

"조용히 좀 해!"

메르부는 그에게 찾아온 저주를 어렴풋이 예측할 수 있었
다. 황운이 통제할 수 없는 메시지들이 그에게 전달되고 있는
것이 분명했다.

'살려줘. 살려줘. 살려줘. 살려줘. 살려줘. 살려줘.'

황운의 머릿속에 일종의 잔상처럼 반복되는 목소리가 맴
돌고 있었다. 그것은 분명 테이블의 메시지였다. 생명이 없다

고 생각한 사물에서조차 전달되는 메시지였다.

그렇기 때문일까. 지금 그의 사방에서 무수히 많은 메시지들이 느껴지고 있었다. 수천 명의 사람이 동시에 자신에게 말을 거는 느낌이었다.

"왜 나한테 그래! 저리 가!"

그것은 황운이 보거나 만질 때 더욱 강렬하게 각인되었지만 꼭 그렇지 않은 것들이라도 그의 곁을 스쳐 가며 황운의 정신에 직접적인 파장을 남기고 있었다. 그는 사방에서 덮쳐 오는 무수히 많은 파도에 휩쓸리고 있었다.

바람이 불자 그의 귀에 스산한 목소리가 들려왔다.

'차가운 곳으로 가자. 차가운 곳으로 가사.'

황운이 정원을 바라보자 그곳에서 피어 있는 많은 꽃들이 서로 수다를 떨고 있었다.

'종을 번식해. 벌레를 모아. 종을 번식해. 뿌리를 남겨.'

'나는 햇빛이 부족해. 나에게 햇빛을 줘. 나도 밝은 곳에서 살고 싶어. 햇빛이 필요해.'

너무나도 강렬한 메시지들에 정신을 온전히 유지하기 힘들었던 황운은 비틀거리며 그 자리에 주저앉아 버렸다. 그러자 땅과 닿은 손바닥에서 강한 대지의 느낌이 전해져 왔다.

그것은 일개 매체 이상의 것으로서, 글자나 단어라고 할 수 없을 정도로 엄청난 크기의 메시지가 그에게 전달되어졌다.

'삶.'

한 글자에서 수도 없이 많은 의미들이 튀쳐나왔다. 귀로 누가 찢어질 듯한 비명 소리를 외치는 듯했고, 눈에는 이 세상에 존재하는 모든 색들이 펼쳐지는 듯했다. 절대적 의지와의 마주침이었다.

황운은 자신의 의지를 제대로 유지할 수 없었다. 그의 의지는 조금씩 사라지고 있었다.

'그의 생명력이 약해진다?'

곁에 있던 메르부는 어찌할지 몰라 자신이 알고 있는 주문들을 되새기고 있었다. 그는 이상감지화의 마법으로 황운의 생명력이 빠르게 떨어지고 있음을 느꼈다. 메르부는 더 이상 지체할 겨를 없이 황운에게 마법을 시전했다.

"잠들어! 슬립(Sleep)."

마법의 안개가 황운을 감쌌지만 그는 여전히 정신적 고통에 몸부림치고 있었다. 메르부가 다른 마법들을 연이어 시전해 봤으나 마찬가지였다. 이대로 숨이 멎기라도 한다면 황운은 원래의 명이 끝나는 날까지 아공간에 갇힐 것이 틀림없다.

메르부는 그대로 달려가 황운의 멱살을 잡고 때리기 시작했다. 메르부의 주먹이 황운의 안면을 강타하는 소리가 정원을 울렸다.

"정신 차리세요!"

"컥, 커억."

효과가 있는 것일까. 눈을 까뒤집고 있던 황운의 얼굴이 조금씩 정상을 찾기 시작했다.

"정신 차려! 이 자식아!"

그것을 본 메르부는 신이 나서 더 때리기 시작했다. 황운의 얼굴이 조금씩 부어올랐지만 그게 중요하랴. 생명의 은인인데. 한참을 맞던 황운은 곧 정신을 차렸는지 두 손을 들어올리며 휘저었다.

"돼, 됐거든요. 저 괘, 괜찮거든요."

"아? 네. 괜찮으세요?"

메르부는 멱살을 잡던 손을 황운의 목뒤로 가져가 머리를 편하게 기대게 했다. 제정신을 차린 황운은 메르부를 바라보며 미소를 지어 보였다. 메르부도 멋모르고 같이 웃었다.

"메르부님이랑 몸이 닿아 있으니 무슨 생각 하는지 다 느껴집니다. 쌤통이라구요?"

"아, 아닙니다. 아하하하하하핫!"

메르부는 황운의 몸을 땅에 내려놓고 빠르게 뒷걸음질쳤다. 황운은 고개를 돌려 누운 채로 하늘을 바라봤다. 메르부는 조심스럽게 물었다.

"괜찮나요?"

"아뇨. 여전히 똑같이 들립니다. 제어할 수 없는 많은 소리들이 들립니다. 직접적으로 나에게 전달되는 의사들은 좀 더 강하게 울려오지만, 지금은 대부분의 메시지들이 날 스쳐 지나가고 있는 것이 느껴져요."

"그럼, 좀 적응이 되었다는 건가요?"

메르부는 무엇보다 그의 상태가 궁금했다. 메르부는 이 종류의 저주에 대해서 잘 알고 있었다. 금세 멀쩡해질 리 없었다.

"예. 그런데 움직이기 두렵네요. 이 상황에서 조금만 벗어나도… 힉!"

"음?"

"히에에에엑! 잘못했어! 미안해! 으히히히히히힉!"

황운은 자리에서 일어나 뛰쳐나갔다. 그 후 황운을 찾으러 나간 직원들이 그를 발견한 것은 오 일 후였다. 숲 속에서 황운을 발견했을 땐 머리에 꽃을 꽂은 채 혼자서 실실 웃고 있었다고 한다.

황운은 다시금 훈련을 해야만 했다. 그것은 바로 새로운 능력에 대한 적응 훈련이었다. 귀나 눈이 아닌 직접적으로 뇌에 전달되는 메시지는 너무나 큰 자극이었다.

대부분의 메시지들은 자신이 잡으려 하지 않으면 물 흐르듯 사방으로 흘러갔지만 그중 원하지 않게 황운에게 전달되는 메시지도 상당수 있었다.

"우욱."

"왜 그러세요?"

식사 도중, 황운이 넘어오려는 숨을 삼키며 입을 막자 메르

부가 걱정스러운 눈초리로 물었다. 오늘의 식사는 황운이 가
장 좋아하는 스테이크였다.

"고기에… 죽기 직전의 메시지가 남아 있어요. 우읍!"

황운은 두 손으로 입을 막고 밖으로 뛰쳐나갔다. 메르부는
안타깝다는 듯 고개를 저었지만 그가 물약을 마신 이후 이런
일은 비일비재했다. 참을성없고 짜증만 부리던 젊은 황운은
점점 말수도 줄어들고 모든 일에서 의기소침해져 갔다.

메르부가 밖으로 나가자 다 늙은 노인처럼 힘없이 앉아 있
는 황운을 발견할 수 있었다.

"지금은 괜찮아요?"

"제가 조용히 있으면 메시지들도 저를 괴롭히지 않습니
다."

황운은 모든 대상에 자신의 의사를 전달할 수 있었지만 몇
번의 시도 후 사물이나 동물에게 쉽게 말을 걸지 않았다.

지능이 낮은 정도가 아니라 아예 없다고 할 수 있는 무생명
체나 식물들의 대화법은 그의 정신력으로 감당하기 쉬운 일
이 아니었다.

또 한 가지 저주는 그의 뇌가 수면 기능을 잃었다는 것이
다. 황운은 그 물약을 마신 이후로 단 1분도 잠이 들지 못했
다.

"제발… 한 번만 더 시도해 주세요."

황운은 간곡한 어조로 메르부에게 부탁하고 있었다. 이미

그를 위해 수십 번의 마법을 시전했던 메르부는 지친 기색으로 손을 내저었다.

"아무리 저라고 해도 이 이상의 마법은 정신에 무리를 준다구요. 더는 안 됩니다."

"제발… 제발 부탁입니다."

슬립 같은 강제적인 마법의 힘도 완전하게 저항해 냈다. 몸이 무너지는 일은 있어도 그의 정신이 끊어지는 일은 결단코 없었다.

"다른 방법을 찾아보겠습니다."

"예…….."

황운은 휴식을 위해 최대한 조용한 장소에서 가만히 있는 것을 즐기게 되었고, 실제로 그것이 수면과 비슷한 효과가 있다는 것을 알게 되었다.

하지만 그의 눈 밑으론 검은 그늘이 지고 그의 표정은 점점 어두워져 갔다.

"양 사만 팔천육백이십사 마리. 토끼 사만 팔천육백이십오 마리…….."

우울증은 기본이었고, 오랜 수면 부족에 이은 착란 증상과 정신적 스트레스는 두말할 것 없었다. 메르부를 비롯한 모든 직원들이 그의 치료에 힘썼다. 먹는 것이나 생활하는 것은 물론이고 각종 약과 마법을 동원했다.

"황운 씨, 오늘은 다소 강력한 충격 요법을 사용할 거예요.

뇌전 마법으로 충격을 줘서 기절을 시켜보려고 해요. 괜찮겠어요?"

"잠을 잘 수만 있다면 뭔 짓을 못하겠습니까."

"음, 그렇게 말씀하신다면야… 뇌격 치료(Electroshock Therapy)."

메르부가 마법을 시전하자 그의 손에서 생겨난 전격의 막대기가 사정없이 황운의 온몸을 강타했다.

"끄아아아아아악!"

황운은 비명과 함께 팔다리를 부들부들 떨며 쓰러졌고, 메르부는 멀찍이서 그의 반응을 지켜본 후 조심스럽게 말을 걸었다.

"정신이 있으신가요?"

"…효과가 없네요."

메르부는 그슬린 황운의 얼굴을 바라보며 입술을 깨물었다. 그는 서둘러 황운을 안아 들었다. 황운의 처진 팔다리가 그의 안쓰러움을 더해줬다.

황운은 잠들지 못하는 밤마다 하릴없이 생각에 잠겼다. 잠을 잘 수 있는 것이 얼마나 행복한 일인지, 지나간 후에야 덧없이 지나간 많은 시간들을 후회했다.

자신이 생각없이 물약을 마셨던 기억을 떠올리며 머리를 쥐어뜯기도 했다.

"내가 왜……!"

내가 왜 이곳에 왔을까. 내가 왜 물약을 마셨을까. 좀 더 성실하게 공부할 것을 왜 편한 길을 찾으려 했다가 이렇게 후회를 하는 것일까. 그는 끝없는 후회와 나약함 속에서 스스로를 질책했다.

"사, 살려주세요!"

가끔씩 그에게 공포가 찾아오기도 했다. 실제로 죽음을 코앞에 뒀었던 지난 시간의 기억들이 그에게 환각으로 찾아왔다. 그의 나약한 정신력은 그렇게 매일 밤을 고통 속에서 보내며 단련되어 갔다.

메르부는 그런 황운을 보면서 안타까워했지만 그럼에도 불구하고 완벽한 의사 자각 및 전달 능력을 가지게 된 황운을 부러워하기도 했다.

"프라이팬아! 미안해! 다음부터 달걀 껍질은 조심할게!"

황운은 프라이팬을 손에 들고 뛰어다니며 눈물을 흘리기도 했고, 작은 화분을 쓰다듬으며 웃기도 했다. 좀 나아진다 싶으면 다시 뛰어나가 많은 소리들을 듣고 적응해 나가기 시작했다.

"그러니까 왜 또 나갔어요!"

"허억, 허억… 더 이상 당하고만 있을 수 없으니까요. 이제 내가 녀석들을 지배할 겁니다."

한참을 도망치고 고통스러워하던 황운은 조금씩 독기를 품기 시작했다. 고래고래 소리를 지르며 메시지들을 내쫓기도 하고, 자신이 직접 명령을 내리기도 했다. 그러다 다시 쓰러지고, 일어나길 반복했다.

"나한테 말한다고 바뀌는 건 없어! 자신의 일은 스스로가 해결해!"

매일 사방으로 소리를 지르던 그의 목소리는 어느샌가 바뀌기 시작했다. 수분을 잃은 채 낮고 거칠어진 그의 목소리는 잠을 자지 못한 탓도 있었다.

그는 가끔씩 숲으로 나가 옷을 모두 벗어 던지고 숲의 수많은 메시지들에 자신을 맡겨 나갔다. 한없이 차분하기도 했지만 광기에 젖어 모두의 완력이 필요한 순간도 있었다.

그럴 때마다 직원들은 가족과 같은 유대감으로 황운을 돌봤다.

"잡아요! 놓치면 안 돼!"

"예!"

"크우으으엉!"

제정신이 아닌 사람의 완력은 보통 사람의 몇 배 이상이었다. 하지만 모두가 애정과 노력을 가지고 그를 돌봤다. 그동안 고통 속에서 몸부림치던 황운을 지켜봐 왔던 그들에게는 당연한 마음이었다.

그런 모두의 덕택일까. 시간이 흐르며 황운의 상태는 점점 좋아지기 시작했다. 메시지를 자연스럽게 흘리거나 무시하는 일에 익숙해졌고, 예전처럼 통제를 놓치는 일도 줄어들었다.

수면 대신 고요와 안정을 이용한 휴식을 하는 일에도 비교적 익숙해졌다. 마침내 황운은 때가 되었다고 결심했다.

"솔직히 보내고 싶지 않아요."

"믿어도 됩니다. 보세요. 준비도 다 끝났다구요."

준비가 끝난 건 반년 전이었다. 여행자에게 적합한 용품들과 약간의 자금. 그가 어디로 가서 무엇을 하고 살던 충분할 것이었다. 다만 준비가 끝나도 사람이 정신이 나가니 그것이 문제인 것이다.

"음……"

메르부는 자신의 관자놀이를 긁으며 걱정스런 표정을 지었다. 그는 일주일 전 빗자루와 함께 춤을 추던 황운을 기억해 냈다. 지금 황운의 정신 상태를 쉽게 믿을 수 없었다.

"당신들에겐 몇 달이겠지만 나에겐 몇 년 같은 시간이었습니다. 잠들 수 없는 자의 아픔을 알 수 있겠습니까?"

"힘들었겠지요."

알고 있다. 메르부도 지독히 잘 알고 있다. 그가 잠을 자지 못한 대신 밤마다 발작을 일으킨 덕분에 자신과 다른 직원들도 그동안 밤 같지 않은 밤을 보내야 했다.

"지금의 나는 쓰러져 죽어버릴 것 같습니다. 과로사가 아니라 자연사로 죽어버릴 것 같단 말입니다. 더 이상 내게 주어진 시간이 길게 느껴지지 않습니다. 아공간의 쓰레기로 존재하지 않기 위해서라도 난 이 세계의 존재들에게 인정받아야 해요. 그리고……."

"그리고?"

황운의 격앙된 목소리가 잦아들자 메르부는 대신 그 말끝을 이었다.

"쪽지의 주인공을 찾아낼 겁니다."

황운이 말하는 것은 일전의 쪽지를 이야기하는 것이었다. 그 후로 황운은 사무치는 외로움이 찾아올 때마다 그 쪽지가 해지도록 쳐다보고 또 쳐다보며 자신을 위로했다. 어딘가에서 자신을 생각해 주는 누군가가 있을 거라고 그렇게 믿고 있었다.

그의 그런 의지가 광기에서 자신을 찾게 만들었다. 고향에 갈 수 없고 고향의 음식을 먹을 수도 없는 그는 몇 글자 안 되는 그 한글에 자신의 모든 그리움을 쏟아 넣었다.

"가세요."

메르부의 목소리는 짧고 무덤덤했다.

"네?"

"더 이상 가르칠 것이 없습니다. 하산하세요."

황운이 반문했지만 그는 여전히 무덤덤하게 받아쳤다. 사실 황운을 마지막으로 메르부의 도우미 생활도 끝내기로 했고 대부분의 직원들이 황운에게 지쳐 있었기에 이 훈련소는 황운의 퇴소 후 닫힐 예정이었다.

"알겠습니다."

물론 세계 곳곳에 많은 차원 적응 훈련소가 있었기에 문제가 될 것은 없었다. 황운이 고생해 왔던 만큼 함께해 왔던 직원들의 고생도 말로 표현할 수 없었다. 모두 몇 년 같은 시간을 보냈을 터였다.

"알려준 지침 대로 행동하시면 되겠지만, 충분히 많은 것을 배우셨어요. 내려가시면 뭘 하실 생각이에요? 모험자?"

"음… 사람이든, 동물이든, 괴수든 간에 피가 튀거나 살이 잘리는 것을 보는 경험은 하고 싶지 않습니다."

황운이 한 가지 확신을 가지고 있었다. 나약한 자신에게 그런 경험은 앞으로도 적응하기 힘든 것일 거라 스스로 단정 지은 것이다.

"공부하셨으니 아시겠지만, 불가능할걸요. 이런 험한 세상에서 그런 말이 쉽지 않을 겁니다. 최소한 자기 몸 하나는 지켜야지요? 아시다시피 이대로 죽으면 아공간행입니다. 자신의 생명을 소중히 여기세요."

"조심하겠습니다."

물약의 경험 후 황운의 몸은 조금 변화해 있었다. 그는 자신의 존재감을 다른 존재들의 메시지 속에 숨기는 것이 가능해졌다. 주변 사물과 같은 메시지를 내뿜거나 그 메시지의 흐름 속에 숨어서 자신의 존재를 숨길 수 있는 것이었다.

분명 오감으로 그가 거기에 있음을 확인할 수 있다 해도 뇌에 직접적으로 전달되는 메시지에 눌려서 그를 보는 다른 사람들이 황운이 없다고 판단하게 만들어 버리는 것이었다.

메시지로부터 도피하다가 이 방법을 발견하게 된 황운은 이것에 대해서 절대적인 신뢰를 가지고 있었다. 그리고 말도 안 되는 이 세계에서 자신에게 주어진 기연이라고 생각했다.

사실 '의사 자각 능력' 이라는 것은 사용하기에 따라 무궁무진한 가능성을 가지고 있었다. 하지만 그렇게 머리가 좋지 않은 탓일까. 그는 막연하게 자신의 기적을 숨길 수 있다는 것 외에 다른 생각은 하지 못했다.

뭐 어쨌든 잠이 들지 못하는 것은 그에게 있어 최고의 고통이며 최악의 조건이다. 그는 다시 잠을 자기 위한 방법도 찾을 계획이었다.

"잘 가요."

"수고했네. 잘살게나."

다른 직원들은 황운의 손을 잡거나 어깨를 두들기며 그를 독려했다.

"아시겠지만 남쪽을 향해 가다 보면 길이 나옵니다. 그 다음엔 어느 쪽으로 가도 마을이 나오니 그곳에서 정보를 모으세요. 지도나 돈 같은 것은 제공해 드릴 수 있지만 앞으론 직접 모든 것들을 해결하셔야 합니다. 질내로 부기도 없이 혼자서 다니지 마세요. 세상 어딜 가나 괴수들 천지입니다. 이 세계가 얼마나 무서운지 잊지 마세요. 책이 전부는 아닙니다."

반면 메르부는 마치 책이라도 읽어주듯 긴 충고를 내뱉었다. 이미 알고 있는 내용이고, 몇 번이나 들어온 것이기에 황운은 손사래를 치며 투덜거렸다.

"항상 메르부님 잔소리는 끊이지 않는군요. 이젠 이것마저도 그리워질 것 같습니다."

"다 좋으라고 하는 이야기니 새겨들으세요. 도움이 필요할 경우 마법사 길드에서 회색산맥 문파를 찾으세요. 저희 문파의 3급 이상의 마법사들은 모두 차원 이동 직원으로서의 자격을 가지고 있습니다. 그 외의 사람들에게는 여전히 숨겨야 해요. 알겠지요?"

한참이 지나서야 메르부의 말이 끝나게 되었다. 그의 세심함과 배려에 다시 한 번 감사한 황운은 터덜거리는 느린 걸음으로 숲 밖으로 향했다. 훈련소에서 있었던 일 년 반이라는 시간 동안 정말로 많은 것을 배운 그였다.

자신은 다 늙은 영감처럼 지쳐 버렸는데 이제야 여행이 시작되었으니 참으로 난감한 상황이었다. 하지만 황운은 이 상황을 나름대로 즐기기로 했다.

"오호라, 너희도 심심하구나. 같이 갈래?"

숲 속을 걷는 황운의 곁에 몇 마리의 작은 새들이 날아들었다. 황운은 느린 걸음으로 콧노래를 부르며 걸어갔다.

Chapter 3

베른의 붉은 밤

Chapter 3

책이나 학습을 통해 배우는 간접적인 경험과 직접 몸으로 느끼는 경험의 차이는 크다. 동쪽 길을 행로로 정했던 황운은 두르드 마을에 도착할 때까지 그것을 뼈저리게 느꼈다.

마치 박물관에라도 온 듯 수없이 많은 종류의 몬스터와 조우했으며 일전의 산적패 같은 너저분한 무리와도 마주쳤었다. 산적이나 몬스터들은 강한 메시지를 겉으로 내뿜기 때문에 황운은 항상 그들보다 먼저 눈치 챌 수 있었다.

그는 메시지의 흐름을 이용하여 기척을 숨겨 숲 속으로 지나갔고 항상 아무 일 없이 자리를 피했다. 가끔씩 자신의 정신을 통제하지 못해 위험한 상황이 벌어진 적도 있었다.

하지만 그런 상황이 되면 살겠다는 의지가 그의 약한 정신을 일으켜 세웠다. 이는 황운의 정신력이 약하다는 증거였고, 그에 비해 생존에 대한 욕구가 강하다는 사실이었다.

"음, 음. 겁쟁이인 나에게 딱 맞는 능력이 생긴 셈이다."

사실 그가 그렇게 겁이 많은 편은 아니었다. 하지만 검 같은 것으로 누군가를 베는 일은 아무리 봐도 적응이 되지 않았다. 특히 시체나 피를 보는 일은 더 끔찍해했다.

그는 앞으로도 검만큼은 절대 들지 않을 생각이었다. 황운은 삼 일 정도의 여행을 끝내고 두르드 마을에 도착했고 첫 여행이었던 만큼 정신적인 피로가 참을 수 없이 쌓여 있었다.

그는 마을을 발견하자마자 환호성을 지르며 뛰어 달려갔다.

"아주머니, 아주머니!"

황운은 양 몇 마리를 돌보고 있는 아주머니를 발견하고, 말을 걸기 위해 뛰어갔다. 사실 그의 체격이 건장한 것은 아니지만 키가 상당히 큰 편이었다. 190㎝에 육박하는 남자가 멀리서 자신을 향해 뛰어오는 것을 보는 아낙네의 기분은 어땠을까.

"사, 사, 산적이다!"

그녀의 다급한 비명 소리가 적막한 시골 마을에 울려 퍼졌다.

"어?"

크나큰 오해를 사게 되었다. 길이 아닌 숲에서 나타났으니 더 놀랄 만도 했다. 다행히 주위에 사람이 없는 건지 마을 쪽에선 별다른 반응이 없었다.

"산적이다! 산적이야!"

또다시 비명을 지르는 아주머니를 본 황운은 급한 대로 온몸으로 온화한 메시지를 내뿜었다. 이런 걸 실제로 시도해 본 적은 없지만 다른 메시지를 복제해 본 경험이 있었기에 가능한 일이었다.

그는 어린 자식들에게 음식을 먹이는 어미 사슴의 이미지를 떠올리며 최대한 온화하게 메시지를 분출하며 웃어 보였다.

"걱정하실 것 없어요. 나쁜 사람 아닙니다."

"어… 어라……."

황운이 내뿜는 메시지의 표현도 종류가 다양했다. 말하는 것처럼 소리로 느껴지게 하는 것도 가능했고 지금처럼 분위기만을 표현할 수도 있었다. 물론 본인은 그것을 제대로 사용하지 못했지만 작금의 상황에선 큰 효과를 보고 있었다.

아주머니는 그를 바라보며 안심해도 되겠다는 생각이 들기 시작했다. 다급한 상황이라고 느꼈기 때문일까. 황운은 자신이 발휘할 수 있는 한 최대의 메시지를 내뿜기 위해 노력했다.

"누, 누구슈?"

"여행자입니다. 길을 잃었는데 마을을 보고 너무 기뻐서 정신이 없었나 봅니다. 놀라게 해드려서 죄송합니다."

황운은 최대한 말을 부드럽고 공손하게 했다. 그가 말하고 있는 것들은 억양이나 감정까지 그대로 상대방에게 전달되었다. 황운이 내뿜고 있던 메시지와 현 상황의 시너지 효과일까. 아주머니의 눈가에 그렁그렁한 눈물이 맺히기 시작했다.

"저런… 서쪽 산맥에서 내려오신 것 같은데 그 험한 길을 젊은 총각 혼자서 오셨다니… 오죽 힘들었으면 그렇게 마을이 반가웠을까. 내 우리 집에 데려가 뜨끈한 음식이라도 대접해 드릴까?"

"아닙니다. 하핫, 그냥 편히 묵어갈 좋은 여관이나 알려주셨으면 좋겠습니다."

"어이구, 아니지. 아니지. 거절하지 말고 이쪽으로 와봐."

한 가지 메시지를 조절하는 것도 쉽지 않은 황운은 아주머니의 제안을 거절하기 위해서 무던한 노력을 해야 했다. 겉으로는 웃고 이야기를 하면서 메시지를 조절하는 일은 아직 훈련이 부족한 황운에게 쉬운 일이 아니었다.

"정말 괜찮습니다."

간신히 만류한 황운은 아주머니에게 깍듯이 고개를 숙여 인사를 하곤 알려준 여관을 향해 출발했다. 그런 황운의 뒷모습을 바라보던 아주머니는 자신도 모르게 돌아가신 어머니를 회상하며 눈가를 닦았다.

"내가 왜 이런댜. 갑자기 울 엄니 생각이 다 나고… 키

힝……."

황운은 여관을 향해 걸으며 자신의 메시지를 방금 전에 봤던 아주머니의 느낌으로 전환하려 노력했다. 숲 한가운데 있는 작은 촌에 찾아온 이방인은 그들에게 경계의 대상이 될 수 있었다.

그런 그의 노력이 효과가 있었는지는 모르겠지만 실제로 마주친 마을 사람들은 황운을 이상하게 바라보지 않고 지나갔다.

"계십니까?"

허름한 여관의 간판을 발견한 그는 주저없이 문을 열고 들어갔다. 그에게 정상적인 식사와 침대가 필요했다.

"여행자슈?"

여관 주인으로 보이는 아저씨는 주방에서 컵 몇 개를 들고 나타났다.

"아, 예."

"거 웬만하면 그런 복장으로 혼자서 서쪽 산맥에 올라가진 않았으면 좋겠는데… 뭐 볼 것도 없고 험한 것들이 많아서 몸 성히 돌아오는 이들을 몇 못 봤다우."

검은 눈의 검은 머리가 흔하진 않았는지 황운의 머리 색과 얼굴을 유난히 바라보던 여관 주인은 다시 말을 꺼냈다.

"혹시 베른 출신이슈?"

"베른이요? 그게 어딘데요?"

"으하하. 농담도 잘하시는구먼. 두르드 마을에 오면서 베른을 모른다는 게 말이 되나. 여기에 오는 길은 베른에서 시작되는 딱 한 개의 길뿐인데."

여관 주인은 그의 말을 완전히 농담으로 받아들였다. 그도 그럴 것이 이곳의 사정을 가장 잘 알고 있는 것은 바로 자신이었기 때문이다. 하지만 황운은 여전히 태연한 얼굴로 이야기를 했다.

"아하, 그랬군요. 저는 서쪽 산맥에서 내려와서요. 세상 물정을 잘 몰라요."

"뭐? 정말? 산맥 너머에서 이쪽으로 오려면 보통 일이 아닐텐데?"

주인은 두 손까지 펼치며 놀라움을 표시했다. 그의 말이 농담이 아니란 것을 깨달은 것이다.

"산맥 위에서 살았어요. 요깃거리나 좀 주세요. 죽겠습니다."

"어… 그래, 그래. 내 곧 준비하리다."

미리 조리돼 있는 것인지 몇 개의 빵과 간편한 음식이 바로 나왔고, 주인은 황운에 대해 관심이 많았는지 옆 테이블에 앉아 계속 말을 걸어왔다.

"그러니까 산 위에서 사냥을 하면서 살았다구?"

"제가 살던 곳은 멀리 나가지만 않으면 몬스터들을 찾기 힘들었으니까요. 한창때니까 세상 구경이나 해볼까 하고 나온 겁니다."

억지로 메시지를 만들어낼 필요도 없었다. 사실이나 다름 없는 내용이었기에 황운은 편하게 이야기했다. 주인의 말에 의하면 동쪽으로 나 있는 길을 그대로 따라가면 나오는 곳은 단 한 개, 바로 이 나라에서 손가락에 꼽히는 크기의 거대 항구 도시 베른이었다.

"그렇게 큰 도시입니까?"

"크다마다, 왕이 계시는 수도와도 비슷할걸!"

황운이 지금 있는 두르드 마을은 벌목이나 농사를 해서 근근이 베른에 내다 파는 작은 마을이었고 베른과의 거리는 도보로 일주일 정도였다. 황운은 지금까지 자신이 온 길을 생각했지만 그것과 달리 도로 정비도 비교적 잘되어 있고 주기적으로 경비대가 오가기 때문에 치안 상태는 양호한 편이라 했다.

"그래, 베른에 갈 생각인가? 여행 자금은 넉넉하구?"

오지랖 넓은 주인은 황운의 행색까지 신경 쓰고 있는 듯했다.

"아뇨. 안 그래도 할 수 있는 일을 찾아볼까 하고 있어요."

"베른은 자네 같은 사지 멀쩡한 청년들이 놀고 있는 경우가 허다하다네. 능력이 있으면 모를까… 빈부 격차는 자네가 생각할 수 있는 것보다 심해. 에잉… 쯧."

그가 하는 이야기의 요지는 그런 동네보단 이런 조용하고 한적한 마을이 살기에는 더 좋다는 것이었다. 황운은 적당히 맞장구를 쳐주며 이야기했다.

"아저씨 말을 듣고 보니 또 그러네요. 전 좀 쉬러 가보겠습니다."

황운은 주인과 이야기를 마친 뒤 바로 방으로 들어갔다. 피로하기도 했고, 간만에 말 상대를 찾은 주인의 밤샘 상대가 되어줄 생각은 조금도 없었다. 그는 샤워 후 바로 침대에 누웠다.

생각 같아선 열흘이고 한 달이고 자고 싶었지만 그에게 잠은 허락되지 못한 것이었다.

"후우… 큰 마을에 가면 정보를 얻을 수 있겠지."

침대 위의 시간은 또 다른 고통의 시간이었다. 잠을 잘 수 없었지만 육체에게도 휴식은 분명 필요했다. 그는 아무 생각도 하지 않은 채 휴식에 열중하기 시작했다. 그렇게 순식간에 하루가 지나갔다.

다음날 동이 트기 전 황운은 마을을 벗어났다. 수면이 아닌 휴식인 이상 스스로가 더 있어야 할 필요성을 느끼지 못했고 사람들과의 만남은 최대한 피하고 싶었다.

"아흐… 춥다!"

아직 자신의 능력을 온전히 통제할 수 없기 때문에 또다시 정신이 나가 버릴까 걱정이 되기도 했고, 비교적 순수하고 조용한 숲의 메시지들과 달리 사람이 가지고 있는 메시지의 강도는 보통 강한 것이 아니었다. 웬만한 몬스터들보다 평범한 사람들의 메시지가 훨씬 더 그에게 자극적이고 위험했다.

"멋진 경치다!"

황운은 개발이 전혀 되지 않은 순수한 자연의 모습에 감탄했다. 두르드 마을은 숲의 가장자리에 있는 마을이었기에 동쪽으로 뻗어 있는 길에는 전혀 다른 배경이 펼쳐져 있었다.

완만한 구릉들이 사방에 널려 있었고 안개가 옅게 끼어 그것만으로도 신비한 분위기가 연출되었다. 지금까지 살아온 이십여 년의 삶 가운데서도, 이곳에 와서 겪은 일 년 반의 기간 동안에도 이만한 자연의 위용은 본 적이 없었다.

물론 매일 보는 사람들에겐 그저 그런 풍경일 수 있겠지만 여행자에게는 그 모든 것이 새로운 경험이었다.

"초록색의 바다 같군."

잠시 후 그가 걸어가고 있는 방향 쪽에서 해가 떠오르면서 안개가 걷히기 시작했다. 풀에 맺힌 이슬들이 햇살을 반사하며 사방에서 빛나기 시작하자, 황운의 눈에는 그것이 마치 빛으로 된 파도가 치는 듯 보였다.

황운은 마음을 열고 자신의 주위에서 흘러가고 있는 메시지들을 듣기 시작했다. 자연의 목소리야말로 황운이 이 세계에 와서 얻게 된 가장 큰 기쁨이었다.

"기쁘다. 이곳에 오지 않았다면 들을 수 없었겠지."

평소보다 훨씬 더 정신을 개방한 그의 감응력은 그만큼 넓고, 또한 예민해져 있었다. 그것은 굉장히 위험한 일이었다. 황운은 자신이 예측하지 못할 정도로 넓은 반경의 메시지들과 접촉하며 길을 걷기 시작했다.

그렇게 두어 시간을 아무와도 마주치지 않은 채 걸었다. 그러던 중…….

'죽이자! 숨통을 끊자! 목을 자르자! 죽이자! 죽이자!'

한참을 걷던 그의 머릿속에 갑자기 강렬한 메시지가 들려왔다.

"앗!"

그는 짧게 외치며 자리에서 멈춰 섰다. 분명 서서히 들려왔던 것이 아니다. 그렇다면 황운의 반경 안에 이제야 막 접근했다는 것인데, 그만큼 먼 거리에도 불구하고 살의의 메시지가 강하게 울려 퍼지고 있었다.

플라스틱같이 날카로우면서 딱딱한 느낌. 분명 인간의 살기였다.

"사, 살려줘."

황운은 마치 추위에 떨 듯 몸을 떨기 시작했다. 그는 혼란스러운 정신 속에서 어렵사리 그 메시지를 흘려보내기 시작했다.

"후우… 후우……."

다행히 얼마 지나지 않아 평소처럼 메시지를 흘리는 상태로 전환할 수 있었다.

하지만 메시지를 흘려도 그가 완전히 듣지 않는 것은 아니다. 그것은 마치 지나가는 바람처럼 황운의 정신을 스쳐 지나갔다. 그와 함께 같은 방향에서 두려움에 떨고 있는 메시지도 들려왔다.

"어쩌지?"

분명 메시지가 들려오는 방향과 자신이 가는 길은 전혀 무관한 방향이었다. 하지만 이대로 상황을 회피했다가 두려움에 떨고 있는 메시지가 사라진다면… 그것은 자신이 방관한 살인이 될 수 있었다.

"젠장!"

황운의 머릿속으로 일전에 경험했던 산적들의 모습이 떠올랐다. 그것은 소름 끼치도록 무서운 경험이었다. 그들의 모습에 자신의 얼굴이 겹쳐 보이기 시작했다.

"도움이 될 수 있다면… 가야만 해!"

황운은 뛰기 시작했다. 그는 그렇게 선량한 사람이 아니었다. 하지만 그것은 대한민국에서의 기준일 뿐. 이 세계의 사람들은 너무나도 쉽게 생명을 뺏고 너무나도 쉽게 상처를 줬다.

황운은 그런 사람만큼은 결코 될 수 없었다.

'제발 아무도 죽지 않길!'

자신이 가진 능력이 얼마나 효과가 있을지 모르지만 그런 것을 일일이 걱정할 때가 아니었다. 꽉 문 잇몸에선 피가 흐르고 있었지만 황운은 메시지 외에 다른 것에는 조금도 신경을 쓸 수 없었다.

"헉, 허억, 허억⋯⋯."

황운이 그 장소 근처에 도착했을 땐 이미 많은 메시지가 사라진 뒤였다. 하나씩 메시지의 숫자가 줄어드는 것을 느끼면서 황운의 이마에는 핏발이 섰다.

또다시 아무렇지도 않게 살인들이 자행되는 것이 자신의 몸으로 느껴졌다. 살의와 공포, 탐욕과 분노. 그 모든 것이 느껴지고 있었다.

'생명을 도대체 어떻게 생각하는 거냐!'

마지막 언덕이라고 생각되는 것을 넘어가자 그의 눈앞에 그로테스크한 광경이 나타났다.

마치 전쟁이라도 벌인 듯 수십 구의 시체가 널려 있었고 불타는 마차들이나 배에 깊은 자상을 입고 고통스럽게 울부짖는 말의 모습도 보였다. 그리고 한쪽 편에 아직 살아 있는 사람들을 발견할 수 있었다.

"저쪽인가!"

네 명의 사내가 검을 들고 한 여자에게 다가가고 있었다. 꽤나 화려한 드레스의 차림으로 앉아 있던 여자는 무슨 일인지 자리에서 일어날 기미를 보이지 않고 있었다.

더 이상 지체할 상황이 아니라고 생각한 황운은 자신이 여태껏 경험했던 메시지들 중 가장 강렬한 메시지 중의 하나였던 프라이팬의 메시지를 표출하며 달리기 시작했다.

'또 불 속에 들어가긴 싫어! 불이 싫어! 아파! 미워!'

그것은 끝없는 공포였고, 대상없는 증오였다. 모든 프라이팬들이 그런 메시지를 가지고 있는 것은 아니지만 훈련소 생활 중 황운은 몇 가지 특이한 케이스를 발견할 수 있었고 그 중 증오와 공포를 깊게 내뱉고 있는 프라이팬을 만날 수 있었던 것이다.

황운은 전력으로 그쪽으로 질주하며 자신이 경험했던 그 메시지를 내뿜었다.

"뭐, 뭐지?"

"기분 나쁜 녀석이 다가온다!"

"무슨 몬스터야?!"

그 자리에 있던 모든 사람들이 황운을 향해 고개를 돌렸다. 황운의 기세는 달려오는 것만으로도 충분히 격정적이었지만 그가 발산하는 메시지는 정확한 형체 없이 그들의 정신을 혼란스럽게 하고 있었다.

하지만 그것으로 위협을 주기엔 부족했을까.

"분명 적이다!"

황운을 몬스터로 판별한 그들은 달려오는 그를 향해 날카로운 검세를 취했다. 바로 앞까지 다가가면 바로 베어버릴 것이 틀림없었다.

황운은 그들과 여자의 가운데로 과격한 슬라이딩을 시도
했다!

　"끄아악!"

　황운은 자신의 가죽 신발의 바닥이 벗겨지는 것을 느꼈고,
그와 함께 엄청난 고통에 사로잡혔다. 보통 아픈 것이 아니었
지만 그런 걸 신경 쓸 수 있는 상황이 아니다.

　"뭐야!"

　"머, 먼지가 인다!"

　그의 돌발적인 슬라이딩으로 인해 말라붙은 맨땅에서 자
욱한 먼지구름이 일었다. 이때가 기회라고 생각한 그는 여자
를 들어 품에 안았다. 여자는 당황했는지 아무런 반항도 하지
않았다.

　마치 소설의 주인공 같은 멋진 포즈였다.

　'젠장.'

　황운은 출발하지 않았다. 아니, 출발하려 했으나 할 수 없
었다. 그는 조용히 여자를 내려놨다. 그의 체력으로는 도저히
불가능했던 것이다. 황운은 더 이상 지체할 것 없이 여자의
손을 잡고 구릉 너머로 달리기 시작했다.

　"저… 저 새끼 뭐야!"

　"놓치지 마!"

　그녀는 황운의 예상보다 훨씬 잘 뛰었다. 반면에 황운은 체
력이 약한 것이 확실했다. 덩치는 산만한데 뜀박질 하나도 여

자보다 못하다니… 본인으로선 한심스러운 이야기였다. 다행히 구릉 너머로 울창한 숲이 있었고 숲은 그에게 안방과도 같은 곳이었다.

갑옷과 검을 걸치고 뛰어오는 이들은 황운과 그녀를 쉽사리 따라잡을 수 없었다. 그들이 뒤늦게 숲 속에 도착했을 땐 이미 아무것도 발견할 수 없었다.

"그렇게 넓은 숲도 아니다. 분명 찾을 수 있을 거야!"

"이놈들… 당장 나와! 어디 숨은 거냐!"

분명 황운은 그들이 바로 찾을 수 있는 위치에 있었다. 숲에 먼저 도착했던 황운은 자신이 메고 다니던 여행 가방의 모포를 풀러 그녀의 주위에 둘렀다. 저항없이 모든 행동에 따르는 그녀가 조금 이상하긴 했다. 하지만 황운은 갑자기 닥친 상황에 놀랐을 것이라고 생각하며 넘어갔다.

그는 적당한 위치에 앉으며 말을 꺼냈다.

"급하니까 짧게 말할게요. 내가 하는 지시를 따르면 살 수… 도 있습니다. 웃기게 보일지 몰라도 일단 이 상황을 같이 벗어나 봅시다. 알겠습니까?"

그녀는 잠시 황운을 바라보다가 상황을 이해한 듯 고개를 끄덕였다.

그제아 상대의 일굴을 제대로 보게 된 황운은 그녀가 퍽 미인이라는 것을 알 수 있었다. 이목구비가 뚜렷하고 기품이 넘치는 분위기가 소위 귀족이라 불리는 계층에 있을 것 같았다.

잠시 다른 생각에 빠졌던 황운은 고개를 흔들며 정신을 차렸다.

"자, 이쪽으로 와서 앉아요."

묘한 모양새였다. 황운은 그녀를 다리 사이에 넣고 감싸 안듯 그녀를 안았다. 물론 투박하고 거친 모포 때문에 그다지 아름다운 분위기가 연출되진 않았다.

황운은 자신의 메시지를 최대한 숲의 기운에 동화시키기 시작했고 얼마 지나지 않아 완전히 기척을 숨길 수 있었다.

"조용히 해야 해요. 지겨우면 잠이라도 한숨 자요."

그녀는 그 말에 바로 황운의 가슴에 머리를 기댔다. 황운은 헛바람을 들이키며 순간 긴장했다. 하지만 기척을 숨기는 것은 나름대로 집중을 필요로 하는 것이기에 이내 정신을 차려야 했다.

그들이 사라질 때까지 황운에겐 고통 아닌 고통의 연속이었다.

'이거, 할 짓이 못 되는군.'

여자와 손도 한번 잡아본 적 없던 황운이 오늘 진도를 꽤 다양하게 나간 것이다. 들판에서 여자와 손잡고 뛰어보기도 하고—물론 상황이 좀 다르지만—숲 속에서 잠든 여인네를 품에 안고 있는 놀라운 경험도 해보고—물론 상황이 좀 다르지만—어쩌면 그 이상의 일이 있을 수도 있었다.

그로 인해 황운의 집중력은 자주 흩어졌지만 다행히 사내들은 깊은 곳을 찾아보기만 할 뿐, 그들의 근처는 오지도 않았다.

'모포가 아니었으면 더 집중하기 힘들었겠군.'

사실 모포까지 두르지 않아도 황운의 메시지로 그녀의 기척을 함께 숨기는 것은 그리 어려운 일이 아니었다. 다른 사람이 보고 있는 그 앞에서 기척을 숨기는 것은 어렵지만, 숲은 조금 달랐다. 숲의 생명력 넘치는 메시지는 굳이 오감이 예민한 사람이 아닌 일반인들도 느낄 수 있을 정도로 강렬했고 그 속에서 기척을 숨기는 것은 훨씬 더 쉬웠다.

하지만 황운은 그녀의 드레스의 화려한 색이 걱정스러워 모포를 두르게 했던 것이디. 황운은 몰랐지만 현재 그의 능력은 그들의 시야까지 지배하고 있었다. 그의 우려와는 달리 사내들이 그를 뚫어져라 바라본다 해도 알아챌 수 없을 것이었다.

"젠장, 철수하자!"

해가 지기 시작하자 사내들은 더 찾기를 포기했다. 커다란 저택의 정원보다도 작은 숲이었기에 충분히 찾아봤다고 생각했고, 더 이상 발견하지 못하자 그들이 이미 다른 곳으로 떠난 것으로 생각한 것이다.

'이제 좀 살겠군.'

그녀는 황운의 품에서 새근새근 소리까지 내며 곤히 잠들어 있었다. 황운은 급박한 순간마다 항상 발작하지 않고 자신을 지켜준 강운에 내심 감탄했다.

　사실 능력이라기보다는 저주에 가까웠지만 그는 자신에게 주어진 기연이 분명하다고 스스로를 위로했다. 그런 긍정적인 사고방식이 아니었으면 잠들 수 없었던 매일 밤 미쳐 갔을 것이었다.

　'후우… 그래. 난 충분히 주인공다운 성장을 하고 있는 거야.'

　그가 자신의 상태를 원래대로 돌리자 이상한 것이 느껴졌다. 그것은 바로 그녀의 상태였다. 그녀는 분명 편안한 표정으로 자고 있었지만 그녀에게서 아무런 메시지도 느껴지지 않았다.

　'뭐지?'

　편안하면 편안한 메시지가, 누군가를 증오하고 있다면 그 증오의 메시지가 발산되는 것이 정상인데 그녀에게서 아주 미약한 메시지도 나지 않았다. 이것은 마치 뿌연 회색 빛의 안개 같은 느낌이었다.

　황운이 아무리 집중해 보아도 그녀의 메시지는 느껴지지 않았다.

　'설마……'

　황운은 조심스럽게 그녀를 내려놨다. 자신이 발산하던 메시지가 지나치게 강해서 어떤 문제라도 그녀에게 끼쳐졌을까 하는 마음이었다. 하지만 아무런 지식도 없는 그가 겉보기에 멀쩡한 그녀를 보고 뭔가 알아낼 리 없었다.

황운은 어디서 본 건 있는지 그녀의 눈꺼풀을 살짝 들어보았다.

"꺄아아악!"

갑자기 깨어난 그녀는 황운의 손을 뿌리치며 비명을 질렀다.

"뭐, 뭡니까!"

"당신이야말로 무슨 짓이에요!"

무례도 보통 무례가 아니다. 황운은 잘 모르겠지만 자고 있는 숙녀의 얼굴에 손을 대는 건 충분히 불순한 의도로 인정받을 만한 세계였다.

"큰 소리로 외치면 발각돼요! 쉿!"

하지만 두 손을 들어올린 채 난감한 표정을 짓고 있는 그를 보며 그녀는 실소를 터뜨렸다.

"킥킥……."

"어라?"

"배고픈데 먹을 것 좀 없어요?"

그녀는 자신을 켈리라는 이름으로 소개했다. 귀족 집의 여식은 아니었지만 베른 시에서는 귀족 이상의 대우를 받는 가문이니 그녀를 켈리라고 부를 수 있는 사람은 베른 시 안에선 열 명도 되지 않을 것이었다. 물론 황운은 알 수 없었다.

황운은 자신이 가지고 다니던 건포와 말린 곡식들을 그녀에게 대접했다. 그의 예상과 달리 켈리는 그것들을 매우 좋아했고 그런 그녀를 위해 황운은 하루치를 모두 꺼내야 했다.

황운이 여행용 소형 램프를 켜자 그녀의 조각 같은 얼굴이 드러났다.

"하아, 살 것 같다. 그런데 오빠는 왜 이름 안 알려줘요?"

"어딜 봐서 오빠라고 생각해요?"

황운은 여전히 웃고 있었지만 미간이 살짝 꿈틀거렸다.

"아저씨라고 해도 되겠는데 기분 좋으라고 해준 말이에요."

실제 나이는 말해봤자 소용없으리라. 나이와 관계없이 세월의 흔적이 가득하고 눈 밑에 피곤이 가득 낀 황운의 얼굴은 20대보단 30대에 근접해 보였다. 황운은 세상에 나가면 쓰려고 멋들어진 이름을 몇 개 준비해 뒀었다.

하지만 자신을 바라보는 그녀의 눈빛에 눌려 버린 황운은 얼떨결에 자신의 본래 이름을 말해 버렸다.

"황운이야."

"황운? 신기한 이름이네……."

"켈리는 몇 살이야?"

"음… 스물넷."

황운은 억울한 마음을 갚을 심정으로 보란 듯 말을 놓았다. 켈리는 그런 걸 개의치 않아 하는 듯 황운을 오빠라고 부르며 가끔씩 미소를 지어 보였다. 그리고 아직 피지 못한 청춘남은 가끔씩 붉은 얼굴로 고개를 돌려야 했다.

"그나저나 나 처음 보는 남자랑 숲 속에서 외박하는 거 싫은데. 음흉해 보이진 않아도 겉모습만 보고 믿진 못해요."

농담 반 진담 반의 어투였다. 황운은 충분히 그 이야기를 납득할 수 있었다.

"피곤하지 않다면 지금이라도 길을 찾아 두르드 마을로 갈까? 하루도 채 안 걸릴 것 같은데."

황운이 나름대로 친절을 발휘하며 그녀에게 방법을 이야기하자 켈리의 얼굴이 잔뜩 구겨졌다.

"나를 쫓아오던 사람이 있을 거란 생각은 못해봤어요?"

"아……."

그리고 보니 황운은 낮의 사연도 물어보지 못했다. 하지만 죽어 있던 시체 중의 일부는 그녀에게 소중한 사람이었을 것이다. 거기까지 생각이 미친 황운이 난감해하며 다른 말을 찾고 있자 그녀가 먼저 이야기를 꺼냈다.

"나는 꽤 잘나가는 상인의 딸이에요. 아버지 일을 가끔 도와드리기도 하니까… 두르드 마을을 들렀다가 돌아가던 도중 번쩍거리는 내 마차를 보고 불량한 무리가 달려든 거죠. 대부분 서로 싸우다 죽었고 제가 마지막이었어요. 설명 끝?"

"음…….."

황운은 태연한 그녀의 얼굴을 바라보며 사람 목숨이 별것 아닌 세상이라는 것에 대해서 다시 한 번 실감했다. 결국 그런 광경에 적응하지 못하는 자신이야말로 특이한 케이스라고 생각하기로 했다.

"그래도 네 명 정도라면 마을에서 갑작스럽게 달려들 일은 없지 않을까? 마을의 경비도 상당하던데……"

"싫어요. 싫다구요!"

'그럼 날 보고 어쩌라고!'

황운은 애써 미소를 지어 보였다. 그는 다 큰 처녀가 떼쓰는 광경을 절대 보고 싶지 않았다. 그래, 현실적인 이야기를 해줘야 한다. 황운은 차근차근 설명을 시작했다. 일주일은 걸릴 베른까지의 거리와 노숙의 피곤함. 길거리에서 만난 남자와는 친하게 지내지 말 것.

그런 이야기들을 뾰로통한 표정으로 듣고 있던 그녀는 다시 떼를 쓰기 시작했다.

"악! 싫어! 나도 여행할 거야! 스물넷 먹은 여자는 집에 가서 자야 한다는 법 있어?!"

"덮쳐 버린다."

"소심하게 생기셔서 하나도 안 무섭네요!"

마음에 큰 상처를 입은 황운은 대꾸도 할 수 없었다. 그녀의 마음을 이해 못하는 것은 아니었다. 그런 환경의 자녀라면 흔히 가벼운 마음으로 일탈을 꿈꾸곤 한다. 이미 수많은 판타지 소설에서 사용되어 왔던 흔한 컨텐츠가 아닌가.

하지만 드레스를 입은 부잣집 아가씨와의 도보 여행은 정말 미치지 않고서는 쉽게 생각할 수 없는 것이었다.

"식량도 없다!"

"사냥해 와요!"

그는 메시지까지 동원해 가면서 켈리를 설득했고 결국 길을 따라가다가 경비대나 켈리를 찾으러 온 집안사람을 발견하면 신병을 인도하는 것으로 타협을 봤다. 켈리는 숲 속에서 잘 수 없다며 투덜대기 시작했고 결국 황운은 작은 램프 하나를 들고 밤에 이동하는 것이 얼마나 위험한지 몇 시간을 더 설명했다.

그들은 다음날 아침 기신맥진한 표정으로 출발했고 해가 중천에 뜰 때쯤 도로를 발견할 수 있었다. 그녀는 추격자가 있을 거라는 소리를 하며 길 곁으로 가기 싫어했다. 결국 황운은 자신의 능력에 대해 설명해야 했다.

"후아… 그게 말이 돼요?"

"뭐 이미 직접 겪어봤잖아?"

황운은 숲에서 자신이 숨었던 것을 언급했다. 하지만 그것이 도리어 화를 불렀다.

"보여줘! 보여줘! 보여줘!"

분명 큰 실수였다. 황운은 평생 해본 적도 없는 다양한 메시지를 보여줘야 했다. 한 시간도 되지 않아 그의 밑천은 드러났다. 바람, 빗자루, 동물 흉내, 은신술… 물론 위협을 줄 수 있는 것들은 하지 않았지만 황운은 결국 한 번 통제를 놓치게 되었다.

"으히히히히힉!"

"꺄아악!"

그리고 미쳐 날뛰던 그가 제정신으로 돌아오자 켈리는 그 후 두 번 다시 능력을 보여달라는 소리를 하지 않았다.

"하아… 하아… 이 일이 얼마나 힘든지 너는 모른다."

"알 필요도 없네요."

간신히 제정신으로 돌아온 황운이 투덜거리자 켈리는 혀를 내밀며 대꾸했다.

"분명히 떼를 쓸 만한 나이는 아닌데……."

"오빠한테만 그러는 거예요."

잘 먹혔으니까. 영악한 그녀는 황운에게 떼를 쓰는 게 얼마나 효과적인지 알고 있었다. 그의 난감한 표정은 오래가지 않아 체념의 표정으로 바뀌었고, 그 이후 황운은 한참 동안 켈리에게 시달려야 했다. 차원 이민에 관한 이야기까지 꺼낼 뻔했으니 황운의 나약함은 알아줘야 했다.

"인적이 뜸하네."

"이 길로 지나갈 이유가 없을 테니까. 서쪽 산맥 너머로 가고 싶으면 편한 배를 이용하면 되니까요. 그리고 두르드 마을 같은 촌 동네에 도대체 누가 가려고 하겠어요? 우리 집같이 돈독이 잔뜩 오른 사람들이나 찔러보러 오는 거지. 그런데 나

랑 여행하는 게 많이 싫은가 봐?'

한참을 설명하던 켈리는 질려 하는 황운의 표정을 바라보며 눈살을 찌푸렸다. 황운은 억지웃음까지 지어가며 고개를 저었다.

"아냐, 아냐!"

"흐응, 그래요?"

또 그녀의 페이스였다. 그날 밤이 찾아올 때까지 황운은 그렇게 켈리에게 시달렸다. 밤이 찾아오자 그들은 길에서 그다지 떨어지지 않은 곳에 야영 자리를 폈다. 켈리는 질리지도 않은지 야영용 식량을 잘 먹었다.

그런 것이 황운에겐 천 가지 불행 중 한 가지 행복이었다. 입맛 까다로운 아가씨였다면 분명 그는 하루 세 끼분의 사냥을 해야 했을 테니까.

"맛있어? 남들은 안 죽으려고 먹는 건데."

"이런 거… 먹어본 적이 없으니까요."

조금 쓸쓸해 보였다. 켈리의 얼굴을 멍하니 보고 있던 황운은 이내 고개를 흔들었다. 그의 마음을 아는지 모르는지 켈리는 콧노래까지 흥얼거리며 건포를 씹었다.

'찾아라!'

'뭐지?'

그의 정신에 누군가의 메시지가 들려오기 시작했다. 황운은 램프를 엎어 불을 끄고 자신의 영역을 최대한 개방했다.

"조용. 누군가 가까이 온다."

켈리는 건포를 손에 쥔 채 황운의 곁으로 바싹 붙었다. 말한마디 안 하고 있는 모습이 상당히 놀란 투였다. 그가 정신을 집중하자 상당히 많은 수의 메시지가 빠르게 길을 달리고 있는 것을 느낄 수 있었다.

'말… 갑옷… 검… 찾는다… 아가씨… 두몰퍼프?'

"두몰퍼프?"

그는 메시지 중 자신이 알 수 없는 단어가 나오자 켈리에게 물었다. 켈리는 눈을 휘둥그레 떴다.

"어? 그건 우리 가문 이름인데?"

"아직 적인지 아군인지 잘 모르겠으니 숨어보자."

그들이 몸을 숨길 만한 덤불은 이곳저곳에 많았다. 그들은 길과 그다지 멀지 않은 덤불 사이에 숨어 메시지의 근원자들을 기다렸다. 잠시 후 거친 말발굽 소리와 갑옷들이 부딪치는 소리가 들려오기 시작했다.

"우리 가문의 기사들이에요!"

그들의 모습이 점점 가까워지기 시작하자 켈리가 먼저 그들을 알아봤다.

"알았어. 내가 외치는 것보단 네 목소리가 효과가 있지 않을까?"

"응. 살려주세요! 살려주세요! 나예요!"

황운의 의견에 따른 켈리는 곧 큰 목소리로 소리를 지르기 시작했다. 그는 켈리의 찢어지는 목소리에 놀라 그녀를 만류했다. 그녀의 비명은 다소 오해의 소지가 있었다.

"그래선 내가 오해받잖아!"

"몰라! 살려주세요! 나 여기 있어요!"

길과 멀지 않은 곳임에도 그녀의 목소리가 크지 않은 탓인지 그들은 눈치 채지 못하고 있었다. 결국 황운은 켈리가 발산하는 메시지를 흉내 내어 자신이 직접 내뿜기 시작했다.

그녀는 은연중에 풍기는 메시지가 없었을 뿐이지 감정을 표현하거나 말할 때의 메시지는 일반인과 같았다.

"저기다!"

얼마 지나지 않아 그들을 발견한 기사들은 하나같이 서슬 퍼런 검들을 뽑아 들며 달려들기 시작했다. 불안한 예감을 느낀 황운은 두 손을 들어올리며 최대한 선량한 표정을 지었다.

말발굽이 땅을 울리는 소리가 점점 커져 왔다.

"켈리야, 오빠 손이라도 잡아주면 안 되겠니? 오자마자 묻지도 않고 목을 베어버릴 것 같잖아!"

황운은 자신을 향한 진한 살기를 느끼고 있었다. 이러다간 해명도 못하고 목이 달아날 것이 분명했다.

"살려줘요! 살려주세요! …그래?"

"웅. 저기 저 사람은 활노 늘고 있어."

달려오는 기사들 중에는 커다란 롱보우에 시위를 매기는 사람도 있었다. 황운은 메시지라도 좀 우호적으로 바꿔보려

했지만 항상 마음대로 쉽게 바꿀 수 있는 것은 아니었다.

"이러면 되지 않을까?"

켈리는 고개를 돌려 그의 얼굴을 두 손으로 잡았다. 신장 차이가 많이 나는 그들이지만 황운이 숨기 위해 몸을 숙이고 있었기 때문에 가능한 설정이었다.

그녀는 갑작스럽게 달려들며 황운의 입술에 자신의 입술을 포갰다.

'도, 도대체……!'

이 무슨 아름다운 광경이란 말인가. 그의 첫 키스는 그렇게도 아름다운 밤에 이루어졌다. 사방에서 검을 들고 몰려드는 기사들 때문에 흙먼지가 가득했으니 즐길 겨를이 있을까. 당황하며 머릿속으로 애국가를 찾던 황운은 그 부드러운 감촉에 넘어가 결국 두 눈을 감아버렸다.

'좋군.'

잠시 후 그가 정신을 차리고 눈을 뜨자 주위에 도착한 기사들이 무서운 기세로 그를 노려보고 있었다.

"이놈……!"

"켈리… 정말 효과가 있다고 생각한 거야?"

황운은 난감한 표정을 지으며 켈리를 바라봤다. 기사들은 다른 의미로 그를 노려보고 있는 것이 확실했다. 황운은 그들의 어두운 메시지를 몸으로 한가득 받아내야 했다. 질투, 분노, 증오, 살기… 그가 여태껏 느껴왔던 것 중 가장 지독한 느낌이었다.

"멈춰! 이 사람은 날 구해준 사람이야! 착한 분이라고!"

아무에게나 능력을 보일 수는 없었기에 은신도 하지 못하고 혼자서 끙끙거리기 시작했다. 이 상태라면 분명 심각한 상황에 빠지게 된다. 그는 자포자기하는 마음으로 그 모든 메시지를 무시한 채 온몸의 힘을 풀었다.

그리고 그는 모래성이 무너지듯 그 자리에 쓰러졌다.

"오빠!"

'미안한데 더 이상 엮지 말고 내버려 두고 가라. 응?'

신기술 '시체 흉내' 의 탄생이었다. 황운의 새로운 기술은 말 그대로 모든 상황으로부터 벗어나고 싶은 도피자의 몸부림에서 탄생한 것이다.

모든 메시지의 흐름을 무시하고 흘리는 것도 모자라서 자신의 메시지조차 내질 않으니 분명 몸이 숨은 쉬고 있으나 그것을 보는 사람에겐 시체나 다름없었다.

"환자가 있으니 신속하게 이동해야 한다!"

하지만 아쉽게도 신체 기능은 정상이라 미약하게나마 숨을 쉬고 있었고 켈리는 그것을 기절이라 판별했다. 켈리의 거친 지시 아래 기사들은 신속히 움직였고 황운의 바람과는 달리 그들은 황운을 짐처럼 말 위에 내워 줄발했다.

"예! 아가씨!"

"그 사람 몸에 무슨 문제라도 생기면 목이 달아나는 것들은 네놈들이야!"

태어나서 말을 처음 타보는 황운이었다. 다소 자세가 이상하긴 했지만 어쨌든 타고 가는 내내 멀미와 통증이 그를 괴롭게 했다. 기사들은 자신들의 목이 걸리자 훨씬 더 거칠고 빠르게 달려갔고 황운은 수많은 신체적 고통과 번민의 메시지를 무시하기 위해 온 정신을 집중했다.

과연 켈리의 으름장은 효과가 있었는지 그들은 다음날 해가 뜨기 전 자택에 도착할 수 있었다. 영애의 도착과 그 옷차림을 보고 한바탕 소동이 있었지만 그녀의 날카로운 지시에 상황은 정리되었고 황운은 꽤나 큰 방으로 옮겨지게 되었다.

"서둘러! 무슨 일이라도 생기면 너희 모두 가만두지 않겠다!"

켈리와 떨어진 뒤 황운의 처지는 더욱 난감해졌다. 하인들이 옷을 벗기고 씻기고 갈아입혔으며, 의사들 몇 명이 찾아와 처음 보는 증상이라며 열띤 토론을 벌였다.

결국은 성직자까지 찾아와 몇 가지 마법을 걸게 되었다. 그 성직자는 그럼에도 차도가 없는 황운의 모습을 보고 눈물을 흘리며 큰 소리로 신에게 간구하기 시작했고 황운은 더 이상 했다간 장례라도 치러 땅에 묻을 것 같아 결국 깨어나기로 했다.

"여… 여기가 어디지?"

그는 어눌한 연기를 하며 몸을 일으켰다.

"오오! 깨어나셨군요! 역시 신은 당신을 버리지 않으셨습니다!"

하지만 타이밍이 좀 안 좋았다. 신의 사랑에 대해서 얼마간의 강변을 들어야 했던 황운은 어지러움을 호소하며 난색을 표했다.

성직자를 돌려보낸 후에도 몇 명의 하인들이 찾아왔지만 그는 안정을 취하고 싶다며 모두 돌려보냈다. 간신히 그만의 시간이 주어지자 그는 침대에서 상체를 일으켜 벽에 기댔다.

"정말… 최악의 장소다."

도시에서 느껴지는 메시지는 질적으로 수준이 달랐다. 그가 굳이 감응력을 넓히지 않아도 사방에선 수없이 부정적이고 더러운 메시지들이 난무했고 이 저택만 해도 크게 다르지 않았다.

아니, 차라리 빈민굴이 더 편할 것 같았다.

"역시, 사람이야말로 최악이다."

이 저택의 메시지는 좀 더 날카롭고 짜증났다. 두르드 마을만 겪어보고 베른 시가 만만하다고 생각했던 그의 실수였다.

황운은 이제 어떻게 해야 할지 고민해야만 했다. 만약 이대로 가문이 손님으로 자리 잡게 된다면 켈리의 손아귀에서 평생 살아야 할지도 모르는 일이다.

'아니지. 출세의 길을 원한다면 이 정도 스폰서도 필수라

고 할 수 있지. 능력 때문에 좀 고생이긴 하겠다만 한번 낙하산을 타봐?'

자신이 기절했을 때의 켈리를 기억해 냈다. 철없는 행동일 수도 있지만 황운의 마음은 '혹시나……' 라는 기대심에 가까웠다. 인생의 쓴맛을 보며 자라온 스물한 살의 대한남아는 잔머리에도 남다른 부분이 있었다.

'이만한 대도시에서 알아주는 상인 가문이라면 쓸 만한 배경 아니겠어?'

황운은 자리에서 일어났다. 어떤 게임을 해도 정보 습득이 제일 우선이니 남들을 이용하기 위해선 그에 관한 정보가 필요했다. 황운은 감응력을 조금씩 넓히며 복도로 나갔다. 넓은 저택이었지만 하인의 수가 많진 않았다.

그는 은신과 감응을 적절히 활용하며 저택을 둘러보기 시작했다. 몇 번의 사건 이후 그의 능력은 좀 더 다듬어져 있었다.

'대부분 하인들의 메시지로군. 켈리는 어디에 있지?'

안개의 느낌을 찾는 것은 어려운 일이 아니었다. 아마 황운의 감응이 닿는 곳이라면 아무리 멀어도 느낄 수 있을 것이었다. 그가 켈리의 위치를 파악하며 그쪽으로 다가가자 켈리의 바로 곁에서 아주 더럽고 기분 나쁜 메시지가 발산되는 것을 느낄 수 있었다.

'구역질 나는 메시지다. 혹시 그녀가 위험한가?!'

켈리의 집인 바로 이곳에서 켈리가 위험할 만한 상황이 있을 리 없었다. 하지만 황운은 여러 가지 가정을 떠올리며 다급하게 움직이기 시작했다. 아직 먼 곳에서 발산되는 메시지의 종류를 정확히 구분하기 힘들기도 했고 은신과 함께 쓰고 있어 더욱 판별이 힘들었다.

'여기다.'

켈리가 있다고 생각되어지는 방의 앞까지 도착하자 그 음산한 메시지들은 훨씬 더 강하게 들려왔다.

'대화하고 있는 것 같은데, 대화 내용이 들리지는 않는군.'

문을 열고 들어갈 수는 없는 노릇이었다. 곧 황운은 옆방에 아무도 없는 것을 확인하고 안으로 주저없이 들어갔다. 아무도 없는 작은 별실이었다.

'벽 하나를 사이에 두고 있어 대화가 들리진 않는다. 혹시 창문이 있지 않을까.'

그가 서둘러 창문을 열고 고개를 들어 바라보자 오픈되어 있는 테라스에서 두 남자와 대화하고 있는 켈리를 볼 수 있었다. 3m도 안 되는 가까운 거리였기에 여차하면 들킬 만한 상황이었다.

그는 바로 고개를 집어넣고 안도의 한숨을 쉬었다.

'휴우. 테라스에 있었을 줄이야. 걸릴 뻔했다.'

황운은 열린 창문 밑에 쭈그려 앉은 채 감응을 넓히기 시작했다. 일단 목소리가 들릴 정도라면 그것의 내용을 파악하는 것은 어려운 일이 아니었다.

놀랍게도 그들의 이야기는 자신에 관련된 것이었다.

"아무리 그런 능력이 있다고 해도 어르신께선 허락하지 않을 겁니다."

"내가 언제 아버님의 허락을 기다린 적이 있던가? 그 능력을 이용하기 위해서라면 결혼이 뭐 대수라고. 썩어 빠진 귀족 녀석들보다야 쓸 만한 구석이 많지."

그녀의 목소리는 역시 자신과 있을 때와는 전혀 달랐다. 날카롭고 싸늘한 목소리가 황운의 등골을 오싹하게 만들었다.

그는 자신도 모르게 주먹을 움켜쥐었다. 손에서 흐르는 식은땀이 자신의 분노를 말해주고 있었다. 그 모든 행동들이 가식이었다니!

"출신도 모르는 방랑자 녀석입니다."

"돈 좀 벌었다고 귀족 행세하는 출신없는 집안은 우리도 마찬가지야. 그 녀석의 능력이 있으면……."

분명 녀석을 운운하는 것은 켈리의 목소리였다. 황운은 배신감에 치를 떨었지만 사실 배신이랄 것도 없었다. 처음 보는 믿을 수 없는 사이라는 것은 그녀가 아니라 자신에게도 해당되는 말이 아닌가. 호랑이 소굴에 제 발로 들어와 버렸으니 난감할 노릇이었다.

그가 다시 이야기에 집중하자 더욱 놀라운 이야기들이 들리기 시작했다.

"그 녀석들은 모두 처리하셨습니까?"

"네 마리를 못 죽였다. 분명 나의 정체에 대해서 알고 있을 텐데……."

"항상 완벽하게 처리하셨던 아가씨가 웬일로……?"

들려오는 남자의 목소리에는 강한 의문이 담겨 있었다. 그만큼 그동안 켈리가 실수없이 일처리를 해왔음을 알려주고 있었다.

켈리는 짜증이 담긴 목소리로 대답했다.

"닥쳐. 그 자식이 나타나서 영웅 행세를 하는 바람에 당하고 있는 척할 수밖에 없었어. 어차피 그 녀석들이 올 곳은 이곳 두몰퍼프 가의 그림자다."

"아버님께서 눈치 채시지 않을까요?"

"그전에 이 가문을 접수해야지."

황운은 정황을 막연하게나마 알 수 있었다. 켈리는 이 가문의 경영권을 넘겨받기 위해서 내분을 일으키고 있는 중이었다. 몇 명의 형제가 더 있는 그녀로선 각각의 형제들은 물론 아버지의 세력권도 견제해야 했고 황운과의 첫 만남도 사실은 일종의 사업 중이었던 것이다.

'그때 느꼈던 살의의 메시지는 켈리의 것이었단 말인가.'

"그런데 다른 사람의 생각이나 감정도 읽을 수 있다면 아가씨는 왜 들키지 않으셨습니까?"

"그 녀석과 처음 만났을 때 능력을 예측했지. 나랑 비슷한 능력을 가지고 있었어. 내 생각이나 능력이 들킬 일은 없을 거야."

하나는 알면서 둘을 생각하지 못했군. 켈리의 생각을 알 수는 없어도 켈리와 대화하는 남자의 음습한 기운은 지나칠 정도로 잘 느껴졌다. 황운은 한마디라도 더 듣기 위해 노력했다. 이 집 안에 더 있어야 할 용무는 없지만 벗어나기 위해서라도 그들의 계획은 알아둘 필요가 있었다.

그렇게 그들의 대화에 집중하고 있던 황운의 뒤에서 갑자기 방문이 열렸다.

"누, 누구⋯⋯?!"

'젠장.'

황운은 옆에 있던 침대 밑으로 숨으며 은신을 시도했다. 하녀는 깜짝 놀라 침대 밑을 살펴봤고, 그녀가 아무도 없는 것을 발견했을 때 황운은 이미 복도로 걸어나간 후였다.

"유령? 내가 헛것을 봤나⋯⋯."

황운의 은신술은 갈수록 능숙해지고 있었다. 보이는 눈앞에서 사라지는 것은 쉬운 일이 아니었지만 아주 약간의 시선만 벗어나도 그의 메시지는 금세 주위의 흐름 속에 묻혔다.

황운은 자신이 다른 사람의 이야기를 정탐하고 숨는 것이 마치 닌자와도 같다고 생각했다.

'닌자 황이라⋯ 나가면 도적이라도 되어볼까?'

그는 서둘러 자신이 있던 방으로 돌아가기 시작했다. 오래

자리를 비운다면 그 또한 의심을 살 수 있을 테니까.

그가 도착했을 당시엔 방 근처에 아무도 없었다. 황운은 언제든지 떠날 수 있도록 자신의 짐을 찾아 침대 옆에 뒀다. 다행히 짐들이 모두 방 안에 있어 챙겨두는 것은 어렵지 않았다. 언제나 도망치기 용이하도록 경량화 밸런스를 맞춰둔 가방이기에 황운에게는 전혀 부담이 되지 않았다.

그는 누군가 찾아올 때까지 저택의 대략적 지리를 종이에 끄적였고 저녁 시간이 되자 한 노인이 그의 방으로 찾아왔다.

"손님, 이 저택에 제8집사 헤르멘이라 합니다. 접대와 안내를 맡고 있습니다. 실례되지 않는다면 성함을 여쭤봐도……?"

"음… 그냥 친구라고 불러주시면 됩니다. 친~구~"

이미 켈리에게 말한 이름이지만 밝히기 조금 껄끄러웠다. 그녀라면 이름 하나만 가지고도 저주를 걸 수 있을지 모른다. 황운의 상상 속에서 성장한 켈리의 마음속 모습은 마치 마녀의 모습이었다.

"아가씨께서 저녁 식사에 초대하셨습니다. 함께 가시지요."

알 수 없는 표정을 짓던 집사는 미소를 지으며 황운을 안내했다.

"지금 입고 있는 옷은 잠옷 같은데, 이 복장으로 가도 괜찮습니까?"

"환자가 입는 환자복이니 편하게 생각하셔도 됩니다."

"음, 음."

참으로 많이 걷는다. 저택 자체의 크기는 크지 않은데 복도는 길다. 이건 분명 비효율적 건축 양식이다. 밖에서 보면 좋을지 몰라도 다이어트라도 하려는 사람이 아니고서야 이런 집을 편하게 여길 리 없다.

"어서 와요."

그가 식당에 도착하자 켈리가 먼저 앉아 식사를 하고 있었다. 황운은 영화에서 흔히 나오는 비효율적으로 기다란 테이블을 생각했지만 의외로 작은 4~5인용 원형 식탁이었다.

황운은 준비되어 있는 맞은편 자리에 앉으며 인사를 건넸다.

"좋은 저녁이야."

"어떻게 됐는지 그간의 사정은 들으셨어요?"

"안 들어도 충분히 알 것 같아."

그의 앞으로 갓 만들어낸 것이 확실한 요리들이 도착했다. 하녀들은 마치 이 방 안에 존재하지 않는 듯 사뿐사뿐하게 움직이며 음식들을 놓고 사라졌다.

공복기가 꽤 있던 황운은 즐거운 표정을 지으며 음식들을 먹기 시작했다. 황운은 최대한 의중을 감추며 켈리의 분위기를 살폈는데, 밖에서의 그녀와는 조금 다를 정도로 차가운 기색이 엿보였다.

"기분 안 좋은 일 있나?"

"이 집에선 원래 이래요. 오빠, 밤에 내 방에 올래요?"

'헉.'

여차하면 낚인다. 황운의 표정이 급속도로 굳어갔다. 마음의 평정을 유지해야 한다. 아무렇지도 않게 받아넘겨야 한다.

"다 큰 처녀가 외간 남자를… 하는 게 말이 되나!"

"뭘 해요?"

황운의 표정이 더욱 굳었다. 도대체 무슨 의미로 오라고 하는 걸까.

"음… 그게……."

"히고 싶은 이야기도 좀 있고 이 자리는 다른 하인들 때문에 불편해서 그래요. 그리고 내 방은 침실 말고도 많거든요? 오해하지 마세요."

"그래. 뭐……."

이래서 안 된다. 항상 그녀의 페이스다. 황운은 자신의 목구멍으로 넘어가는 음식 맛도 알 수 없었다. 그의 정신으로 기분 나쁜 메시지가 들려왔다. 가까운 것으로 보아 주방쯤에서 하녀들이 험담이라도 하고 있는 듯했다.

잔뜩 인상을 찡그린 그는 옆에 서 있던 하녀를 불렀다.

"저기, 주방인지 뭔지는 잘 모르겠는데 옆방에 있는 하녀들한테 가서 다 들린다고 이야기 좀 해줘요. 식사하기 불편합니다."

"…예? 아, 예."

하녀가 깜짝 놀란 표정을 지으며 옆방으로 사라지자 황운은 쓴웃음을 지었다.

'이런 일로 매번 신경 쓸 수는 없겠지. 귀찮고, 귀찮은 저주다.'

그 딴에는 속삭인다고 이야기했건만 켈리의 귀에도 다 들렸을까. 켈리는 키득거리며 황운을 바라봤다.

"귀찮네요. 그런 거."

"곁에 있는 사람은 좋을지도."

황운은 자신도 모르게 퉁명스럽게 대답해 버렸다.

'아차.'

자신의 말투에 놀란 황운은 그녀의 눈치를 살폈지만 켈리는 별로 신경 쓰지 않는 듯했다. 그렇게 식사는 조용하게 끝났고 황운은 자신의 방으로 돌아왔다.

"지루하군."

황운은 방에서 그냥저냥 시간을 때우고 있었지만, 늦도록 아무런 소식이 없었다. 오라는 것이었으니 그쪽에서 기다리고 있을까? 길도 모르는 사람이 이 저택에서 혼자 찾아갈 수도 없는 노릇이다. 아니, 사실 알고 있었지만 모르는 척해야 하지 않은가. 그는 이런저런 생각들을 하며 시간을 보냈다.

저택의 거의 모든 불들이 꺼져 갈 무렵 노크도 없이 황운의 방문이 열렸다.

"잘 있었어요?"

열린 문틈으로 켈리의 얼굴이 나타났다. 그녀는 꽤나 귀여운 미소를 짓고 있었다.

"…직접 왔네?"

"하인들 입소문도 신경 쓰기 뭐하고… 자, 이거!"

황운의 귀에 달캉거리는 소리가 들려왔다. 그가 켈리를 바라보자 그녀의 손에 술병으로 보이는 병 두 개가 들려 있는 것을 볼 수 있었다.

색깔이 아주 검붉은 것이 술을 잘 모르는 황운이 보기에도 무척이나 진하고, 독해 보였다.

'요것이 오늘 아주 작정을 하고 왔구나. 아이구, 아버지!'

그녀는 귀여운 미소를 지으며 안으로 살금살금 들어왔고 황운은 애써 미소를 지어 보였지만 속으로는 울부짖고 있었다. 거절할 수 없는 이 밤은 도대체 무슨 장난이란 말인가.

더욱 웃긴 것은 그녀의 흑심을 알고 있으면서도 한편으로 기대하고 있는 남자의 왼쪽 가슴이었다.

"무슨 생각 해요. 저쪽 찬장에서 잔 두 개만 꺼내와 봐요."

"어. 그런데 왜 여기로 온 거야?"

황운은 잔을 꺼내며 등 너머로 켈리에게 말을 던졌다. 그가 몸을 돌리자 식당에서의 그녀가 아닌 숲 속에서의 그녀가 웃고 있었다.

"여기로 오면 안 되나요? 내가 오고 싶어서 왔는데."

"아니……."

황운은 자신도 모르게 얼굴을 붉히고 있었다. 거기다가 고개도 숙이고 있으니 분명 켈리의 밥이었다. 알고 있다고 해서 세상에 마음대로 되는 일은 없다.

알아도 어쩔 수 없는 불가항력의 법칙 아래 주인공은 무릎을 꿇기 시작했다.

"안 앉아요?"

쾌활한 그녀와의 술자리가 시작되었다. 그녀는 밝고 명랑했고, 황운과 단둘이 있을 땐 좀 더 귀여웠다. 그녀의 붉은 머리칼, 한없이 채워지는 붉은 술잔들, 그리고 그녀의 붉은 볼. 취기에 달아오른 그의 얼굴 역시 붉게 물들어 있었다.

"여기 마음에 들어요?"

"하나도."

또 술기운이었을까. 잘 나가다가 가끔씩 저렇게 본심이 나와 버린다. 황운은 인상을 찡그리며 그녀를 바라봤다.

"풋, 으흐흐흐… 나도 하나도 마음에 안 들어요!"

"너라면 알 텐데. 내가 무슨 생각을 하는지."

그녀가 황운을 바라보며 묘한 웃음을 흘렸다. 분명 핀트가 안 맞은 것이 분명했다. 황운은 자신의 저주에 관한 자조적인 말을 했을 뿐인데, 그녀의 눈빛은 그런 의미가 아니었다. 황운은 자신도 모르게 긴장하기 시작했다.

"우리 진… 하게 키스한 건 생각나요?"

"…그래."

"지금 또 하자고 하면 실례일까."

실례가 아니야. 실례가 아니야. 실례가 아니야. 그의 두근거리는 왼쪽 심장이 외치고 있었다. 하지만 여기서 넘어가면 분명 완벽하게 낚인 물고기가 되고 만다.

그는 찰나의 순간 동안 자신이 내뿜는 수만 가지 메시지와의 사투를 간신히 이겨내고 어렵사리 대답했다.

"…실례야."

"그럼 또 강제로 해야겠네."

그녀는 자리에서 일어나 황운의 곁으로 다가왔다. 그가 고민한 보람도 없이 그녀의 페이스대로 진행되어 가고 있었다.

켈리는 긴장하고 있는 황운의 몸 위로 무너지듯 쓰러졌다.

"무슨……!"

황운은 앉아 있던 의자와 함께 바닥을 굴렀다. 그리고 켈리 역시 그의 몸 위로 쓰러졌다. 그녀는 황운의 몸 위에 올라 황운을 내려다봤다. 붉은 볼, 붉은 입술.

그 작은 입술에서 나오는 말은 예상외로 작고 연약했다.

"싫다고 말하면… 이대로… 이대로……."

이런 상황으로 만들어놓고 이제야 그런 말을 하는 건 무슨 심보일까. 그녀의 표정은 마치 소녀 같은 수줍음이 가득했다. 하지만 황운은 거절해야 했다. 분명 그는 모든 사실을 알고 있다. 여기서 넘어가면 어떻게 될지도.

그가 거절을 하기 위해 어렵게 입술을 열자 켈리는 자신의 손가락으로 황운의 입을 막았다.

"이대로… 덮칠 거야."

분명 그녀의 짓궂은 미소가 보였다. 그리고 그 뒤 그녀의 입술이 황운의 입술을 덮쳤고, 황운은 아무런 생각도 떠올릴 수 없었다. 후일 일방적이었고, 강제적이었다고 말한다면 그 것은 필히 변명이리라. 그도 스스로를 통제할 수 없었다.

그렇게 붉은 밤은 깊어갔다.

Chapter 4

배신, 그리고 지엔

그 뒤 몇 달이 흘러갔다. 황운의 일상은 하루도 다를 게 없었다. 켈리와 그는 항상 붙어 다녔고 낮이나 밤이나 마찬가지였다. 상류층의 파티에 가고, 유지들과 환담을 나누던 그는 켈리의 측근이라고 베른 시에 알려지기 시작했고 우수에 젖은 깊은 눈빛과 훤칠하게 큰 키는 세간의 이목을 끌기에 충분했다.

물론 그 자신은 쾌활함을 잊을 정도로 깊은 고민 속에서 살아왔지만 그녀를 벗어나진 못했다. 그는 매일 밤을 그녀와 보내고 매일 새벽을 홀로 번민했다.

"오빠, 어디 가?"

"머리가 아파. 잠깐 쉬러 간다."

"저녁에 내 방에 올 거지?"

켈리의 요구는 은밀하지 않았다. 노골적이고, 직설적이었다. 그녀는 자신이 원하는 것들을 항상 거침없이 말했고 그는 어디에서나 그녀의 요구에 순응하게 되었다.

"그래."

마치 꼭두각시처럼 무미건조하고 수동적인 사람이 되어가고 있었지만 켈리는 그런 것에는 개의치 않는 듯했다.

그녀는 너무나도 사랑스러웠고, 벗어나야 한다는 것을 알지만 그럴 수 없었다. 어김없이 상대를 찾아가는 것은 결국 그녀가 아닌 황운이었다.

"언제까지……."

황운의 혼잣말이 허공을 갈랐다. 그녀와 함께 있을 땐 행복했지만 홀로 있을 땐 그런 스스로를 비관했다. 그녀가 자신을 바라보는 눈빛은 분명 사랑이었고, 자신이 그녀를 대한 마음 역시 분명 사랑이었다.

"잠이라도 잘 수 있다면."

그는 마른 입술을 핥았다. 눈가의 그늘은 하루가 다르게 짙어갔다. 잠을 잘 수 없는 그의 새벽은 항상 홀로 번민하는 시간이었다. 하지만 아침이 찾아오면 함께 자신을 반기는 그녀의 미소를 바라보며 또다시 웃어야 했다. 행복했으니까.

벗어나고 싶지만 그럴 수 없는 것은 첫사랑의 미련 때문이었을까. 그렇기에 그녀의 미소와 그 속의 이면을 알고 있는 황운의 마음은 아프기만 했다.

사업 때문에 항상 나가 있는 그녀의 아버지를 볼 수 있는 기회는 없었으나 그녀의 형제들은 모두 만날 수 있었다. 하나같이 그녀와 똑같은 메시지를 발산하고 있었다.

조금 다른 것이라면 그녀처럼 알 수 없는 메시지를 가지고 있는 것이 아니라 전형적인 상류층의 짜증나는 느낌이라는 것이다.

"반갑습니다. 아인켈라인 양의 좋은 조력자라고 들었습니다."

"예, 황운이라고 합니다."

황운은 매번 애써 미소를 지으며 상대의 불쾌한 메시지들을 넘겼다.

그녀는 당당하게 황운을 소개했고 그는 그런 그들과 만날 때마다 정신적인 고통을 경험해야 했다. 그들의 내면은 날카롭고 비열하며 겉으로 내뱉는 말들과는 전혀 다른 모습들을 가지고 있었다.

그런 것들이야말로 황운의 정신에 상처를 입히는 주요인들이었다.

"머리가 아프네. 나 쉬러 갈게."

"응."

황운은 종종 두통을 호소하며 자리를 벗어났다. 일반인으로 치면 보기 싫은 잔인한 장면을 하루에 몇 시간씩 보고 있어야 하는 것이다. 매일 겪으며 단련되어 가긴 했지만 그가 매일 겪어야 하는 고통에 비하면 대수롭지 않은 일이었다.

그의 자아는 몇 번이나 무너질 뻔했다. 아니, 실제로 광기에 종종 빠져들기도 했다. 하인들은 그런 모습에 조금도 반응하지 않았고 켈리는 멀지 않은 곳에서 미소를 지으며 그를 바라볼 뿐이었다. 그리고 그 눈빛에 사랑이 담겨 있음을 알기에 황운은 더욱 괴로웠다.

세상에 단 두 개로 정의될 수 있는 것은 아무것도 없었다. 세상엔 0도 없고, 1도 없었다. 그런 진실들이 거칠어져 가는 황운의 마음에 희망이라는 마약을 심어주었고 결국 그것은 그를 현실에서 벗어나지 못하게 만들었다.

켈리는 그의 능력을 이용하기 시작했다. 다른 사람들과 함께 만나왔던 건 그의 얼굴을 익혀두게 하기 위해서였고 황운에게도 적응의 시간이 필요하다고 생각했었기 때문이다.

몇몇의 사람과 만나며 그녀는 그들의 심중을 동요시킬 만한 화법과 질문을 구사했고 황운은 그때마다 그들의 본심을 느낄 수 있었다. 그리고 켈리는 황운을 통해 많은 정보를 얻었다. 야심 많은 가문의 영애는 효율적으로 자신의 적과 아군을 찾아냈고 만들어냈다. 그럴수록 황운의 얼굴은 점점 핼쑥해졌다.

평범한 어느 날, 켈리는 그의 손을 잡으며 말을 건넸다.

"오빠, 우리 오늘 저녁에 갈 곳 있어."

"어디?"

결정은 그녀가 내렸다. 황운은 힘없는 얼굴로 그녀를 바라봤다.

"항상 그렇듯 목적없는 파티지. 하지만 평소완 달리 규모가 꽤 커서 이 베른에서 상류층이라 불리고 있는 녀석들은 모두 모일 거야."

그녀는 웃기만 했다. 분명 그가 겪는 고통의 크기를 알 수 있을 것이었다. 그래도 황운에겐 그런 그녀가 한없이 사랑스러웠다.

"최악의 장소로군."

하지만 한두 명도 아닌 수백 명의 쓰레기가 몰려 있는 곳이라니. 그런 곳에서 황운이 버틸 수 있다고 생각하는 걸까. 분명 황운은 고난 아닌 고난을 극복하며 엄청나게 성장해 있었다, 다른 이들과의 만남이 그에겐 목숨을 건 전투와도 같았으니까.

아니, 하지만 그런 것들이 그에게 중요한 문제는 아니었다. 더욱 중요한 것은 그녀였다.

"이번에도 알려줘야 할 게 있나?"

"내가 그때그때 직접 물어볼게. 오늘은 사람이 유난히 많으니까. 미치지 않게 조심해요. 키킥."

그녀의 매력이었다. 보통의 여자라면 그런 모습들을 보면서 속 앓이를 하거나 걱정스러운 눈빛이라도 보내줄 텐데, 그녀는 익살스러운 표정을 지으며 마치 농담처럼 이야기했다.

그녀의 거대한 야망에 비교하면 정말 아무것도 아닌 문제이기 때문일까. 황운의 한쪽 입꼬리가 살짝 올라갔다.

"조심하지."

그날 저녁 황운과 켈리가 도착한 곳은 거대한 크기의 파티 하우스였다. 보통 이름 좀 있는 귀족들이라면 다들 하나씩 가지고 있긴 하겠지만 오늘 간 곳은 유난히 크고 웅장했다. 켈리의 둘째 언니가 소유하고 있다고 하는 그곳은 홀에만 수천 명이 들어갈 수 있을 정도로 거대한 곳이었다.

파티 장소에는 수백 명이 술잔을 기울이며 환담을 나누고 있었고 낮고 자극적인 음악이 연회장을 메우고 있었다. 하지만 황운의 눈에는… 그저 전쟁터로 보일 뿐이었다.

'무시하자. 흐름을 무시하자.'

"오빠… 가자."

그의 존재감이 희미해지는 것을 느꼈을까. 켈리는 그의 손을 꽈악 잡으며 그를 이끌었다. 둘이 연회장으로 들어서자 수많은 시선들이 그들을 향했다. 켈리의 아름다움이야 말할 것도 없었고, 잘 차려입은 황운의 모습도 심히 빼어났다.

"아인켈라인 양이다. 역시 이 도시 최고의 미모로군."

"옆에 있는 신사 분이야말로 멋진데요."

다소 마른 체구이긴 했지만 190㎝가 넘는 그의 장신과 슬픔이 가득한 눈빛은 연회장에 있는 모든 여자의 마음을 움직이기에 충분했다. 그의 깊고 조용한 느낌은 다른 남자들과는 확연하게 달랐고 그녀의 당당하고 자신감 넘치는 모습도 마찬가지였다.

"이쪽으로 오시지요."

"음."

그들은 연회장의 바깥쪽 부분에 있는 특별석으로 안내를 받았다. 서서 파티를 즐기는 이들이 상류층 중에서도 중간 정도의 위치에 있다면 특별석에서 앉아서 파티를 즐기는 이들은 그들의 머리 위에 있는 '극' 상류층이었다.

"아인켈라인 두몰퍼프 양, 그렇게 오랜만도 아닌 것 같은데 얼굴빛이 예전과 사뭇 다르시오."

"칭찬의 의미로 말씀해 주시는 거겠지요? 베르겐하임 공작님, 이쪽은 황운 씨라고 합니다. 대륙 너머에서 오셨어요."

"오, 반갑습니다. 베른 시의 행정장을 맡고 있는 라엔델프 베르겐하임이라 하오."

"황운입니다."

켈리는 인사하는 이들에게 일일이 황운을 소개했다. 대륙 너머에서 왔다고 하면 대부분의 사람들은 놀라움을 표시했고 켈리와 함께하고 있다는 것만으로도 황운의 품격은 자연스럽게 높아졌다.

이곳 베른은 혈통보다 능력을 중요시 하는 도시였다. 귀족이라는 배경도 그저 능력의 하나로 받아들여지는 곳이다. 그래서 황운의 옷차림만으로도 그의 무게가 결정되어지는 것이었고 존경받는 것이었다.

"방금 그 사람은 어때?"

켈리가 나직한 미소와 함께 그의 귀에 속삭이자 황운은 예의 무미건조한 표정으로 대답했다.

"강직하신 분이네. 너에겐 별 관심 없지 않을까."

"음… 사실 나도 속을 잘 모르는 분이야."

그녀는 마치 젊은 연인이 연애담을 나누듯 사랑스러운 표정으로 연회장의 주요 인사들을 관찰해 갔고 황운은 불평없이 한 명 한 명의 메시지를 파악하며 켈리에게 알려줬다.

"후우… 위험하군."

황운은 이마에 흐르는 식은땀을 닦으며 혼잣말을 내뱉었다. 켈리는 자신의 손수건으로 그의 땀을 직접 닦아주며 걱정스러운 표정을 지었다.

"안 좋아?"

그는 평소보다 훨씬 무리하고 있었다. 수백 명의 메시지들을 무시하지 않고 받아내는 것도 문제였지만 상당수의 메시지가 자신을 향하고 있었다. 그것들을 쳐내며 자신이 원하는 메시지만 찾아내는 것은 전장 속에서 적들의 칼을 받아내며 아군의 허리 사이즈를 알아내는 것보다 어려운 일이었다.

"피곤하면 좀 쉴까?"

"아니, 괜찮아."

"오빠……."

그녀는 말끝을 흐리며 황운을 바라봤다. 그가 힘들어하는 것을 알기 때문일까. 그녀의 표정은 황운에게 깊은 감동을 받은 얼굴이었다. 황운은 애써 태연한 표정을 지어 보였다.

"응?"

"고마워. 그리고 사랑해."

그때, 황운의 정신을 붙잡고 있는 한 가닥 실이 끊어졌다. 고맙고, 사랑한다는 말. 이때 들어야 했을까. 그녀의 야망을 위해 열심히 일하고 있던 이 상황에서 들어야 했을까.

그의 마음 한구석이 쓰려왔다. 아니, 웃음이 나왔다. 한계까지 메시지를 받아내고 있던 그의 정신이 광기에 물들기 시작했다.

"좋은 쇼를 보여주지."

황운은 자리에서 일어나 연회장의 중심으로 걷기 시작했다. 켈리는 놀란 표정으로 그를 바라봤다. 이 시간, 이 장소에서의 광기라면 그나 그녀의 입지에 치명적으로 작용할 수 있었다.

"좋으실 대로."

하지만 그 모든 것을 바꿔 버릴 힘을 가지고 있기 때문일까. 젊은 여왕은 날카로운 미소를 지으며 잔을 들어올렸다.

그것은 해볼 테면 해보라는 표정이었다.

그가 천천히 무대의 중심으로 향하자 모두의 시선이 그를 향하기 시작했다. 그는 마치 눈을 감을 듯 피곤한 표정을 하고 있었다. 황운은 옆에 서 있던 이름 모를 한 부인의 손에 들려 있던 잔을 낚아챘다.

"어머."

"실례."

그의 모든 행동이 연회장의 시선을 잡아끌고 있었다. 그는 음악을 연주하고 있던 악단을 향해 무겁고 깊은 메시지를 보냈다. 두 달 전의 그와는 사뭇 다른 수준의 메시지였다.

그리고 그는 좀 더 효과적인 표현으로 악단의 연주를 멈췄다.

"멈춰."

크지도 작지도 않은 목소리, 무엇보다 낮고 굵었다. 그의 한마디에 악단은 연주를 멈췄다. 그리고 모든 사람의 시선이 황운을 향했다.

켈리는 즐거운 미소를 지으며 황운을 바라봤다.

'흥분되는데.'

그는 자신이 생각하고 있는 것보다 대단한 능력을 가지고 있었다. 켈리는 흥미로운 표정으로 그의 행동을 바라봤다. 황운은 깊고 우수에 찬 눈빛으로 주위를 둘러본 후 나직하게 내뱉었다.

"쓰레기들."

그에 입에서 충격적인 발언이 터져 나왔다. 하지만 그들은 아무런 반응도 없었다. 이미 그를 중심으로 한 강력한 메시지가 소용돌이처럼 휘몰아쳐 연회장을 뒤덮고 있었다.

탐욕, 애증, 질투, 욕망, 분노. 그들의 어둡고 깊은 감정을 긁어내는 검붉은 메시지가 마치 거대한 파도를 치듯 연회장을 뒤덮고 있었다.

"너희가 원하는 것이지."

그 모든 소용돌이가 황운을 중심으로 펼쳐지고 있었고 다른 모든 사람들은 그것에 매료된 듯 아무런 대답도 하지 않은 채 황운을 바라봤나. 황운을 향해 걸어나오는 이들도 있었다.

켈리가 위치하고 있던 극상류층의 공간은 그 영향력 밖이었는데 그곳에 있던 다른 사람들도 놀라기보단 켈리와 같은 표정을 지으며 관심있게 황운의 행동을 바라봤다.

"너희가 가지고 싶어하는 것이지. 원한다면 나에게 와라. 쓰레기들."

황운에게 온갖 추악한 메시지들이 쏟아지고 있었다. 노골적인 메시지도 있었고 다가오지 못하지만 깊고 어두운 곳에서 표출하는 지독한 메시지들도 있었다. 몇몇은 이미 황운을 향해 나가오고 있었다.

그는 악마와도 같은 미소를 지었다.

"우습군."

그의 행동은 마치 광기와도 같았지만 그것은 통제를 놓친 것이 아니라 스스로가 선택한 것이었다. 그의 정신은 점점 더 또렷해졌다. 그의 눈앞에 탐욕에 굴복하는 무리가 보였다.

"줘… 줘……."

"뭘… 원해요? 나의 몸? 돈?"

"안 내놓으면 죽여 버리겠어. 내 한마디면 끝이야!"

그를 중심으로 수십의 사람이 뒤엉키기 시작했다. 개중에는 옷을 벗는 이들도 있었고 자신이 가지고 있는 돈들과 보석을 들어올리며 흔드는 이들도 있었다. 황운은 더욱 강한 메시지를 퍼뜨렸다.

그저 멍한 표정으로 바라보고 있던 이들도 한 걸음씩 다가오기 시작했다. 마치 지옥의 수라와도 같은 모습이었다.

"걱정할 거 없어. 여기 있는 모두가 너와 같은 쓰레기니까."

그의 목소리는 모두의 귓가에 속삭이듯 감미롭게 들려왔다. 그들은 황운을 바라보며 자신이 가장 가지고 싶어하는 그 무언가를 상상하고 있었다. 아니, 황운이 그 대상으로 보일 것이었다.

"나는 물러날까."

황운은 자신의 메시지를 거두기 시작했다. 전혀 문제 될 것이 없었다. 지금의 소용돌이는 그가 만들어낸 것이 아니라 그의 주위에 있는 이들이 직접 발산하고 있는 것이니까. 그는 아주 약간의 계기가 되었을 뿐이다.

그들은 각자의 상상에 빠져 허우적거리고 있었다. 황운은 쓴웃음을 지은 채 기척을 없애고 밖으로 걸어나갔다.

"시원한데."

찌릭거리는 벌레 소리가 은은히 들린다. 서늘한 늦가을의 밤바람은 그의 온몸을 흩어갔다. 그리고 그의 등 뒤에선 환호성과 비명 소리가 함께 들려왔다. 그들만의 파티는 끝나지 않은 채 계속되고 있었다. 모두 하나같이 환각에 빠져 신나 하고 있었다.

"풋."

그 특유의 쓴웃음은 입가에서 가시질 않았다. 그는 정원의 한 의자에 걸터앉은 채 하늘을 바라봤다.

"담배라도 하나 있었으면……."

그의 얼굴에 다른 의미의 미소가 잠깐 스쳐 갔다. 담배만 있었어도 매일 밤을 이겨내기 어렵지 않았을 것이다. 하지만 그에겐 또다시 밤이 찾아오고 있었다.

어둡고 고통스러운 밤. 그녀와 함께라면 이겨낼 수 있을지도 모른다는 그런 기대를 했지만 그의 번민은 결코 그치지 않았다.

"잘 놀았어?"

"왔구나."

그의 눈앞에 미소 짓고 있는 켈리가 나타났다. 그녀의 모습은 연회장에서의 파티와는 거리가 멀어 보였다. 만약 속을 알 수 없는 그 깊이를 알게 된다면 분명히 저 환성의 중심에 있을 그녀이리라.

하지만 황운이 침범하기에 그녀의 존재는 너무 높고, 아름다웠다.

"이렇게나 한바탕 벌였으니 어떻게 한다. 내가 뒷수습 다 해야 하는 거 아니지?"

장난기 섞인 그녀의 목소리는 여전히 대수로울 것이 없다는 투였다. 황운은 무심코 오랫동안 가슴속에 묻어뒀던 말을 꺼냈다.

"나 떠난다."

"누구 맘대로?"

그녀의 표정은 여전히 웃고 있었다. 떠나고 싶어하던 그의 마음을 모를 리 없는 그녀였지만 언제나 그녀의 승리였으니까. 승리를 장담하고 있는 켈리의 미소는 여전했다.

"네가 날 사랑한다고 말하면서 정말 네 진심을 조금이라도 들려줬었다면… 나는 지치지 않았겠지."

"무슨 소리야?"

켈리는 짐짓 모르는 체했다. 뭐든지 해보라는 얼굴이었다.

"이 도시에 도착한 첫날부터 알고 있었다. 너의 계획들… 뭐 그런 불순한 것들."

"그런 게 중요하다고 생각하는 거야? 내가 불순한 의도를 가지고 있었다고 해서… 지금은 오빠에게 사랑을 느끼면 안 된다는 거야?"

켈리의 목소리에는 분명 사랑이 담겨 있었다. 그녀의 젖은 입술이 다시 열렸다.

"이렇게… 매력적인 사람에게."

그녀는 그의 눈앞까지 다가와 허리를 숙였다. 그녀의 얼굴이 황운의 바로 앞까지 다가왔다. 여전히 자신있고 사랑스러운 미소, 그리고 그녀의 숨결이 그의 볼에 닿았다.

"내가 오늘과 같은 일을 또다시 저지른대도 그런 소리를 할 텐가."

하지만 황운의 표정은 무미건조했다. 자신도 분명 그녀를 사랑하고 있었지만 애써 부정했고 그 감정을 겉으로 드러내지 않았다.

"아무렴. 매일 이래선 조금 곤란하겠지만… 크크크."

"정말 나를 사랑하는 거냐."

그녀의 눈이 조금 더 크게 떠졌다. 그리고 다시 가늘어지고, 웃고 있는 그녀의 입술이 그의 입술을 덮었다.

잠시 후 그녀가 그와 눈을 마주한 뒤 나직이 속삭였다.

"일일이… 대답할 필요가 있는 질문일까."

영특한 아가씨. 어떻게 대답하는 것이 가장 효과적인지 알고 있었다. 황운의 가슴은 다시 두근거리기 시작했다.

그는 마지막 수를 던졌다.

"나의 모든 능력이 없어진다고 해도?"

만약 이 말 후에도 그녀의 사랑이 사실이라면 그는 모든 걸 용서하고 그녀를 위해 헌신하겠다고 다짐했다.

"오빠의 능력 때문에 내가 이러는 것 같아?"

"아니. 사실 방금 전의 폭주로 내 능력이 상실된 것 같아. 아무것도 느껴지지 않아. 마치 다 연소해 버린 램프처럼."

"피곤해서 그렇겠지."

켈리는 믿을 수 없다는 듯 대꾸했다. 여전히 확신이 가득한 어투였다.

"달라. 쏟아지는 잠이 그걸 증명해. 몇 년 만에 잠을 잘 수 있을 것 같아. 나는 내 능력을 알아."

그의 연기력은 수준급이었다. 황운은 그동안 켈리의 모든 행동을 봐오며 그녀에게 직접적으로 배워왔으니까. 그의 표정은 허공을 향해 있었고 왠지 모를 만족감이 넘치는 표정을 짓고 있었다. 그리고 그녀를 향해 부드러운 미소를 지어 보였다.

그녀는 황운의 미소에 화답하듯 사랑스러운 표정을 짓고 선 그에게 물었다.

"오빠, 사실이야? 드디어 잠들 수 있게 된 거야?"

그 역시 자신의 미소를 유지한 채 대답했다. 조금의 망설임도 없었다.

"확신해."

"가젤. 스타킷."

갑자기 그녀의 뒤로 두 개의 신형이 나타났다. 그들은 마치 그 자리에서 몇 시간이고 있었다는 듯 한쪽 무릎을 꿇은 채 고개를 숙이고 있었다. 명령을 기다리는 그들의 모습.

켈리의 목소리는 여전히 사랑스러웠고, 무엇보다 짧고 간결했다.

"내다 버려."

그리고 그녀는 뒤돌아 연회장을 향해 천천히 걷기 시작했다. 빠르지 않은 속도로 한 걸음, 한 걸음. 황운의 미소는 허공을 향한 모습 그대로 걸려 있었다. 그들의 대답이 허공에 퍼졌다.

"예."

그들의 메시지는 그녀와 같이 아무것도 느껴지지 않는 회색 안개의 것이었다. 그들은 아무런 저항도 하지 않는 황운을 들어 어디론가 날아가듯 이동했다. 그리고 베른의 한 평범한 빈민가 골목에 그를 내려놓고 바로 떠났다.

말 한마디도, 아무런 폭력도 없었다. 그냥 그렇게 내버렸다. 철저하게 명령만을 이행한 것이다. 황운은 더러운 골목을 기어 한쪽 벽에 몸을 기댔다.

"긱……."

그는 피식거리며 얼굴에 조소를 띠었다. 더 말할 것도 없이 그의 승리였다. 그녀라는 굴레에서 벗어났지만 그와 함께 첫 사랑도 떠나갔다.

"내가 결국 이겼군."

그는 쓸쓸한 미소를 지었다. 그가 자리 잡은 골목은 말 그대로 베른의 또 다른 중심이었다. 연회장 못지않은 메시지들이 사방에서 느껴졌다.

폭력의 메시지 사이로 사라지는 고통의 메시지들. 더러운 욕망의 메시지들. 가난에 허덕이는 자들의 메시지들. 황운은 그것을 버텨낼 힘도 없었다.

"될 대로 되라지. 망할 놈의 세상."

첫 번째 전장에서 모든 기력을 소진해 버린 병사는 두 번째 전장에서 싸우기를 아예 포기했다. 쉴 새 없이 많은 메시지들이 황운의 정신을 직접적으로 통과하기 시작했다.

아무리 고통스러워도 기절할 수도 없다. 아무리 피곤해도 잠들 수도 없다. 그 모든 상념과 번민으로부터 벗어나고 싶어도 벗어날 수 없다. 황운은 그 모든 자아를 놓았다. 죽어버려도 그만이라고 생각했다.

사라져 가는 기억들 가운데 켈리의 미소가 스쳐 갔다. 그는 나약한 사람이었다.

"정말… 담배라도 하나 있었으면……."

이대로 죽어버려도 좋겠다는 생각을 했다. 죽어버리면 아공간 속에서 평생 떠다니겠지. 생각을 할 수 있을까, 없을까. 만약 모든 사고가 정지하게 될 죽음의 상태라면 그것도 좋겠지만, 만에 하나 생각해야 하고 번민해야 한다면 그것은 그에게 지옥이었다.

"제길……."

이곳도 충분히 지옥이었다. 그래도 살겠다는 의지 한 가닥이 있는지 그는 가늘게, 가늘게 숨을 쉬어갔다.

그렇게 시간이 얼마나 흘렀는지 모른다. 황운이 자리 잡은 골목은 낮이나 밤이나 어둡기 매한가지였다. 그는 아무것도 하지 않은 채 그저 모든 메시지에 저항없이 유린당하고 있었다.

가끔씩 지나가는 건달들이 밟기도 하고 다른 거렁뱅이가 그의 몸 안을 뒤져 보기도 했다.

"이 자식, 정신도 못 차리는데?"

"찾아봐. 돈 될 게 있겠지. 썅……."

연회를 위한 정장복 차림이었으니 지나가는 거지들마다 뭔가 있을까 하고 한 번씩 그의 몸을 뒤지고 갔다. 배가 고프면 무의식중에 땅에 떨어진 무언가를 집어 먹었고, 목이 마르면 어딘가에 고인 물을 마셨다. 한 가닥 의지만 간신히 그의 생을 지탱해 주고 있었다.

"그으으……."

어느샌가 그의 머리는 그의 얼굴을 덮을 정도로 자라 버리고 그의 옷은 거지들과 다를 게 없는 모습이 되었다. 주변에 살고 있는 대부분의 사람들은 그의 존재를 알았고 가끔씩 쓰러져 있는 그의 옆에 음식들이 놓이기도 했다.

'불쌍해라. 죽지 말아요.'

"고, 고맙습니다……."

그런 따뜻한 메시지를 느낄 때마다 그는 가끔씩 제정신으로 되돌아오곤 했다. 하지만 나약한 정신력은 그곳에서 벗어날 생각도 하지 못한 채 다시 무너졌고 무의미한 시간들이 계속 흘러갔다.

어느 날인가부터 눈이 내리기 시작했다. 추위는 느꼈지만 저항할 능력은 없었다. 주위의 쓰레기들을 긁어모아 덮고 잤지만 땅에서 올라오는 차가운 기운을 이겨내기엔 부족했다.

"드드드드……."

수염과 함께 엉겨 붙은 입술을 떼고 나면 어김없이 덜덜덜 떨리는 이빨 소리가 골목에 울려 퍼졌다. 그의 정신은 가끔씩 환상에 시달렸다.

어린 시절 자주 갔었던 놀이터, 친구들과 뛰어놀기 좋아했던 중학생 시절, 그리고 게임과 컴퓨터에 미쳐 있었던 스무 살 즈음까지… 그는 많은 꿈들 속을 오갔다.

그리고 그녀. 그녀의 목소리가, 그녀의 눈이, 그녀의 입술이 잊히지 않았다. 그녀가 나오는 꿈에 빠질 때면 그는 늘 좋은 표정을 짓곤 했다. 이제 무슨 표정을 지어도 알아보기 힘들 얼굴이었지만…….

"이보오. 이보오! 정신 차리게!"

"와··· 브부·······."

어느 추운 날, 한 노인이 황운의 어깨를 흔들어댔다. 정신은 항상 깨어 있습니다. 빌어먹을. 황운은 그에게 분명히 말했지만 하도 사용하지 않았기 때문일까. 온전한 말조차 입 밖으로 꺼낼 수 없었다.

그는 그냥 웃었다. 웃음처럼 보이는 표정을 지어 보였다.

"허허··· 아직 살아 있구먼. 가세나. 내 근사한 식사 대접함세."

"···그으·······."

미안하지만 식사를 즐기는 방법은 오백 년 전에 잊어버렸습니다. 황운은 자신을 좀 내버려 두라는 표정을 지어 보였지만 노인에겐 반대로 그것을 애절한 눈빛으로 해석됐다.

노인은 잠시 혀를 차더니 그의 몸을 일으켜 자신의 등에 업기 시작했다.

"나이도 그다지 안 들어 보이는 친구가 다 늙은 노새를 고생시키는구먼. 끄응!"

노인은 그를 업기 위해서 정말 많은 노력을 했다. 황운도 도움이 되고 싶었지만 눈이 내리기 시작한 이후로 얼어붙은 그의 몸은 제대로 움직여지지 않았고 그는 아무런 행동도 할 수 없었다. 그저 노인의 행동을 바라볼 뿐. 노인은 포기하지 않고 작고 마른 몸으로 그를 끌어당기고 있었다. 지익, 지익…….

얼마나 많은 시간이 흘렀을까. 어둔 밤이 된 것을 보면 몇 시간은 지난 것 같은데. 노인은 힘들게 황운을 끌어당기고 있었다. 그의 눈에 전혀 다른 풍경들이 보이는 것으로 보아 노인은 상당히 많은 거리를 이렇게 걸어온 듯했다.

"허억… 허억……."

노인에게 붙잡힌 황운의 다리에서 온기가 느껴졌다. 온몸에 열이 나도록 그를 포기하지 않고 끌고 있는 노인, 그리고 그 따뜻한 온기. 노인은 몇 번을 쉬어야 했지만 포기하지 않고 계속 그를 끌고 갔다.

지나가는 사람들의 안쓰러움과 불쾌함이 황운에게 느껴졌다. 노인은 그 모든 시선을 몸으로 받아내고 있었다.

"아니, 사장님! 이게 무슨 일이세요!"

"허억, 허억… 이 친구를 내버려 둘 수 없어서……."

턱까지 올라오는 숨 때문에 노인은 말조차도 제대로 할 수 없었다. 소리를 지르고 있는 목소리는 젊은 여자의 것이었다.

"다 죽어갈 쪽은 사장님인데! 무슨 망발이에요! 이게!"

"좀 챙겨주게나. 내가 안 끌고 왔으면 이 친구 오늘 밤 못 넘겼어. 눈 내리는 것 좀 보게."

누군가 달려나와 노인 대신 황운을 끌기 시작했다. 노인은 많이도 지쳤는지 옆에 있는 나무를 붙잡고 숨을 몰아쉬었다.

"들어가서 좀 쉬세요. 이 사람은 제가 챙길게요."

"좀 부탁하네. 그 친구 정신 차리면 보내지 말고 숙소에서 쉬게 해."

"온 동네에 있는 거지들은 다 불러 모을 셈이세요?!"

그녀는 혼을 내는 말투로 소리를 질러댔다. 짜증 섞인 어투 사이로 노인에 대한 따뜻함과 정이 담겨 있었다. 황운은 그녀가 착한 사람이라는 것을 알 수 있었다.

"부탁하네, 지엔 양."

"으으으… 정말 못해 먹겠다니까! 알았으니까 빨리 들어가서 쉬세요. 어서요!"

악바리 같은 목소리답게 손아귀도 보통 악이 아니었다. 어디론가 황운을 기운차게 끌고 간 그녀는 마치 잔뜩 얼어 있는 고기를 해동시키는 양 뜨거운 물을 부어가며 그를 씻기기 시작했다.

황운의 몸은 쓰레기들과 함께 굳어 있는 완벽한 고체의 모양이었다.

"흠!"

그녀는 한마디 투덜거림도 없이 이를 악물고 황운을 씻기기 시작했다. 옷과 함께 쓰레기들을 뜯어내고 수세미로 박박 밀어댔다. 거구였던 황운의 맨살은 마치 시체처럼 앙상하게 뼈만 남은 몰골이있다.

연약한 맨살에 뜨거운 물이 부어지자 황운의 몸이 고통을 느끼는지 조금씩 움찔움찔거렸다.

"아파요? 조금만 참아요. 금방 끝낼 테니까."

따뜻한 목소리, 따뜻한 메시지. 황운은 알고 있었다, 아까의 노인과 이 여자는 분명 좋은 사람들이라는 걸. 황운은 어렵게 고개를 끄덕였다. 마치 벌벌 떨 듯. 그런 황운의 의도를 이해했는지 그녀는 다시 미소를 지으며 황운을 씻기기 시작했다.

그녀가 황운을 다 씻긴 뒤에는 몇 명의 다른 사람들이 그를 옮겼다. 옷도 입히고 비교적 따뜻한 침대에 정성스레 그를 눕혔다. 그의 시각이 정상적인 기능을 하고 있지 않아 모든 걸 알아볼 수는 없었지만 이곳은 공장 안에 있는 작은 숙소인 모양이었다.

그는 한참을 그곳에서 쉬었고 정신과 육체가 조금씩 정상으로 돌아오기 시작했다. 그가 완전히 사물을 식별할 수 있을 즈음 지엔이라는 이름의 그녀가 방으로 들어왔다.

지엔은 가지고 온 음식을 테이블에 내려놓고 그의 머리맡으로 와서 그의 이마를 만져 봤다.

'고맙습니다.'

"네?"

황운은 고맙다는 메시지를 그녀에게 보냈다. 분명 그의 입술은 움직이지 않았는데, 그녀는 이상한 표정을 짓고 황운의 눈을 바라봤다. 그는 살짝 고개를 끄덕였다.

그녀는 활짝 웃어 보이며 그에게 말했다.

"식사할래요? 배고프죠? 따뜻한 수프를 가져왔어요."

황운은 다시 고개를 끄덕였다. 그녀는 침대에 앉아 황운에게 수프를 먹이기 시작했다. 입을 벌리는 것도 힘들어서 그녀가 손가락으로 직접 그의 입술을 열어야 했다.

간신히 음식을 목구멍으로 넘기기 시작한 황운은 그제야 공복기를 느낀 듯 입에 들어오는 음식을 열심히 먹기 시작했다. 맛있었다. 그 외엔 아무런 생각도 나지 않았다.

"푸하핫. 잘 먹네요."

그의 눈에 지엔의 얼굴이 켈리와 겹쳐 보였다. 켈리에 비하면 전혀 예쁜 얼굴이 아니었지만 그녀보다 사랑스러운 미소를 가지고 있었나. 황운이 음식을 먹다 말고 자신의 얼굴을 멍하니 보자 지엔은 미간을 찡그리며 웃었다.

"에이. 먹기나 해요!"

그렇게 오 일이 지났다. 매끼마다 지엔이 식사하는 것을 도와주고 가끔씩 노인이나 다른 직원들이 오가며 안부를 물었다. 직원들의 경우는 좀 불편해하고 싫어하는 기색이 있었지만 사장과 지엔이 그렇게 정성을 들이니 함께 관심을 가지기 시작했다.

황운은 이제 완전하지는 않지만 자연스럽게 말하거나 곧잘 움직일 수 있게 되었다.

"어라? 일어나 계셨네?"

"예. 이제 움직일 수 있습니다."

황운은 일어나 머리를 묶고 있었다. 상당히 긴 편이라 전부 넘겨서 묶는 것이 제일 편했다. 그의 얼굴은 짧은 수염이 한 가득 뒤덮고 있었다. 지엔은 황운을 보면서 그가 썩 괜찮은 미남이라고 생각했다.

"잘됐네에! 다행이다. 안 그래도 사장님이 궁금해하실 텐데. 가서 인사라도 하는 것이 예의겠지요?"

"…예."

"식사 두고 갈 테니까 먹고서 사장님 찾아가세요. 바로 옆 방이니까."

지엔은 문고리를 돌려 방문을 열었다. 그리고 그녀는 그대로 문밖으로 나가려 했다. 그 순간 황운이 그녀의 손목을 잡았다.

"왜, 왜 그래요?"

본인도 생각하지 못한 행동이었다. 그녀는 깜짝 놀란 표정으로 그를 쳐다봤다.

"고맙습니다."

그녀를 안아버리고 싶은 충동도 있었지만 그에 앞서 두려워하는 그녀의 메시지를 느꼈다. 그녀의 불안해하는 표정을 보며 황운은 바로 손을 내려놨다.

황운은 지금의 행동으로 인해 두몰퍼프 가문에서 지내온 자신의 모습이 기억났는지 인상을 가득 썼다. 그때같이 되는 대로 행동하고 싶진 않았다.

"공짜 아니니까 갚을 생각 톡톡히 하세요."

지엔은 농담을 한마디 던지고 가던 길로 나갔다. 그녀의 온화한 메시지가 돌아온 것을 느낀 황운은 음식을 먹기 시작했다. 몸의 기능이 정상화되어 가면서 필요한 음식의 양도 자연스럽게 많아진 것이다. 게걸스럽게 먹어치운 그는 바로 사장실을 찾아 밖으로 나섰다.

그녀의 말 그대로 바로 옆방이었다.

"계십니까."

"오오. 그래, 들어오게나."

"감사합니다."

황운은 그를 보자마자 바로 허리를 숙여 인사부터 했다. 생명의 은인이었다. 마른 체구의 노인은 크게 웃으며 그를 일으켜 세웠다.

"되었어, 되었어. 그래, 몸은 좀 괜찮고?"

"예, 덕분에."

"자, 문 닫고 앉아보게나. 하고 싶은 말이 많으니까."

황운은 문을 닫은 뒤 준비되어 있던 소파에 앉았다. 사무실의 분위기나 공장의 모습이 마치 중세의 판타지의 모습보다 근대 시대에 가까웠나. 산업 혁명 즈음의 느낌이 많이 묻어났다.

책상 서랍에서 무언가 꺼내온 노인은 그의 바로 옆에 앉아 그의 손을 잡았다. 황운이 그를 바라보자 노인은 젖어 들어가는 눈동자로 황운을 바라봤다.

노인의 입에서 황운이 조금도 상상하지 못한 말이 튀어나왔다.

"그래… 고향은, 한국은 여전한가?"

가늘게 뜨고 있던 황운의 두 눈이 크게 떠졌다. 노인의 입에서 나오는 말은 분명 모국어였다.

"어르신도 차원 이민자이십니까?"

"그래… 내가 자네를 어떻게 알아봤는지 궁금하지?"

황운은 말없이 고개를 끄덕여 긍정을 표시했다. 노인은 자신이 손에 들고 있던 것을 황운에게 줬다. 누렇게 바래고 꼬깃꼬깃해진 쪽지였다. 분명 자신이 항상 품에 넣어서 가지고 다니던 것이었다.

"지엔이 자네를 씻기다가 발견했네. 손에서 놓지 않은 채 꽉 쥐고 있었다고 하더군. 그리고 자네의 몸에 이런 것도 있다고 하네."

노인은 자신의 뒷머리를 쓸어 올려 황운에게 뒤통수를 보여줬다. 황운과 같은 모양의 '커뮤니티 칩'이 박혀 있었다.

"내가 한국을 떠난 것이 2001년이고… 이곳에 온 지 한 사십 년이 지났지. 이 행성의 공전 주기는 지구와 비슷해서 연도 계산이 어렵지 않았네."

황운은 놀란 기색을 숨기지 않았다. 자신보다 몇 년 빨리 출발한 사람이 수십 년을 더 빨리 도착했던 것이다. 이것은 그에게 무척이나 새로운 사실이었다.

"저는 2006년에 출발해서 도착한 지… 음, 이 년이 좀 넘은 것 같습니다."

자세한 시기를 생각할 수 없었다. 잠을 제대로 자지 못한 그날 이후로 황운에게는 제대로 된 시간관념이 남아 있지 않았다.

"그래? 역시… 내 살아오면서 한 네다섯 명 정도를 만났는데 다들 제각각이던걸. 되레 역행한 사람들도 있어."

"그렇습니까?"

황운에게는 놀라운 사실이었다. 어쩌면 자신이 찾으려고 했던 쪽지의 주인공에 관한 중요한 단서가 될지도 몰랐다.

"80년에 출발한 사람이 당장 오늘 도착할 수도 있는 거지. 어차피 설명이 안 되는 현실이니 납득이 되든 안 되든 중요한 문제는 아니네만……."

그렇게 그들의 대화는 밤새도록 이어졌다. 황운에겐 모국어로 이야기할 수 있는 것만으로도 너무나도 즐거운 시간이었고 그것은 노인에게도 마찬가지였다.

어느새 창밖으로 아침 해가 올라오는 것이 보이기 시작했다.

"어르신, 피곤하지 않으십니까?"

"어르신이 뭔가. 실제로 따져 보면 큰 연배 차이도 안 날

텐데… 형님이라고 부르게. 충원이라는 이름을 갖고 있네. 같은 이름으로 생활해 왔지."

"예… 형님."

아무럼 어떠랴. 황운은 호칭에 구차하게 얽매이지 않았다. 사장이 황운에게 그간의 사정을 물었고 황운은 자신의 능력에 관한 것들을 제외하고 그간의 사정을 간략하게 설명했다. 뭐 능력 이야기를 빼버리니 남는 건 연애 이야기뿐이었다.

"젊은 친구라 그런 것 때문에 고생을 했구먼. 그래, 맞아. 나는 이 작은 공장의 사장이네. 내가 뭘 만드는지 궁금하지 않은가?"

이야기를 모두 들은 사장은 질문을 던지며 화제를 돌렸다.

"공장의 모양을 보고 쭉 궁금해 왔습니다."

"자, 곧 직원들이 출근할 거야. 그전에 보게나."

사장은 그를 데리고 사무실 밖으로 나왔다. 창문 틈 사이로 햇볕이 내리쬐어 공장 내부를 자연스럽게 밝히고 있었다. 몇 개의 커다란 기계들. 한쪽에 가득 쌓인 상자들. 그리고… 담배 냄새?

"담배로군요!"

"맞췄네. 이 세계에도 담배는 많았지만 고향에서 즐겨오던 필터의 느낌을 찾기 힘들어서 직접 연구해서 만들어낸 이 세계 최초의 필터형 담배라네. 다행히 고향에서 하던 일이 공장 기술자라 그런가… 어설프게 기계도 만들었고 말이지."

"동력은 어떻게 해결하셨습니까?"

이 세계에 전력이라는 것이 있을 리 없었다. 만약 발전 기관까지 직접 만들어냈다면 보통 실력은 아닌 것이다. 황운은 막연한 기대감을 가진 채 답변을 기다렸다.

"학교 시절 때 배운 증기 엔진을 직접 짜보려니 여간 어려운 게 아닌 게야. 풍력, 수차력 같은 것들을 동원하다가 마법사들의 힘을 빌려서 마력을 근간으로 하는 시스템을 개발해낸 것이 한 십 년 전이라네."

"유지비가 비싸지 않습니까?"

"이 공장이 낡고 허름해 보여도 삼십 년이 넘는 내 세월이 투자된 곳이야. 멀지 않은 곳에 직영 농장도 있고 하루에 3천 박스씩 꾸준히 출고하고 있네. 귀족 녀석들이야 싸다고 안 좋아하니 동생이 못 본 것도 당연할 터. 하지만 뒷동네에서는 이 녀석이 술보다 인기가 많다네. 대단하지 않나?"

설명을 하고 있는 사장의 표정은 자부심이 가득 담겨 있었다. 차림이나 행동거지를 보아하니 돈을 목적으로 이만한 사업을 벌인 것은 아닌 듯했다.

이 세계는 사장을 비롯한 많은 차원 이민자들의 유입으로 인해 황운이 생각하고 있던 중세 문화와는 다른 독특한 문화 양식을 가시고 있었다. 이 공장이 그 대표적인 예라고 할 수 있었다.

나름대로의 사정이 있겠지. 황운은 낙관적으로 생각하며

세월의 때가 묻은 공장을 둘러봤다.

"오늘은 쉬고, 내일부터 당장 일하게."

"네?"

"갈 곳도 없지 않나. 떠나고 싶으면 언제든지 떠나게. 하지만 이곳에서 은혜를 입었다고 생각하면 갚을 생각도 해야 하지 않겠나. 일한 만큼 보수는 주겠네. 싫은가?"

갑작스러운 제안이었지만 황운은 거절할 수 없었다. 은혜를 갚아야 한다는 이야기, 그는 방법조차도 생각하지 못하고 있었다. 은인이 원한다면 당장 일하는 것이 자신에게 문제가 되진 않았다.

"아닙니다, 형님."

"그래. 그렇다면 이제 들어가서 쉬게나."

사장은 그를 억지로 밀다시피 했고 반강제로 떠밀린 황운은 다시 숙소로 돌아갔다. 황운의 뒷모습이 사라지자 사장은 혼잣말을 중얼거렸다.

"아픔을 잊는 가장 좋은 방법은 열심히 일하는 거지. 나도 그렇게 잊었으니까. 그나저나 지금부터 바쁘겠구먼. 오늘 내보낼 물량이 보통이 아닌데……."

사장은 팔을 걷어붙이고 기계를 가동시켰다. 그러자 곧 기계들이 삐걱거리는 소리를 내며 움직이기 시작했다. 그는 사무실에 들어가 물량 출고서를 비롯한 각종 서류철들을 챙겼다.

그가 고개를 들어 한쪽 벽을 바라보자 한때의 위용을 자랑하듯 날카롭게 빛나는 장신의 검이 매달려 있었다.

"흥."

사장은 코웃음을 치며 다시 일에 몰두하기 시작했다.

황운은 그에게 주어진 하루의 시간 동안 많은 것을 생각했다. 분명 은혜를 갚기 위해선 시키는 대로 일해야 하는 것이 맞지만 그것은 분명 또 다른 의미의 호의였다. 호의를 받는 것은 그에게 쉽지 않은 일이었다.

행복해 보이는 그들의 일상에 자연스럽게 끼는 자신이 못나고 부족해 보였다.

"뻔뻔스럽군."

스스로에게 하는 말이다. 얼마 전까지만 해도 행복에 겨워 모든 것을 지겨워하던 자신이 아닌가. 이곳이라면… 분명 그가 안주할 수 있는 곳이었다. 하지만 뭔가 아니라는 생각이 그의 머릿속을 지배했다.

결국 결정하지 못한 그는 다음날부터 공장에서 머무르며 일하기 시작했다. 일단 은혜는 갚아야겠다는 생각이었다. 기계에 관한 이해 능력은 이 세계의 사람들보다 월등히 뛰어난 황운이다. 그가 기계에 관한 것들을 배우는 것은 반나절 만에 끝났다.

황운은 기술자로서 일하다가도 힘이 필요한 곳엔 그곳에

달려가서 힘을 보탰고, 청소나 잔심부름도 귀찮아하지 않고 도맡아 했다. 처음엔 그를 미심쩍게 보거나 불편하게 여기던 자들이 대부분이었으나 한두 명씩 그의 진심을 알고 마음을 열기 시작했다.

그 와중 지엔은 항상 그의 편이 되어주었다. 유통 쪽의 책임을 맡고 있는 그녀는 항상 밖의 일로 바빴으나 저녁엔 어김없이 숙소로 돌아와 황운에게 식사를 차려주고 밤늦게까지 많은 이야기를 나눴다. 그리고 황운은 그런 그녀를 집까지 바래다주곤 했다.

그러기를 약 일주일, 직원들은 공장이 쉬는 날을 맞아 조촐한 환영식을 하기로 했다. 지엔이 직원들을 설득해 마련한 자리였다. 황운은 멋모르고 숙소에서 쉬다가 환영 세례를 받아야 했다.

"황운 씨, 어서 오세요! 환영식입니다!"

지엔이 먼저 소리를 지르자 모여 있던 다른 직원들도 신나게 박수를 쳐대며 그를 환영했다.

"그래 겉늙어 보이는 형씨! 자고로 환영식은 주먹다짐과 술이라구! 알고 있겠지?"

"아저씨도 참~ 황운 형님, 이쪽으로 와서 한잔하세요!"

황운은 멋쩍어하며 파티에 참여했고 조촐했지만 작은 안주들과 싸구려 맥주들이 파티의 흥을 더했다. 한참 이야기꽃이 피우던 중 이 모든 게 바쁜 스케줄 속에서 힘들게 일하던 지엔이 직접 준비한 것이라는 사실이 밝혀지자 그녀의 얼굴이 붉어졌다.

"다들 조용히 해요!"

"이거, 실장님 무서워서 황운 씨 근처에도 못 가겠는데?"

지엔은 장난기가 가득 배인 직원들의 말에 어쩔 줄 몰랐고 황운은 그저 말없이 웃기만 했다.

"시끄럽다니까!"

"으하하하핫!"

모두가 기분 좋게 웃고 떠들 수 있는, 그런 단란한 시간이었다.

"자네. 좀 무뚝뚝하고 겉늙어 보여도 사람이 괜찮은 것 같아!"

"말수 적은 남자치고 안 멋진 사람이 없다니까……."

지엔은 마치 다른 사람이 들으라는 듯 혼잣말을 중얼거렸다. 대부분 투덜거리거나 손사래를 쳤지만 유독 한 사람이 소리를 쳤다. 그는 이곳의 분위기를 주도하는 무드 메이커였다.

"뭐, 지엔 너 그거 나보고 하는 이야기지? 그렇지?"

"아저씨가 지금부터 조용히 하시면 인정해 드릴게요."

"나 그냥 포기할래! 크하하하핫!"

십여 명의 직원은 낮부터 저녁 늦게까지 거나한 술판을 벌였다. 황운은 말은 없었지만 그 활기찬 분위기 속에서 함께 웃으며 계속 술잔을 들었다. 그리고 지엔은 가끔씩 황운을 몰래 바라보며 눈치를 살폈다. 황운은 그런 태도를 직접 보진 않았지만 메시지를 통해 느낄 수 있었다. 그녀는 분명 황운에게 관심이 있었다.

한 명씩 나가떨어지기 시작할 무렵 황운은 찬바람을 쐬기 위해 공장 옥상으로 나갔다.

"후우… 춥네."

"환대받으니 기분 좋습니까?"

그의 뒤에서 퉁명스럽게 말을 던진 건 말없이 술만 냅다 마시던 한 젊은 친구였다. 황운은 누가 따라오는 것을 느끼고 막연하게 지엔이라 생각했었다. 하지만 자세히 느껴보니 비로소 메시지의 상태가 영 껄끄러운 것을 알 수 있었다.

질투, 짜증… 같은 것들이랄까.

"어디가 불만인지 이야기해 봐, 동생."

"난 그냥 출신 모를 거렁뱅이가 갑자기 나타나 친한 척하는 것이 싫을 뿐입니다."

젊은 사내의 목소리에는 노골적인 반감과 조롱이 담겨 있었다.

"미안하게 됐군. 나도 딱히 친한 척할 생각은 없었는데 말이지. 그런데 정말 그게 다야?"

황운은 미소를 지으며 물었다. 그가 아직 고개를 돌리지 않았으니 그런 그의 미소를 상대는 알 수 없었다.

"무슨 소릴 하고 싶은 거죠?"

"아니, 동생 이름이 궁금해서."

그가 뒤돌아보자 붉은 머리에 짙은 갈색 피부를 가진 사내의 모습이 보였다. 그는 나름대로 감정을 절제하려고 하는 듯했다. 하지만 황운의 눈에는 날카로운 메시지를 발산하는 혈기 왕성한 친구일 뿐이었다.

"네파드입니다."

"그래, 네파드. 확실하게 해두지. 나는 지엔에게 관심없어."

황운은 주머니에서 담배를 꺼내 불을 붙였다. 그가 들고 있는 라이터는 사장이 수제로 직접 만드는 것으로 그중 하나를 선물받은 것이었다.

"…그, 그게! 무슨 소립니까!"

"자네가 걱정하는 그런 일은 없을 거라는 거지."

그가 허공을 향해 연기를 내뿜자 네파드가 으르렁거리며 화를 내기 시작했다.

"당신은 지엔이 당신에게 보내는 시선을 느끼지 못했습니까?!"

"알고 있어."

"그런데도 무시하려는 생각입니까! 이 빌어먹을 새꺄!"

네파드는 갑작스럽게 욕을 써가며 소리를 질러댔다. 황운은 고개를 저으며 대답했다. 그것이 그의 가장 솔직한 본심이었다.

"자격 미달이랄까."

"이 자식이!"

네파드의 주먹이 담배 연기를 가르고 황운의 안면을 날렸다. 잠시 기우뚱거렸던 황운은 자신의 턱을 만지며 다시 바로 섰다. 그의 입가에 피가 흐르고 있었다.

"난 싸움 같은 거 못한다. 더 해봤자 나만 아플 테니 하지 말자."

"뭐? 너 이 비겁한……."

"거는 싸움 다 받는 게 정당한 거면 난 그냥 비겁자로 살란다. 몸이 멀쩡해야 일도 하고 은혜도 갚을 수 있다."

그의 말은 정확했다. 황운은 폭력이라는 것에 조금도 관심이 없었다. 자신이 싸움을 하지 못하는 것도 중요한 이유였지만 어쨌거나 싸움을 할 생각은 전혀 없었다.

"지엔은 어떻게 할 거야!"

"그런데… 걔, 너보다 누나 아니냐?"

황운은 대수롭지 않다는 듯 뒤통수를 긁으며 다른 소리를 했다. 네파드는 더욱 분개한 표정으로 소리를 질렀다. 핵심을 찔렀군.

"뭐 어쩌라고!"

"아니다. 뭐, 아무튼 남이야 뭘 하던 좀 신경 끄시고… 응?"

황운은 네파드의 어깨를 툭 치며 그의 곁을 지나갔다. 아직 말이 안 끝난 뉘앙스 때문일까. 네파드는 거칠게 몸을 돌려 황운의 뒷모습을 노려봤다.

"…네 앞가림이나 잘해라."

황운의 귀에 이가 갈리는 소리가 들려왔다. 하지만 그는 태연하게 휘파람을 불며 걸어 내려왔다. 어차피 지엔이 자신 같은 녀석과 어울린다고 생각한 적 없었다.

자격 미달이라는 이야기를 네파드는 좀 오해한 듯싶지만 그를 더 화나게 하는 것이 좋았을 거라 생각했다.

'둘 사이가 좋아지기라도 하면 내 마음이 편하겠군.'

"얼굴이 왜 그래요?"

뭐 하나 궁금해서 올라왔을까. 아니면 네파드의 마음이라도 알고 있었을까. 지엔이 마침 세단을 올라오고 있었다. 후자였던 것인지 금세 정황을 생각해 낸 그녀는 황운을 밀치고 위로 올라가려고 했다.

"내 이 녀석을……."

"멈춰요."

"싫어요. 이 얼굴이 뭐예요, 대체!"

지엔은 마치 짜증 내듯 화를 냈다. 그녀가 다시 황운을 밀치려고 하자 황운이 그녀의 손목을 잡아챘다.

"멈춰."

보통으로는 말을 들을 기세가 아니라고 판단한 그는 좀 더 강압적인 목소리로 말했다. 그녀의 눈가에 눈물이 그렁그렁 고여 있었다.

"그럼, 이리 따라와!"

지엔은 잡힌 손목을 잡아당겨 자신이 되레 황운의 손목을 잡고는 밑으로 황운을 끌고 갔다. 그는 지엔의 거친 동작에 반강제로 이끌려 가기 시작했다.

"앉아."

도착한 곳은 지엔의 사무실이었다. 분명 먼저 말을 놓았던 것은 황운이었는데 지엔이야말로 자연스럽게 황운을 막 대하고 있었다. 황운이 피식 웃으며 자리에 앉자 그녀는 자신의 책상 밑 서랍을 뒤지기 시작했다.

오직 달그락거리는 소리만 가득한 사무실 안, 진즉에 의료품을 찾은 지엔은 자신의 얼굴이 붉어진 것을 느끼고는 얼굴을 차마 들지 못한 채 뒤지는 척만 하고 있었다. 하지만 황운은 알고 있었다. 책상 밑에서 어떤 메시지가 느껴지는지.

'나도 모르게 반말을 해버렸네. 어떻게 하지? 빨개진 얼굴로는 절대 못 나가! 나를 어떻게 생각하는 걸까. 어쩌자고 여기까지 데리고 온 거야! 이 바보 둔팅이!'

'나와도 괜찮다고 말해볼까.'

황운은 말을 할까 했지만 그러면 더 민망해할 것 같아 그냥 지켜보고 있기로 했다. 잠시 후 고개를 올린 지엔의 얼굴은 여전히 붉었다. 그녀는 그것을 화난 콘셉트로 삼으려고 했는지 억지로 식식거리며 황운의 앞에 앉았다.

"다 큰 남자들이 싸움이나 하고!"

"내가 안 말렸으면 너도 싸웠을걸?"

황운은 아무렇지도 않게 반말로 말했다. 지엔은 마치 입에서 불이라도 내뿜을 양, 더욱 큰 소리로 소리를 질렀다.

"그래. 너라구? 말 잘했다. 너 몇 살이야?!"

"너 스물일곱 살이잖아?"

"……."

지엔과의 대화에서 기선 제압을 하기는 무척이나 쉬웠다. 그녀는 항상 할 말을 미리 생각해 두는 스타일이니까. 막연하게나마 그녀의 마음이 느껴졌다. 순수하고 착한 사람이라 그런지 속마음을 아는 것이 어렵지 않았다.

황운은 분명 스물세 살이었지만 자신의 나이 들어 보이는 인상을 이용하는 것에 익숙해져 있었다.

"저… 오빠는 몇 살… 이에요?"

"반말이 더 듣기 좋다."

"아씨, 어쩌라구! 입 다물고 있어. 약 먹기 싫으면!"

지엔은 떨리는 손으로 황운의 입가를 닦기 시작했다. 황운은 서투른 솜씨로 약을 바르는 그녀의 손길이 나쁘진 않았다. 켈리는… 켈리, 또 켈리는!

황운은 거칠게 고개를 저었다. 왜 이럴 때 또 그녀의 생각이 나는 건지!

"아, 아파… 요?"

"아냐. 잠깐 어지러워서."

"……."

너무 지나칠 정도로 걱정하고 있는 표정의 지엔. 황운은 애써 미소를 지어 보였지만 쉽사리 다시 치료를 할 엄두를 내지 못했다. 하지만 그녀를 다루는 일이 그렇게 어렵진 않았다.

"치료 끝난 거야? 둔.팅.아."

"누가 끝났데! 엉!"

그녀가 치료하는 내내 황운은 웃음을 감출 수 없었다. 그녀는 꽤 오랜 시간 뒤에야 마지막 반창고를 아주 조심스럽게 붙이는 것으로 치료를 끝냈다.

그 뒤 한참 황운의 상처 자리를 바라보던 그녀는 자신이 황운의 바로 앞에 쭈그려 앉아 있었다는 사실을 기억해 내곤 깜짝 놀라며 자리에서 일어났다.

"되데데데됐다! 치료 끝!"

"뭐, 뭐라고?"

지엔은 말까지 더듬어가며 소리를 질러 당황한 황운이 되묻자 그녀는 입을 꽉 다물곤 고개를 세차게 저었다.

"으하하하하하핫!"

황운 자신은 알고 있을까, 그가 그렇게 시원하게 웃어본 것이 얼마 만인지. 황운과 지엔이 파티 중이었던 중앙으로 나오자 몇 명은 쓰러져 자고 있고, 또 몇 명은 집으로 돌아간 뒤였다.

둘은 함께 자고 있는 이들을 숙소로 옮기고 지저분한 것들을 치우는 뒷정리를 했다. 그러는 내내 황운은 지엔을 놀렸고 그럴 때마다 지엔은 버럭버럭거리며 그를 즐겁게 했다.

"나 사무실 가서 가방 좀 챙겨올 테니 먼저 나가 있어요."

"왜? 바래다달라고?"

황운은 자신이 매일 바래다주던 일을 당연하게 생각하는 지엔에게 반대로 되물었다. 물론 놀릴 심산이었다.

"…아니 숙녀 좀 바래다주면 어디가 어때서?!"

"음… 그래. 숙녀."

황운은 말없이 고개를 끄덕였다. '과연…'이라는 얼굴이었다. 하지만 지엔은 그것마저도 못마땅했는지 되레 소리를 질렀다.

"그게 무슨 의미예요?!"

"또 뭐가?"

황운이 태연한 표정으로 반문하자 지엔은 또다시 할 말을 찾지 못하고 우물거렸다. 그는 웃으며 입구로 걸어나갔다.

"빨리 나와."

"…응."

그녀는 혹시라도 황운이 기다리기 지루해할까 봐 서둘러 뛰어나왔다. 하지만 각종 서류들이 들어 있는 커다란 가방을 들고 나오느라 진땀을 빼야 했다. 그녀가 공장 밖을 나서자 멀지 않은 나무에 기대어 담배를 피우고 있는 황운의 모습이 보였다.

190㎝은 족히 넘어 보이는 훤칠한 큰 키에 아무렇게나 걸친 작업복과 티셔츠. 대충 뒤로 묶어버린 긴 머리와 얼굴을 덮고 있는 짧은 수염. 무엇보다 황운의 트레이드마크라고 할 수 있는 깊고 어두운 눈매는 지엔의 시선을 모두 붙잡고 있다.

그런 황운의 모습을 멍하니 바라보던 그녀는 넋이 나가 움직일 생각도 하지 못했다. 결국 담배를 다 피운 황운이 그녀를 먼저 발견하자 그제야 지엔은 그를 향해 뛰기 시작했다.

그녀가 무거운 가방 때문에 뒤뚱뒤뚱거리자 황운은 웃으며 걸어와 그녀의 가방을 낚아챘다.

"뭐예요!"

"숙녀를 바래다주려면 신사 흉내는 내야지."

"흥."

황운은 알고 있을까, 지엔이 집에 가는 길을 이토록 짧다고 느낀 일은 처음이라는 사실을. 그들은 별말없이 걷기만 했지만 금세 그녀의 집 앞에 도착했다. 황운이 그녀에게 가방을 건네주자 지엔은 들어갈 생각도 못하고 우물쭈물거렸다.

'들어와서 차 한잔하고 가지 않겠냐고 말하면 안 될까.'

"아후… 피곤하다. 나는 갈게. 내일 지각이나 하지 마라."

황운은 먼저 선수를 쳤다. 그녀의 집 안까지 가면 더 가까워질 것이 분명했다. 아니라고 확실하게 다짐한 이상 물러나야 했다.

"이봐요! 아니, 오빠!"

그렇게 돌아가던 황운의 등 뒤로 지엔의 목소리가 들려왔다.

"음?"

"오늘… 많은 일이 있었지만……."

그녀가 말끝을 흐리자 황운은 뒤돌아서 그녀를 바라봤다. 그녀는 고개를 살짝 숙이고 있었다. 어두운 밤이라 잘 안 보였지만 잔뜩 붉어진 얼굴이 분명했다.

"있었지만 뭐?"

"멋대로 오해하지 말라구!"

지엔은 횡운이 내답하기를 기다리지도 않고 집 안으로 뛰어들어 갔다. 이 정도면 거의 노골적인 표현이라 봐도 무방하다. 황운은 담배를 하나 입에 꺼내 물며 혼잣말을 중얼거렸다.

"오케이."

Chapter 5

전 장

  돌아가는 길은 확실히 같이 왔던 길보단 훨씬 멀게 느껴졌
다. 베른은 강을 사이에 둔 절벽과 평원 사이에 만들어진 도
시로서 강 건너편에는 아주 약간의 평탄지와 4~50m의 높이
는 족히 되는 절벽이 있었다. 그리고 공장과 그녀의 집이 있
는 곳은 절벽 바로 밑의 마을이었다.

  강둑을 주욱 따라 걷기만 하면 공장이 나오니 황운이 돌아
가는 것도 그리 어려운 일은 아니었다.

  "후우……."

  황운이 담배 연기를 내뿜으며 하늘을 바라보자 거대한 다
리들이 그의 눈에 들어왔다. 베른 시에서 이어지는 다리는 특

이하게 절벽의 위를 향해 비스듬히 세워져 있었다.

그것들은 마치 거대한 롤러코스터처럼 수많은 지지대가 지탱하고 있었다. 그리고 그 다리들은 비스듬하고 기다란 곡선을 만들며 절벽의 위로 이어져 있었다.

"그래, 롤러코스터 같군."

마차 서너 대가 나란히 달릴 수 있을 정도로 거대한 크기의 이 다리들은 군사적 목적으로 세워진 것이었다. 지금도 절벽 너머 멀지 않은 곳에선 베른 시의 병사들과 오크들이 전쟁을 벌이고 있다고 들었다. 이유야 잘 모르지만 이런 세계야 항상 무력 분쟁이 끊이지 않았으니 황운은 그다지 대수롭지 않게 생각했다.

"음?"

다른 생각에 전념하고 있던 황운은 갑자기 담배를 껐다. 그리고 잠시 눈을 감고 정신을 집중하더니 그 자리에서 사라져 버렸다. 그의 특기 중 하나라 할 수 있는 은신이었다.

그는 은신을 사용한 상태로 공장을 향해 질주하기 시작했다. 그의 느낌이 틀림없다면 그것은… 짙은 안개의 메시지였다.

"켈리!"

그는 바람의 메시지를 빌어 달렸다. 뛰고 있는 양 발을, 그리고 온몸을 바람의 메시지에 섞어 보냈다. 처음 시도해 보는 것이라 몇 번이고 고꾸라질 뻔했지만 황운은 그냥 달리는 것보다 훨씬 빠른 속도로 도착할 수 있었다.

그는 기척을 최대한 숨기고 안개의 메시지가 있는 곳으로 향했다. 그곳은 사장의 사무실이었다.

'다행히 직원은 아무도 없다.'

어떤 자가 사무실 안에서 서류들을 뒤지고 있었다. 복면을 쓰고 있는 그자는 분명 켈리의 수하 중 한 명이었다. 황운은 살기를 지독히 내뿜으며 그의 귀 바로 옆에서 말하는 듯한 메시지를 던졌다.

"한 걸음만 움직여도 목숨은 없다."

"……."

역시, 그자는 조금의 동요도 하지 않은 채 행동을 멈췄다. 분명 그가 느끼기엔 아무런 인기척도 없을 것이었다. 자신의 주위에는…….

"켈리가 보내서 왔겠지. 내가 질문하고 네가 대답한다. 따르지 않거나 불손한 행동을 보일 경우…….."

황운은 말 대신 정말 지독할 정도로 살기의 메시지를 내뿜었다. 황운이 그에게 손댈 수 있는 능력은 아무것도 없었으나 이런 허장성세는 분명 먹힐 것이었다. 실력자일수록 자신의 능력으로 알아내지 못하는 것들을 두려워하기 마련이다.

다행히 바싹 긴장한 그는 아무 말 없이 고개만 끄덕였다.

"좋아. 왜 왔지?"

"정찰."

그는 황운도 뻔히 알 만한 말을 던졌다. 황운은 좀 더 그가 대답하기 어려운 질문을 골랐다.

"정찰의 목적이 뭔데?"

"……."

이번에는 짐승의 느낌을 섞어서 마치 으르렁거리듯 그의 귀에 위협을 보냈다. 그리고 반대편 귀에 공포의 메시지를 섞어서 은은하게 발산했다.

그것은 마치 자신이 공포에 떨고 있다고 느끼게 하기 위한 암시였다.

"흐흐흠."

아무런 대답을 하지 않던 그자는 소름이 끼치는 듯 온몸을 부르르 떨었고 그제야 목에 들어간 힘을 좀 풀고 말하기 시작했다.

"당신이 황운이라면 당신과 관계된 모든 자들을 죽이는 것."

"켈리……."

미처 평정을 유지하지 못한 황운의 이빨이 거친 마찰음을 냈다. 그자는 소리가 들려오는 곳이 자신의 곁이 아니라는 것에서 더욱 놀랐다. 그는 이제 식은땀을 흘리기 시작했다.

"질문 하나 하지. 너를 살려서 돌려보내면 그녀가 나를 포기할까."

"사, 살려주십시오."

그 답변은 이미 둘 다 알고 있다. 아마도 그녀라면 포기하지 않겠지. 황운을 직접 죽이는 것이 아니라 황운과 관계된 자들을 죽이는 것은 어찌 보면 켈리의 심성다운 행동이었다. 그런데 그녀가 어째서 자신에게 관심을 보이는 것인지 황운은 도저히 이해할 수 없었다.

능력이 없다고 버린 것은 그쪽이 아닌가. 아차……!

"그녀가 내 능력이 돌아온 것을 알고 있기 때문인가."

이 가정은 충분히 가능하다. 이런 수하들을 부리는 그녀라면 황운의 능력에 대해서 파악하는 것도 가능할 터. 하지만 그자의 대답은 황운의 예상과는 달랐다.

"아닙니다. 지도 모르고 있었고, 주인님도 모르고 있습니다."

"그런데 왜……! 어째서!"

그가 평정을 잃을 때마다 복면인은 고개를 숙이며 자기 방어를 취했다. 보이지 않는 적에 대한 두려움은 커지기 시작하면 걷잡을 수 없다. 분명 이런 임무들을 하기 위해 훈련과 교육까지 받았을 터.

하지만 지금 그의 행동은 약해 보이기 그지없었다.

"너는 그녀와 같은 안개의 느낌을 가지고 있다. 정체가 뭐냐."

"그, 그것만큼은 말할 수 없습니다. 말하는 그 즉시 죽게 됩니다."

"좋아. 돌아가라. 대신 이 공장 사람들에게 조금의 해라도 끼치거나 다시 내 눈앞에 나타나는 경우 그에 상응하는 대가를 치르게 해주마."

황운은 살기 담긴 협박을 전했다. 이 공장 사람들이 자신 때문에 피해를 입게 된다면 그땐 정말 용서할 수 없었다. 켈리를, 그리고 자신을.

"…예."

"난 당장 이곳을 떠나겠다. 다시 말하지만 이들은 나와 관계없다. 가라."

소름이 끼치는 건 되레 그쪽이었다. 그자는 황운의 말이 끝나자마자 아무런 동작 없이 바로 그 자리에서 사라져 버렸다. 마음이 급해진 황운은 종이와 펜을 찾아 짧은 글을 쓴 뒤 사무실에다 놓고 바로 밖으로 나왔다.

자신 때문에 위험할 수 있으니 몸조심하라는 말과 더 이상 폐가 되기 전에 떠난다는 말이었다.

"당장 벗어나야 해."

공장을 나온 그는 강을 건너 빈민가로 들어왔다. 환영식을 하자마자 바로 이렇게 나오게 되다니. 그는 아직 켈리의 그림 자에서 벗어날 수 없었다. 도대체 그녀는 왜 자신의 뒤를 좇고 있을까.

"막연한 배신감? 아냐."

켈리는 그런 감정에 움직이기보단 그냥 짓밟아 버릴 사람이었다. 이런 집요함도 그녀의 짓밟기 놀이에 포함되는 일이란 말인가. 그는 다시 담배를 꺼내 물었다.

"이대로는 안 된다. 내가 실력만 있었어도 그자를 그냥 돌려보내지 않았겠지."

켈리에게서 벗어나기 위해선 실력이 필요했다. 그리고 그들을, 지엔을 지키기 위해서도 힘이 필요했다. 생각을 굳힌 그는 길을 물어 용병 시장으로 향했다.

시장이라는 이름이라고 해서 말 그대로 시장의 느낌을 가지고 있는 것은 아니었다. 되레 주점의 분위기에 가까운 곳이었다. 그가 카운터를 찾아가자 관리원이라는 불리는 멀대가 황운을 상대했다.

"와우, 이 자식 나보다 큰데? 칼 한 자루도 없이 칼질하려고 왔어?"

"나 정도 물건을 쓰려면 장비는 알아서 줘야지."

"형씨 실력이 얼마나 대단한지 몰라도 키를 보고 사람을 뽑지는 않아."

황운은 이를 드러내며 소리없이 웃어 보였다. 그는 관리원을 향해 적당한 살기를 내뿜었다. 아까 전 복면인에게 내뿜었던 것의 반도 안 될 정도로 미약한 메시지였다. 관리원은 이를 딜딜 떨며 손사래를 쳤다.

"알았어, 알았다구. 미안해요. 장비는 대장이 알아서 해줄 거야. 몇 팀이 있는데 언제 출발하는 팀에 갈래? 당장 내일 출발하는 팀도 있긴 하지만······."

"좋아. 내일 당장 출발하는 걸로 하지."

관리원이 말끝을 흐리자 황운이 먼저 그의 말을 잘랐다. 며칠 기다릴 여유 같은 건 그에게 없었다.

"성격도 급하네. 저기 황소 머리 장식 밑 테이블로 가봐. 애꾸눈이 부대장이다. 일단 용병 목록에 등록은 할게. 이름이 뭐야?"

"적을 필요없어. 당장 내일 죽을 테니까."

황운은 다시 뭐라 떠드는 관리원을 무시한 채 그가 알려준 테이블로 향했다. 시끄러운 음악 소리와 지독한 살기들이 황운의 정신을 어지럽게 하고 있었다. 그래서일까. 황운은 평소보다 더 날카로웠다.

그가 향한 테이블에는 무장한 서너 명의 사내가 술에 취해 반 정도 맛이 가 있었다.

"애꾸눈, 당신이 부대장인가."

"아앙? 무슨 용무신가."

꽤나 거들먹거리는 목소리가 황운의 귀를 자극했다. 마치 꼬마아이를 어르는 투였다. 황운은 개의치 않아 하며 태연하게 대답했다.

"내일 출발할 때 나도 함께 가고 싶다."

"자살을 하려면 좀 그럴듯한 방법을 찾아라, 이 샌님 자식아. 아무나 칼질하고 휘두른다고 먹고살 수 있는 게 아냐!

꺼져!"

애꾸눈의 대장은 굵직한 목소리로 황운을 위협했다. 황운은 아까와 마찬가지로 이를 드러내고 살기를 내뿜었다. 이번엔 복면인을 상대했을 때와 마찬가지로 있는 힘을 다해서 발산했다.

"뭐, 뭐야. 이 자식, 한번 해보자는 거냐?"

"무슨 일이야?!"

"몬스터라도 출몰했나!"

다들 전쟁터에서 살다 온 사람들이라 그런지 황운의 기세에 민감하게 반응했다. 특히 애꾸눈과 같은 테이블에 있던 자들은 무기를 빼어 들 기세였다.

황운은 순식간에 살기를 거뒀다. 그리고 여유있는 표정으로 웃으며 말했다.

"자, 자, 그러지 말고. 무기와 장비를 줘. 밥값은 하겠다."

"음, 기세를 숨길 정도로 실력은 있단 말인데. 좋아. 내일 아침에 같이 가도록 하지. 그 대신 장비구들쯤은 네놈이 알아서 챙겨. 여기서 구르고 있는 놈들을 족치든 도둑질을 하든."

애꾸눈은 고개를 끄덕이며 조건을 말했다. 역시 모든 상황이 쉽게 마련되진 않았다. 황운은 낮은 목소리로 말했다.

"베스트인가."

"꼴리는 대로 생각해라. 그리고 날 부를 때는 대장이라고 불러! 이 빌어먹을 후레자식."

"내일 아침에 보자, 대장."

황운은 다시 밖으로 나왔다. 그의 말대로 장비를 구하는 것은 어려운 일이 아니었다. 그는 밤이슬을 맞으며 도시를 배회했다. 가끔 켈리가 찾아오진 않을까 걱정하며 감응 영역을 개방하려는 시도도 해봤지만, 도시 안에서의 감응은 지금의 그에게는 무리였다.

"여차하면 또 노숙자 생활이라도 해야겠는데?"

이곳의 메시지는 대개가 아픈 상처와 쓰린 기억들을 담고 있어 그가 감당하기 쉬운 것들이 아니었다. 지금의 황운은 몸은 멀쩡하지만 정신은 아직 패닉에서 온전히 벗어나지 못한 단계였다.

특히 켈리에 관한 감정들은 아직도 제대로 정리되지 않았으니까.

"살아생전 나쁜 짓 안 해본 건 아니지만 막상 대놓고 하자니 좀 미안하네. 친구들 내 나중에 이 은혜 갚지."

황운이 자신의 능력을 잘 이용한다면 도둑질은 일종의 쇼핑이나 다름없었다. 그는 여행자들이 자주 갈 만한 여관을 골라 은신 상태로 느긋한 쇼핑을 개시했다. 갑옷이나 무기를 품에 안고 자는 사람들은 없었다. 하지만 황운이 막상 평범한 갑옷을 골라 입자 보통 불편한 것이 아니었다.

철판으로 된 플레이트 메일(Plate Mail)은 엄두도 못 냈고 그나마 철로 된 녀석들 중 가장 가벼워 보이는 체인 메일(Chain

Mail)도 훈련받지 않은 자가 입을 만한 갑옷이 아니었다.

'이런 것을 입고 싸운단 말인가. 보통 일이 아니군.'

말이 2~30kg이지, 직접 입고 달리거나 싸운다고 치면 자신은 5분도 못 가서 지칠 것이 분명했다. 황운은 이런 것을 입고 쾌검, 강검 운운하던 소설의 주인공을 떠올리며 현실과 소설의 차이를 또다시 느껴야 했다.

그는 거의 모든 방을 뒤지다시피 해 자신이 걸칠 수 있는 사이즈의 경가죽 갑옷(Soft Leather Armor)을 찾아냈다.

'역시 가죽이 편하겠지.'

황운이 키는 크지만 체구가 마른 편이라 대부분의 갑옷을 걸칠 수 있었다. 하지만 단단하게 무두질되어 있는 가죽은 무게가 좀 가볍다 뿐이지 강도는 상당해서 몸에 딱 맞지 않으면 행동에 불편함이 많았다.

팔 보호대와 다리 보호대, 장갑까지 그 자리에서 입어서 챙긴 황운은 다음으로 무기를 고르기 시작했다.

무기의 경우 대부분 날이 달린 무기들을 사용해서 자신의 취향에 맞는 것이 없었다. 황운은 베는 종류의 무기만큼은 절대 손에도 대지 않았다. 그러나 철퇴나 둔기 종류의 무기는 자신의 근력으로 들 수 있는 것이 없었다.

그는 한참을 더 찾아 트라이던트(Trident) 한 자루를 챙겼다.

'이건 좀… 그래도 낫군.'

베는 무기는 바라보기만 해도 속이 메슥거렸지만 삼지창은 좀 덜했다. 거기에다 비교적 얇고 가는 몸을 가지고 있었으니 황운이 쓰기에도 가장 무리가 없었다.

쇼핑을 끝낸 황운은 베른의 강가로 찾아가 해가 뜰 때까지 공장의 강 건너편에서 공장을 바라봤다. 자신이 머문 지 2주도 안 된 곳이었지만 그가 마음의 안식처라고 느꼈던 유일한 곳이었다.

켈리만 아니었다면 저곳에 계속 머물 수도 있었을 터. 하지만 켈리가 아니었다면 저곳에 가게 될 이유도 없었을 것이다.

"후우… 매일 누구 탓, 누구 탓. 참 나약한 놈이다."

황운은 그녀를 탓하는 것은 그만 하기로 했다. 그녀의 마음이 느껴지진 않았지만 자신이 그녀의 흔적에 몸부림치고 있듯 그녀에게도 흔적이라는 것이 있을 거라고, 그래서 그렇게 아파하고 있는 것이라고 생각하기로 했다.

그녀의 감정이나 메시지를 자신의 능력으로 읽을 수 있는 것은 아니었지만 황운은 그녀를 알고 있었다. 굳이 능력 같은 것이 아니어도 그녀를 알고 있었다.

"떠나보냈지만 잊지는 못한다는 건가."

분명 내다 버리라던 그녀의 말을 기억했다. 하지만 그에 앞서 먼저 떠나겠다 했던 자신의 모습도 떠올랐다. 그것이 그녀에게 상처가 되진 않았을까. 누구보다도 오만하고 강해 보였던 그녀였지만 때때로 황운의 앞에서 그녀는 작고 약했다. 그녀 역시 상처 입기 쉬운 한 명의 여자인 것을.

하지만 그녀의 진의를 알 수는 없었다. 다만 야망과 사랑을 동시에 쟁취하려던 그녀.

그리고 전혀 다른 성격의 그는 애초에 끝까지 갈 수 있는 사이는 아니었다. 황운에게 있어 그것만큼은 확실했다.

"날이 밝는군."

황운은 일어나 장비를 챙겼다. 그리고 떠나기 전 마지막이 될지도 모르는 공장의 모습을 한 번 더 바라봤다. 실제 전장으로 떠나는 사람의 마음이 이런 것이었을까. 그의 기분은 뭐라 설명할 수 없는 것이었다.

황운은 피식 웃었다.

"부디 무사하길."

그리고 뒤돌아 용병 시장을 향해 걷기 시작했다.

황운이 용병 시장에 도착하자 물자를 담은 마차들과 빈 마차들이 길가에 늘어서 있었고 거칠어 보이는 말들이 투레질을 하고 있었다.

그가 바쁘게 움직이며 짐을 나르고 있는 하인들 사이를 지나 시장으로 들어가자 곧 대장을 발견할 수 있었다.

"여어, 대장."

"뭐야, 이 자식. 대가리 터지려고 작정했군."

"킬킬킬……."

전날의 모습에 비해 하나같이 단단하고 야무진 인상들이

었다. 아무리 경험이 많다 해도 출발 직전이 되니 긴장하는 것일까. 그런 그들은 황운을 바라보며 웃기만 했다.

황운이 고개를 갸우뚱거리자 대장은 욕을 섞어가며 소리를 쳤다.

"씨발, 가죽 갑옷이야 취향이니까 그렇다 쳐도 대가리를 그렇게 열어놓고 다니면 활 잡은 오크들이 퍽이나 좋아하겠다! 그 새끼들은 달리면서도 활을 쏘는 미친놈들이야! 수백 미터 밖에서 네 대가리 하나 맞추는 게 어려울 것 같아?!"

"음… 그러냐?"

황운은 애써 태연한 표정을 지으며 딴청을 부렸다. 대장의 표정은 무척이나 진지했다.

"이 새끼 어눌하네. 못 써먹겠는데? 야! 제비우! 너 올라가서 아무거나 대충 깡통 하나 골라와! 나머지 새끼들은 마차에 올라타! 출발한다!"

"예이, 예이."

대장의 주위에 있던 이들은 밍기적거리며 밖으로 걸어나가기 시작했다. 황운이 어쩔 줄 모르고 멍하니 대장을 바라보자 그는 또다시 인상을 쓰며 악을 바락바락 썼다.

"너 멀대, 이름이 뭐야?!"

"황운."

"그래. 황운… 너 이 새끼! 너도 빨리 마차로 쳐! 기어! 들어가! 궁딩이에 그 삼지창 쑤셔 넣기 전에!"

황운은 서둘러 나와 먼저 나온 이들이 올라탄 마차에 따라 올라탔다. 사방에서 용병들의 암울한 메시지가 들려왔다. 사투의 상처들과 지친 정신들이 메시지로도 확연하게 느껴졌다. 이 정도의 고통들이면 술이나 마약이 아니고서야 이겨내기 쉽지 않을 것이었다.

옆자리에 앉은 거한이 담배를 한 대 꺼내 피우기 시작하자 그도 역시 흡연의 욕구를 강하게 느꼈다. 그는 서슴없이 말을 걸었다.

"나도 한 대만 줘."

거한은 어이가 없다는 듯 황운을 노려봤다. 황운은 아무렇지도 않은 듯 생글거리는 미소로 손을 내밀고 있었다. 모두의 시선이 긴장하듯 그 둘을 바라봤고, 거한은 마치 한 대라도 칠 기세였다.

"너… 이 자식……."

"줘. 한 대만."

"푸후… 이 새끼 마음에 드는군. 나 바랄드다."

"난 황운."

자신을 바랄드라고 소개한 거한은 황운에게 담배 한 갑을 통째로 던져 줬다. 황운이 눈을 크게 뜨자 그는 실실 웃으며 말했나.

"처음이라 잘 모르지? 한 갑 금방 끝난다. 그 다음부턴 쓰러져 있는 녀석들 품에서 찾아서 피우면 돼."

"킬킬킬……."

"황운! 받아라!"

마차 밖에 있던 대장이 황운에게 무언가 집어던졌다. 입에 담배를 물고 있던 황운은 아슬아슬하게 그것을 받아 들었다. 그것은 안면 부분을 빗살무늬의 철판으로 가릴 수 있는 하프 헬름(Half Helm). 가죽 갑옷에는 다소 어울리지 않는 거친 쇳덩어리였다.

무엇보다 이런 녀석, 삼 일만 써도 목 디스크에 걸릴 것이 틀림없었다.

"뭐야. 이 녀석, 웃기게 생겼다."

"살려줘서 고맙다고나 해라. 너 지금 패션쇼 하러 가냐?"

황운이 헬름을 보면서 투덜거리자 마차 밑에 있던 대장이 비아냥거렸다. 용병들은 하나같이 폭소를 터뜨렸다.

"크하하하하하하!"

"전장에서 웃다가 디지면 대장이랑 신참 책임이야! 크크큭!"

대장과 제비우라 불린 녀석이 마지막으로 마차의 양끝에 올라탔다. 그리고 잠시 후 누군가 악을 쓰며 지시를 하는 소리가 들렸고 곧 마차들이 출발하기 시작했다.

오래지 않아 마차는 절벽 위를 향하는 거대한 다리 위를 지나갔고 그들의 눈앞에 베른의 전경이 펼쳐졌다. 정말 엄청난 크기의 대도시였다.

'또다시 올 수 있을까.'

'이번에도 살아남을 수 있을까.'

가족도 없는 그들에게 희망이란 돈과 살아남는 것뿐. 그리고 살아 있을 때 즐길 수 있는 모든 것을 즐기는 것이었다. 다들 한마디도 하지 않았지만 황운은 그들의 마음이 뼈저리게 느껴졌다. 그는 투구를 눌러쓰며 나름대로 마음의 준비를 했다.

베른 시가 위치하고 있는 곳은 오스왈드 만(灣)의 중심부로서 왼쪽으론 베른 시의 소속국인 다리아렌 왕국의 영토가 회색산맥 아래로 펼쳐져 있었고 동쪽으로는 나후리 광야가 시작되었다.

광야의 크기는 몇 개 국가를 합친 것보다 컸지만 고급 몬스터의 출몰이 끊이지 않는 곳이었다. 그리고 대지의 기반이 약해 농경지로 쓰거나 사람이 살기에 적합한 곳이 아니었다. 그래서 무국적 지역으로서 아무도 가까이 하지 않던 곳이다.

베른은 그 두 지역의 사이에 경계를 이루고 있는 베른 강과 오스왈드 만의 교착점에 자리 잡고 있었다.

그런데 약 이십 년 전부터 광야와 만(灣)이 맞닿은 해안에 오크들이 부족을 이루기 시작했다. 그리고 그 세력은 놀라울 정도로 커져서 실제로 베른 시와 몇 번의 충돌이 생겼고 그 후로 빈번한 전쟁의 양상이 된 것이다.

왕국에서도 몇 번의 원정군이 출정했으나 그 세력이 약하고 지원이 미비해 큰 효과를 거두지 못했다. 그 후 베른 시에서는 경제력을 기반으로 용병 부대를 운영하며 과격한 소모전을 벌이고 있는 것이었다.

그리고 지금 황운이 탄 마차는 전장의 최전선으로 향하고 있었다. 용병이 도착할 전장에 전략은 없었다. 말 그대로 소모전이고 그저 살아남으면 다행인 그런 곳이었다.

'메시지가 거세진다.'

점점 전장의 소리가 들리기 시작했다. 귀로 들리는 것은 막연하고 충동적인 것들이었지만 황운의 정신으로 느낄 수 있는 것은 메시지들의 강렬한 충돌이었다. 살의와 분노, 공포가 느껴지기 시작했다.

황운이 손에 들고 있던 트라이던트를 굳세게 움켜쥐자 맞은편에서 보고 있던 대장이 비릿한 미소를 지었다.

"네 녀석, 감이 좋군. 소리가 들리냐?"

"응."

"재빠르게 뛰어다니면서 포크로 푹푹 찌를 수 있다고 생각하는 건 오산이다. 피하는 것? 두세 마리만 뭉쳐도 막거나 비껴내는 일이 전부야. 사방에서 들려오는 함성에 오감은 마비되고 기술 따위도 생각나지 않아. 그저 눈앞에 움직이는 것을 향해 휘두르는 것이 전부다."

대장의 실감나는 표현은 황운에게 전장의 무서움을 알려주고 있었다. 황운은 자신이 겪어왔던 공포에 관한 감정들을 떠올려 봤다.

"음."

"그리고 다른 새끼들한테 괜히 잔정 주지 마라. 그 녀석의 시체를 본 순간 찾아오는 동요로 인해 다음 날아갈 목이 네 자식 것이 될 수도 있어. 시체를 보면 억지로라도 밟고 지나가."

다른 이들은 질리게 들어온 듯 하품을 하는 사람도 있었다. 그래도 대장이라고 챙겨줄 건 다 챙겨주는 모습이 남들이랑 사뭇 달랐다. 마차 밖에서 들려오는 거친 비명과 금속 소리는 더욱 커져 갔다.

"생긴 건 한가락 하게 생겼다만 하는 짓을 보아하니 완전 생짜라서 이만큼이나 알려준 거야. 용병에게 전략 같은 게 있을 거라 생각하지 마라. 그 자식들의 초록색 피부가 보이면 달려 들어가 벤다. 그뿐이야. 혼자서 상대하기 버거우면 여러 명이 합세해서 잡는다. 그 자식들은 네가 엄마 젖 먹고 있을 나이부터 훈련받아 온 타고난 전사야. 피부의 질김부터 다르다. 만만하다는 생각은 집어치워."

황운은 아무 말도 하지 않은 채 묵묵히 대장의 말을 들었다. 생사를 몇 번이나 넘어선 노장의 조언은 이 순간 황금보나 귀한 것, 한마디도 잊지 않고 가슴에 새기기 위해 노력했다.

무엇보다 전우로서의 의지가 그의 메시지로서 느껴졌다.

전장은 그런 의미에서 도시보다 편했다. 존재하는 것은 오직 솔직한 생존과 살육의 의지뿐. 둘의 색은 전혀 다르지만 이곳에서는 같았다.

살육의 의지는 먼저 상대를 죽여 내가 살아남길 바라는 것, 생존의 의지는 끝까지 살아남아 상대를 죽이고 말겠다는 것이었다. 이곳에서의 두 메시지는 구분되지 않을 정도로 기준이 모호했다.

어느 순간 마차가 멈추고 사람들의 함성이 들리기 시작했다.

"오오오오오오오."

"이요오오홋!"

"다들 내려! 빨리!"

황운이 뛰어내리자 다른 마차에서도 용병들이 뛰어내리는 모습이 보였다. 찢겨진 막사 몇 개가 설치돼 있는 것으로 보아 이곳은 얼마 전까지 병사들이 쓰던 숙영지 같았다.

그가 주위를 둘러보고 있자 대장이 그의 뒤통수를 치며 소리쳤다.

"한눈팔지 말고 따라와! 녀석들과의 거리가 몇백 미터도 되지 않는다!"

"아, 응!"

용병들은 부대별로 뭉쳐 이동하기 시작했다. 적으면 4~5명에서 많아야 열 명 정도의 규모였다. 인위적으로 쌓여진 돌무더기들이 사방에 흩어져 있어 그들이 몸을 숨기고 이동하기엔 어렵지 않았다.

십여 년이 넘게 이어진 전쟁의 상흔이 곳곳에 남아 있어 그걸 보는 황운의 몸에 소름이 돋았다. 뼈나, 금속 조각들은 예사였다. 오크들의 거친 함성 소리가 가깝게 들리기 시작했다.

그리고 얼마나 걸었을까. 들려오는 사람의 비명 소리……!

"끄아아아아악!"

"나타났다! 바로 앞이다!"

"흩어져! 병신 새끼들아!"

"취에에에에에에엑!"

가까운 다른 부대에서 희생자가 난 듯했다. 황운이 깜짝 놀라 그쪽으로 고개를 돌리자 황운의 부대가 몸을 숨기고 있던 돌무더기의 위에서도 오크들이 나타났다.

"자랑스러운 부족의 긍지를 위해!"

"몰아내자! 침략자!"

부대원들은 몇 번의 칼부림 후 사방으로 흩어졌다. 뭉쳐 있으면 분명 궁수들의 타깃이 된다는 것을 몸으로 익히고 있었다. 황운에겐 오크들의 메시지도 명확하게 들려왔고 그들의 어휘력은 그의 예상보다 나쁘지 않았다.

갑작스런 상황에 놀라 멀찍이 물러났던 황운은 뒤늦게야 자신이 대열에서 벗어났음을 깨달았다. 그는 다시 동료들의 곁으로 뛰어갔다. 갑옷을 입은 상태로 움직이는 일은 쉬운 일이 아니었다.

"정신 차려! 신참! 넌 내 뒤에 붙어라!"

검신이 짧은 대신 검면이 상당히 넓은 특이한 모양의 브로드 소드를 꺼내 든 대장은 먼저 오크들을 향해 달리기 시작했다. 대단하게 빠른 것은 아니었지만 중갑을 걸치고 있는 용병이 내기에는 엄청난 속도가 분명했다.

그리고 오크들의 괴성! 황운이 상황을 파악할 새도 없이 몇 번의 충돌이 교차했다!

"끄어어어어억!"

"흥! 이 자식들은 힘만 센 녀석들이야! 진짜 괴물은 따로 있어!"

후우, 초록색 피는 비교적 나쁘지 않군. 황운은 마음을 진정시키며 대장의 뒤에 따라붙었다. 대장은 맞붙어 싸우고 있는 오크와 용병들의 사이를 아무렇지도 않게 지나갔다. 대장이 노리는 것은 이들이 아닌 듯했다.

"괴물 대가리를 하고 덩치가 뭉툭한 저 새끼들은 하급 오크야. 순수 오크지."

"그럼 다른 녀석이 또 있나?"

황운이 알고 있던 전형적인 오크의 모습, 하지만 대장의 입에선 하급이라는 이야기가 나오고 있었다.

"있어. 오크들과 같은 초록색 피부에 산만한 덩치를 하고 인간의 머리를 하고 있는 하프 오크들이다. 그 자식들은 피부색 빼곤 우리랑 다를 게 없어. 괴물이고, 강하다!"

"후읍……."

황운은 숨을 깊게 들이마셨다. 혼혈종이 순수 혈통보다 우량하게 성장해서 윗자리들을 꿰찬 건가. 그는 빠른 판단력으로 상황을 이해했다.

갑자기 그의 지각으로 거칠고 날카로운 메시지가 느껴지기 시작했다. 다른 오크들의 느낌들과는 조금 달랐다.

"대장! 저 돌무더기 너머 50m 거리에 대장급 녀석 하나! 평범한 놈 둘!"

"너… 이 자식. 그냥 감만 좋은 게 아니지?"

"대깅이 밀하는 하쁘 오크, 그 녀석 아냐?"

황운은 대답 대신 반문을 던졌다. 잠시 그의 얼굴을 바라보던 대장은 금세 평정을 되찾고 냉정한 목소리로 이야기했다.

"좋아. 넌 어린애처럼 내 뒤에 붙어만 있지 말고 내가 싸울 때 상대의 발등이나 무릎을 노려라. 절대 허리 위의 어디를 찌를 생각 하지 마! 둘의 호흡이 엉키면 순식간에 저승 동무다!"

대장의 요구는 당연했다. 둘의 행동반경을 확실히 정해두지 않으면 서로 부딪쳐 엉키고 말 것이다. 황운은 고개를 끄덕였다.

"알겠다."

"좋아! 뛰어!"

파밧!

그들이 뛰자마자 그들이 있던 자리에 화살이 날아와 꽂혔다. 조금만 늦었어도 목숨을 보장받지 못했을 것이다. 황운은 안심할 틈도 찾지 못한 채 앞으로 달리기 시작했다.

사방에서 화살들이 날아오는 것으로 보아 멀지 않은 곳에 오크 궁수들이 도착한 듯했다. 그들은 돌무더기 위에 엎드려서 훤히 보이는 타깃들을 노리고 있었다.

"제길… 상황이 너무 안 좋군!"

"닥치고 뛰기나 해! 바로 돌격이다!"

그들이 돌무더기를 지나자 한 용병의 머리를 들고 있는 하프 오크가 있었다. 아니, 들고 있는 것은 이미 시체인 듯했다. 그리고 좌우에 하급 오크가 한 마리씩 주위를 살피고 있었다.

"뒈져!"

대장은 하프 오크의 시야를 최대한 피하며 그가 시체를 들고 있는 방향으로 돌격했다. 그리고 자신의 검으로 시체를 찌르며 동시에 뒤에 있는 하프 오크를 노렸다.

사각지대를 노린 절묘한 경험기! 그제야 다른 하급 오크들이 눈치 챈 듯 괴성을 지르며 그들에게 뛰어오기 시작했다.

"약아 빠진… 인간 녀석!"

"제길!"

하프 오크는 상대의 검신을 통째로 잡아 휘둘렀다. 대장과 시체는 그 기세에 뒤로 밀려났다. 그의 옆구리에는 얕은 상처가 나 있었다. 대장의 일격을 순간적으로 비낀 것이다.

그는 자신의 옆에 있는 창을 집어 들었다. 금속 조각과 짐승의 뼈들이 그로테스크하게 붙어 있는 거대한 창이었다. 분명 저런 것에 찔리는 것이 아니라 스치기만 해도 뼈까지 으스러질 것이 틀림없었다.

그 하프 오크는 창을 돌리며 노성을 질렀다.

"후오오오! 전사의 심장의 고동을 느껴라!"

"안 들려! 닥치고 뒈지기나 해!"

쓰러져서 정신을 못 차리고 있는 줄 알았던 대장은 다시 거칠게 달려들며 낮게 하단을 베었다. 하프 오크는 가볍게 뒤로 뛰며 물러나고 그 사리를 누 마리의 하급 오크가 뛰어들었다.

황운은 제대로 정신도 못 차리고 있다가 그제야 정황을 깨닫곤 뒤에서 달려들며 트라이던트를 뻗었다.

"키에에에에엑! 뭐냐!"

황운의 장신이 내려찍는 창 공격은 다소 크기가 왜소한 하급 오크들이 피하기 쉬운 것이 아니었다. 황운이 엉겁결에 지른 트라이던트가 한 녀석의 발등을 꿰뚫자 대장은 반사적으로 그 녀석 쪽으로 뛰었다.

"으랏차!"

빌등에 찍힌 오크를 방패로 또 다른 하급 오크와의 순간적인 사각을 만든 그는 방금 뛰었던 반동을 이용해 다시 한 번 강한 횡 베기를 시도했다.

"키에에엑!"

"취이이이익!"

그의 브로드 소드가 은빛 그림자를 남기며 허공을 그었다.

"잘했어! 신참!"

단 한 번의 베기가 동시에 두 마리의 허리를 갈랐다. 그들의 누더기 갑옷으로부터 보호받지 못하는 정확한 허리의 이음새!

두 마리 모두 단번에 절명하지는 않을 듯 고통스럽게 몸부림치며 땅바닥을 뒹굴기 시작했다.

"이 자식들! 잔머리만 굴리는 거냐!"

하프 오크는 노성을 터뜨리며 창을 휘두르기 시작했다.

"구르는 자식들 목을 찍어서 마무리 해! 나 혼자서 상대하기 버겁다!"

대장은 뒤에서 휘두르는 하프 오크의 창 놀림을 브로드 소드의 검면으로 힘겹게 받아냈다. 막아내는 와중에도 황운에게 모든 지시를 내린 대장은 다른 쪽으로 빠르게 물러나며 하프 오크를 유인했다. 황운이 편하게 하급 오크들을 잡을 수 있도록 한 배려였다.

하프 오크는 잠시 부하들을 바라보다가 으르렁거리며 대장에게 다가가기 시작했다.

"부하들의 생명은 포기하겠다. 그 대신 너희를 이 자리에서 갈아 마셔주겠다!"

옆구리에서 등까지 완전히 베인 그 하급 오크들은 황운이 보기엔 곧 죽을 것만 같았다. 하지만 두 마리 다 완전히 베인 것이 아니라 고통 속에 몸부림치고 있었다. 이대로 놔두면 싸움에도 방해가 될뿐더러 이들의 고통도 길어질 뿐이었다.

전장에서 적에게 나눠줄 인정 같은 건 없어야 하지만 황운은 그들의 울부짖음을 들으며 제대로 창을 꽂아 넣을 생각도 하지 못하고 있었다.

"이… 이런……."

'저 자식, 뭐 하는 거야!'

대장은 다른 데에 집중할 정신이 없었다. 이 하프 오크는 역시 대장급이었는지 실력이 보통 출중한 게 아니었다. 한 번의 공격을 막아내는 데에도 전력이 소진되니 몇 명이 달려들어도 이기기 힘들 것이 분명했다.

그나마 저 애송이가 뒤에서 견제라도 해준다면 빈틈이라도 노려볼 텐데 뭘 뭉그적거리는지!

"죽어가는 저 녀석들이나 너나 하등 다를 게 없는 쓰레기들이다. 비열하고 약한 전사의 수치들아."

하프 오크는 여유가 있는지 대장이 알아듣지도 못할 조롱을 날리며 여유있게 대장을 제압하고 있었다. 그에 말에 정신이 들온 황운은 하급 오크들을 버려둔 채 하프 오크를 바라보며 소리를 질렀다.

"생명에 격차는 없다! 부하에 대한 인정도 없는 버러지 같은 자식!"

"네 녀석은 뭐냐? 어떻게 우리의 말을 아는가."

"긍지가 강함으로 결정된다면 네 녀석의 숭고한 전사들도 너보다 강한 자 앞에서 보잘것없어짐이 당연할 터! 그게 네 긍지냐!"

황운은 창으로 하프 오크를 가리키며 노성을 질렀다. 자신보다 훨씬 약해 보이는 인간에게 긍지를 언급당한 하프 오크는 잔뜩 인상을 구긴 채 소리를 질렀다.

"뭐라고! 흐읍!"

단 한 번의 기합으로 대장의 브로드 소드를 걷어내 버린 하프 오크는 대장의 허리를 잡아 돌무더기 너머로 던져 버렸다. 여태껏 봐주고 있었다는 소리인가.

"넌 조금 있다 상대해 주지. 덜 약한 전사."

단둘이 되어버린 황운은 침을 꿀꺽 삼켰다. 순간적인 분노로 소리를 쳤지만 그에게 그만한 실력은 없었다.

"좋아. 다시 한 번 지껄여 봐라. 우리의 말을 할 줄 아는 네 놈에게 관심이 가는구나. 네놈에겐 어떤 긍지가 있기에 이 전쟁에 참여했는가. 나는 항상 우리의 도시에 십 년이 넘게 침범해 온 네놈들의 머릿속에 무슨 생각이 들었을까 궁금했었다."

하프 오크는 땅을 울리는 소리를 내며 자신의 창을 바닥에 찍었다. 분명 육탄전이 아닌 전사의 긍지를 논하는 또 다른 오크 방식의 대결이었다. 황운은 오크의 메시지를 통해 그의 진의를 알 수 있었다.

하지만 황운에게 전사로서의 긍지가 있을 리 없었다.

"나는 힘을 얻기 위해 이 전쟁에 참가했다. 누군가를 지키기 위해……."

"가소롭군. 너의 긍지는 너의 힘을 위해서 다른 이들을 죽이고 성장하는 거냐. 그게 나의 긍지보다 뛰어나다 할 수 있는가."

목적은 있었지만 확고하지 못했기에 대답할 수 없었다. 황운은 차라리 치고받는 것이 낫겠다는 생각이 들었다. 참을 수 없는 모욕감이 자신을 엄습했다.

하지만 분명 달랐다. 자신은 생명을 해치지 않았다.

"나는 아직 한 명도 죽이지 않았다."

"하지만 이 땅 위에서 누구도 죽이지 않고 생존하는 것이 말이 되나? 이곳에서의 생존은 곧 살육이고, 살육이 곧 생존이다. 너에게 그 법칙을 뛰어넘을 만한 고등한 실력이 있는가. 타인의 생명을 배려할 수 있는 건 압도적인 실력이 있는 전사뿐이다. 그리고 그런 이의 앞에서 배려를 받는 약한 전사는 그야말로 죽음보다 수치다."

"……"

무게가 달랐다. 이제 처음 전장을 경험한 애송이와 날 때부터 전사로 자라온 자의 숙명. 그가 과연 황운이 말하는 것들을 몰랐을까. 아니다. 현실로써 뼈저리게 배우며 자라온 그에게 황운은 그저 말놀음을 하는 어린 양에 지나지 않았다.

"그렇기 때문에 나의 부하들을 죽이지 않은 네 녀석의 행동은 수치다. 네 녀석은 분명 나의 부하들보다 훨씬 약하다. 전장의 운과 기회로 네가 더 강한 곳에 서 있을 수 있는 것이다. 내가 한 가지 질문하지. 그런 운이나 기회로 인해 네가 나의 생명을 마음대로 주무를 수 있게 된다면 그건 누구의 강함이며 누구의 수치인가?"

사방에서 전투의 함성이 잦아들고 있었다. 맹렬한 부딪침 후 전열을 정비하기 위해 양쪽이 모두 후퇴하는 분위기였다. 황운은 아무 대답도 하지 못한 채 그의 말을 듣기만 하고 있었다.

"그저 잠깐의 말장난일 뿐이었다면 이만 죽여주도록 하지! 허풍선이!"

기다림에 지친 하프 오크는 창을 들어 허공에 휘둘렀다.

"잠깐!"

황운은 손을 들며 하프 오크를 제지시켰다. 그는 꽤나 관심이 담긴 눈으로 황운을 바라봤다.

"오호, 할 말이 생각났는가. 그것이 연약한 자기 변명이 아닌 올바른 전사의 긍지이길 바란다."

"나는 네 질문에 대답할 수 없다."

하프 오크의 눈이 분노로 물들었다. 쿵! 그는 다시 한 번 창을 강하게 내리찍어 자신의 분노를 표시했다.

"자, 들어봐라. 내가 네 말에 대답할 수 없는 건, 나는 긍지가 없기 때문이다."

다시 그의 미간이 찌푸려졌다. 긍지도 없는 이가 어떻게 전사라 할 수 있는가. 어떻게 전사의 긍지에 대해서 논할 수 있는가.

"나는 전사가 아니기 때문이다. 나는 너에게 전사의 긍지에 대해서 물었다. 그건 내가 전사가 아니고, 긍지가 없기 때문이다. 그것이 생명의 존엄성보다 중요한 것인지 모르기 때문이다."

"흥, 인간 주제에 하급 오크들의 생명의 존엄성을 논하는가. 자신들의 종족을 제외한 모든 것들을 개돼지 취급하는 네 녀석들이!"

"나는 다른 인간들과는 다른 관점을 가지고 있다. 내가 너와 대화를 하는 걸 보면 알 수 있겠지만, 나는 너희뿐만이 아니라 모든 것들과 대화를 할 수 있다. 나만의 능력이지. 나는 흐르는 강의 마음도 알 수 있고, 산천초목들의 노랫소리도 들을 수 있다. 작은 새들의 고됨을 들어왔고, 수백 년을 싸워온 무기의 아픔도 알고 있다. 그리고 내가 가지고 있는 견해와 가장 가까운 것을 말하자면……."

황운은 잠시 침묵했다. 지금 그가 하려는 일이 결코 쉽지 않은 일이기 때문이다. 하지만 이렇게까지 말했으니 뒤로 물러설 수도 없었다. 황운은 허리를 숙여 자신의 손으로 대지를 쓰다듬었다.

"흠."

하프 오크는 그의 모든 행동들을 말없이 지켜보고 있었다. 황운이 쓰다듬고 있는 대지의 모습은 너무나 가여웠다. 속살처럼 붉은 흙은 사방에 드러나고, 돌멩이보다 많은 뼈들이 사방을 뒤덮고 있었다. 황운은 그런 대지를 쓰다듬고 있었다.

"…말하자면 바로 이 대지의 마음이다. 설명하기 힘드니 너에게 직접 들려주지."

황운은 자신의 정신을 최대한 개방해 이 대지의 울림을 정신으로 받아들이기 시작했다. 이 경험은 물약을 마시던 그때의 것, 황운은 대지의 거대한 울림을 몸으로 느꼈던 적이 있었다.

삶, 생명, 존재, 그 모든 것들의 순환. 지극히 작고 낮은 황운의 사고로서, 일개 인간의 머리로서 이해할 수 있는 것이 아니었다. 하지만 그 경험 뒤로 황운의 견해는 보통의 인간과는 다른 것이 되었다. 그 대지의 마음을 다시 한 번 스스로의 의지로서 받아들이고 있었다.

하프 오크는 영문도 모른 채 그의 모습을 지켜봤다.

"크으으윽……."

황운의 정신 속으로 무수히 많고 거대한 메시지들이 스쳐 지나갔다. 삶과 죽음을 반복하는 대지의 무한한 순환을 그는 백 분지 일도 깨달을 수 없었다. 그저 지나가는 것을 느끼고 있을 뿐이었다.

황운은 그 와중 손을 들어 하프 오크를 향했다. 그리고 그를 스쳐 가던 대지의 울림이 하프 오크에게도 진동으로 울리기 시작했다.

"뭐, 뭐냐!"

하프 오크의 정신으로도 황운이 느꼈던 대지의 목소리가, 그 울림이 들려왔다. 물론 황운이 직접적으로 경험하는 것에 비하면 너무나 미약한 것이지만 그것만으로도 하프 오크에게는 참을 수 없는 전율이며 아픔이 되었다. 그에게 대지의 눈물이 느껴졌다.

"크아아아아악! 이, 이것은 뭐냐!"

"대지의 목소리지."

황운은 주체할 수 없는 흐름에 온몸을 맡기며 어렵사리 말했다. 지금 그의 정신은 거친 폭풍 한가운데 노출되어 있는 맨살과도 같았다.

정신의 충격은 이미 기절할 수위를 넘어섰지만 그는 기절조차도 마음대로 할 수 없었다.

"끄으으으으……."

하프 오크는 창을 내던진 채 두 손으로 머리를 감싸고 비명을 질렀다. 황운이 허다하게 느껴왔던 고통에 비하면 정말 우스운 수준이었지만 처음 경험하는 이에게는 마치 속살을 찢기는 기분일 것이다.

한참을 대지의 메시지들을 흡수하던 황운은 잠시 후 스스로의 통제로 그것을 멈췄다. 예전의 모습에 비해 훨씬 안정되고 부드러운 통제였다.

황운은 하프 오크가 정신을 차리길 잠시 기다렸다가 다시 말을 시작했다.

"나는 이 땅이 어떤 생각을 하고 있는지 구체적으로 네게 설명해 줄 재간은 없다. 그리고 이 땅처럼 풀 한 포기의 생명과 사람의 목숨이 같다고 생각하지도 않는다."

하프 오크는 창으로 땅을 디디며 자리에서 일어났다. 그는 다시 제정신으로 돌아온 듯 거친 숨을 몰아쉬며 황운의 이야기를 듣고 있었다. 황운은 그를 바라보며 확신이 담긴 어조로 다시 말을 시작했다.

"다만 한 가지 확실한 것은 이 땅은 세상에 이유없이 죽어야 할 생명은 단 하나도 없다 말하고 있고, 내가 그 생각에 강력하게 동의하고 있다는 거지."

확신이 담긴 그의 행동에 주저함 같은 것은 없었다. 이것이 그가 가지고 있던 신념이었다. 생명의 소중함. 이 세계에서는 그렇게도 설명하기 힘들었던 그것.

"그 외엔 설명이 안 된다. 나 사실 머리 많이 나쁘다."

황운은 미소까지 지어 보였다. 그리고 얼빠진 표정을 짓고 있는 하프 오크를 향해 손을 흔들었다.

"이번 전투가 끝나면 바로 돌아가겠다. 난 역시 전쟁이나 싸움 같은 것과는 맞지 않아."

황운은 그대로 뒤돌아 자리를 떠나려고 했다. 하프 오크는 말없이 그를 지켜보다 그가 사라지기 전 다시 말을 꺼냈다.

"이봐. 인간."

"…응?"

"나는 완전한 답변을 듣지 못했다."

그의 목소리는 아까와 같은 자신감 넘치지 않았다. 전의를 상실한 그 목소리. 황운은 알 수 없다는 표정을 지으며 말했다.

"충분하지 않나? 이 대지의 울부짖음과 아픔보다 더 큰 답변이 남아 있는가."

"아니, 나는 전사의 긍지가 아닌 너에 대해 궁금해졌다. 대지의 목소리를 들을 수 있는 너에게 더 많은 이야기들을 듣고 싶다."

황운은 이해가 잘되지 않았다. 지금 저 하프 오크가 나에게 뭐라고 하는 거지? 납치라도 당하라는 건가?

"지금은 이대로 보내겠다. 다만 생각이 있다면 언제든지 우리 부족으로 찾아와라. 내 이름은 바라쿠 호훼이다. 전사의 친구로서 널 에우하시."

"음… 좋아. 너에게서 솔직한 메시지가 들린다. 인간들보단 네가 더 편하게 느껴지는군."

"이걸 받아라!"

쿵!

황운의 앞에 창이 떨어지며 커다란 소리를 냈다. 그가 들고 있던 창이었다.

"나의 이름과 같은 '바라쿠 호휀'이다. 이건 내가 졌다는 뜻이고, 널 존경한다는 뜻이다. 그리고 네가 만약 홀로 우리 부족을 찾아올 때 너를 증명할 수단이 될 것이다."

"그럼 너도 받아라."

바라쿠라는 이름의 하프 오크는 황운이 던진 트라이던트를 공중에서 낚아챘다. 황운은 씁쓸하게 웃었다. 역시 실력이 다르군.

"그 창에 별다른 이름은 없다. 내 이름도 보잘것없다. 다만 내가 그것을 너에게 주는 의미는 내가 이 대결을 무척이나 중요하게 생각한다는 것이며, 너를 친구로서 생각한다는 뜻이다. 반드시 너를 찾아가겠다. 그땐 창 대신 술을 놓고 이야기하자."

"멋지다, 정말 멋지다."

바라쿠는 연신 턱을 흔들며 그의 말에 긍정했다. 무엇보다 지금의 대결을 인정해 줬다는 사실이 그에겐 퍽이나 감명 깊은 일이었다.

"그럼 난 간다."

황운은 창을 집어 든 후 은신을 이용해 그의 앞에서 사라졌다. 바라쿠는 그것을 보고 깜짝 놀랐다. 혹시 황운이 자신보다 훨씬 뛰어난 전사는 아니었을까. 바라쿠는 실제로 그럴지도 모른다고 생각했다.

전사의 긍지를 뛰어넘는 그 고고함은 사실 절정에 달한 전사의 조용하고 넓은 기백과 닮아 있었다.

"음⋯⋯."

바라쿠는 몸을 돌려 그대로 떠나려 했다가 고통스럽게 몸부림치고 있는 하급 오크들을 발견했다.

잠시 멈춰 있던 바라쿠는 방금 전 황운과의 대화를 떠올렸다. 그리고 허리에 황운의 창을 꽂은 뒤 양쪽의 손으로 그들을 들었다.

"조금만 참아라."

바라쿠는 빠른 속도로 자신의 영역으로 돌아가기 시작했다.

사실 황운은 대지의 메시지를 전한 이후 다시 마음이 약해져서 겁에 질려 있던 참이었다. 2m는 가볍게 넘는 초록색 피부의 덩치 앞에서 호언을 날리는 것도 쉽지 않았고 멀리서 수많은 오크 궁사들이 자신을 노리는 것을 느끼고 있었다.

"대결이 아니었다면 큰일났겠지."

오크 궁사들은 시위를 걸고 살기를 잔뜩 담은 채 자신의 대장에게 무슨 일이라도 생기면 바로 화살을 날릴 생각이었을

터. 그와의 맞대결이 아니었으면 이미 죽었을지도 모른다.

다행히 바라쿠의 지시가 있었는지 오크 궁사들도 잇달아 철수하기 시작했다.

"대장은 괜찮을까?"

황운은 주위를 살피며 대장의 메시지를 찾았다. 대장이 죽은 것은 아니나 이미 꽤 뒤로 물러난 듯했다. 그가 느낄 수 있는 반경에서는 별다른 것이 느껴지지 않았고 대부분의 다른 용병들도 죽거나 후퇴한 뒤였다.

그는 은신과 감응을 혼용하며 용병들을 찾기 시작했다. 그리고 얼마 지나지 않아 본진에 합류할 수 있었다.

"뭐야, 신참. 안 죽고 살아 있었냐?"

"내가 할 소리다."

대장은 임시로 구축한 막사의 부상 병동에 있었다. 정규군의 수준을 기대하긴 힘들었지만 물자와 함께 의료진도 보급이 되고 있었다. 바라쿠가 집어던졌을 때의 충격으로 갈비뼈 몇 대가 나가 버린 대장은 당분간 전투에 참여하진 못할 듯했다.

대장은 황운이 들고 있는 창을 보고 적잖아 놀란 눈치였다.

"이 새끼는 너무 숨기는 게 많아. 그건 어떻게 들고 온 거야? 네가 죽였어?"

"친구로서의 증표로 바꿔 가졌지."

황운은 짧게 말한 뒤 더 이상 그 일에 관해 한마디도 하지 않았다. 농담인지 사실인지 진의를 구분하기도 어려웠지만 이미 대장은 그의 능력을 과대평가하고 있었다.

물론 황운은 대단한 능력을 가지고 있기는 했지만 전사로서의 그는 대장의 예상과 달리 수준 이하라고 할 수 있었다.

"잠시 나갔다 올게."

황운이 막사를 둘러보자 같은 부대원들이 몇 명 보이질 않았다. 특히 그가 담배를 볼 때마다 생각나곤 했던 바랄드라는 이름의 거한은 이미 죽었다는 이야기가 들려왔다. 전쟁터는 그런 곳이었다.

황운과 바라쿠의 교착 이후 양측의 충돌은 없었다. 가끔씩 용병대 측에서 소규모의 정찰진이 편성되긴 했지만 그들의 움직임을 파악할 수 없었다. 용병대는 그들이 어디까지 후퇴한 것인지 알 길이 없었다.

상대방이 그런 식으로 소극적인 전술을 펼치자 소모전 위주의 전술을 펼쳤던 용병대 측에선 다른 행동을 하기 쉽지 않았다.

그렇게 며칠이 지나고 다음 마차가 올라왔다. 새로 도착한 병력들은 활발한 진격을 꾀했고 그로 인해 양상은 다시 소모전의 방향으로 흘러갔다. 오크들과 격전을 벌이는 진영은 몇 군데가 더 있었다.

양측의 사상자는 다시 나오기 시작했고 황운은 몇 번의 전투에 더 참여했다.

"자네는 왼쪽 능선을 타고 가게!"

남아 있는 용병들은 새로운 부대를 편성해 함께 행동했다. 황운은 그 축에서 항상 따로 행동했다.

"그래."

그는 누구를 죽이는 것도, 혹은 그런 것을 보는 것도 싫었다. 그는 강해지기 위해서 이곳에 왔지만 바라쿠와의 만남 이후 자신이 그럴 수 없다는 것을 잘 알게 되었다. 결국 그는 마을로 돌아가는 마차에 올라탔다.

휴식과 치료가 필요한 대장도 황운과 함께 돌아왔고 살아남았던 나머지 부대원들은 각기 다른 부대에 임시 편성되었다.

Chapter 6

절 규

　베른에 도착한 황운은 용병 시장에서 보수를 받았다. 마을
에서 그의 모습은 꽤나 이슈 거리였다. 황운의 키에 필적하는
거대하고 신기한 모양의 창은 그의 용맹을 과장되게 나타냈
다. 오크 대장을 쓰러뜨린 신인 용병의 이야기는 삶이 무료한
이들에게 좋은 소재였다.

　황운은 사람들의 시선을 받으며 저녁 늦게까지 대장과 술
을 마셨다.

　"가냐."

　"응. 들를 곳이 있다."

　밤이 늦어지고 분위기가 조용해지자 그는 공장 사람들의

안부가 걱정이 되어 자리에서 일어났다.

"또 올 것 같지 않군. 넌 왠지 전쟁터에 어울리지 않는 새끼다."

대장의 목소리에는 알게 모르게 정이 담겨 있었다. 동료에게 정을 주지 말라고 가르쳤던 그였지만 황운은 대장이야말로 누구보다도 정이 많은 사람이라고 생각했다.

"나와 함께 뛰었던 건 딱 한 번이잖아. 난 그저 애송이야."

"신참, 될 만한 자식들은 한번 보면 안다. 또 올 생각 하지 말고 있던 곳으로 얌전히 돌아가라. 또 온대도 우리 부대원으로는 안 받으련다."

"두고 보지."

낮게 웃은 황운은 손을 들어 인사를 표한 후 바로 자리를 떠났다. 그는 거리에서도 이목을 끌었다. 훤칠한 키만큼이나 거대한 크기는 둘째 치고 동물의 뼈와 날카로운 금속 날들이 덕지덕지 붙어 있는 모습의 '바라쿠 호휀'은 무척 파격적인 디자인이었다. 그는 길을 걸으며 많은 사람들의 두려움을 느낄 수 있었다.

한참을 걷던 그의 눈앞에 강둑이 보이기 시작했다. 강 너머엔 공장이 여전히 그대로 서 있을 것이었다. 하지만 그의 예상과는 조금 달랐다. 그의 얼굴의 분노가 떠오르기 시작했다.

"도대체……! 결국 약속을 어긴 건가!"

황운은 급하게 뛰기 시작했다. 그가 너무 안이하게 생각했었다. 자신의 협박을 듣지 않을 가능성 따위는 얼마든지 있었다. 다 타버리고 앙상한 뼈대와 재만 남은 공장의 모습을 보면서 그는 큰 후회를 했다.

그리고 무엇보다, 사람들의 안위가 걱정되기 시작했다. 공장은 몇 년이 걸려서라도 다시 세울 수 있다. 하지만 만약에… 만약에……!

"켈리… 으드득, 켈리!"

그의 몸은 정말 바람처럼 달려나가기 시작했다. 황운은 짧은 시간 후에 공장 앞에 도착할 수 있었고, 그곳에 황운이 기대했던 인기척은 없었다. 공장은 기본적인 골격만 남기곤 모조리 타버렸다.

기계들은 잿더미에 묻혀 형체를 알 수 없었고 부서진 나무 상자들이 그의 발 앞을 뒹굴고 있었다.

"지엔!"

황운은 다시 몸을 날려 지엔의 집으로 찾아갔다. 그가 그녀의 집에 도착했을 때 그 집 역시 아무런 인기척도 느껴지지 않았다. 하지만 다행히도 그녀의 집은 겉보기에 아무런 이상도 보이지 않았다.

"후우……."

황운은 그녀의 집 앞 계단에 앉아 담배 한 대를 물었다. 단 한 명의 상처도 용납할 수 없었다. 그들에게 약간의 문제라도 생긴다면 켈리를 용서하지 않으리라.

황운은 말없이 담배만 태우며 생각을 거듭했다.

"설마, 만약."

자신이 알고 있는 켈리라는 여자는 그렇게 호락호락한 사람이 아니었다. 만약 누군가를 괴롭힌다면 최악의 상황을 가정해야 했다. 그의 마음은 불안했지만 어떤 행동도 할 수 없었다.

황운은 자신의 머리를 잡아 뜯으며 절규했다.

"형님… 지엔……!"

얼마나 시간이 지났을까. 분노로 이글거리는 자신의 마음을 자제하기 힘들었던 황운은 켈리의 저택으로 직접 쳐들어갈 생각을 하기에 이르렀다. 다만 확신이 없고 아직 아무도 만나지 못했기에 괜한 오해는 하고 싶지 않았다. 아니, 정말 아무 일이 없기를, 그녀의 소행이 아니길 바라고 있었다.

피울 담배도 전부 다 동난 그는 그저 자신의 머리를 잡아 뜯으며 고민했다. 그런 그의 앞에 누군가 나타났다.

"너… 이 자식……."

그의 앞에 나타난 네파드는 황운을 발견하곤 분노를 가득 담은 표정을 지어 보였다.

"네파드! 무사하구나. 다른 녀석들은?!"

"…따라와."

네파드는 황운의 질문은 무시한 채 짧은 한마디 후 어디론가 걷기 시작했다. 황운은 무작정 그의 뒤를 따라갔다. 사장이나 지엔은 공장 직원들과 함께 어디론 가로 피한 듯싶었다. 만약 그들의 신변에 무슨 이상이 생겼다면 네파드는 그 자리에서 황운을 용서하지 않았을 테니까.

네파드가 내뿜는 메시지는 오직 절제된 분노로 가득 차 있었다.

'다행이다.'

그들이 절벽과 맞닿은 마을의 끝부분에 도착하자 절벽 위로 향하는 좁고 가파른 길이 나타났다. 네파드는 말없이 길을 오르기 시작했고 황운은 창을 지팡이 삼아 열심히 뒤를 따랐다.

'마을은 위험해서 은신처를 마을 밖에 마련해 뒀나 보군.'

그들이 안전할 거라는 생각이 들기 시작하자 그의 발걸음도 자연스럽게 가벼워졌다. 그리고 공장의 일은 그저 사고일 수도 있다는 생각이 들기도 했다. 길은 꽤나 가파르고 거칠었지만 둘은 빠른 속도로 절벽 위에 도착할 수 있었다.

별다른 초목이 없는 마른 언덕, 나후리 광야다운 모습이었다.

그들이 향하는 곳에 무언가가 보이기 시작하자, 황운은 마른침을 삼켰다. 그의 머릿속에 오만 가지 불안한 생각들이 생겨나기 시작했다. 그곳은 분명 묘지였다.

"음… 네파드."

정적을 참을 수 없었다. 황운의 불안한 예상이, 그 부정적인 메시지가 자신을 사로잡고 있었다. 황운은 네파드에게 말을 걸었다. 하지만 네파드는 차갑게 그의 말을 끊었다.

"닥치고 따라오기나 해."

분명했다. 누군가 죽은 것이다. 황운의 가슴속은 분노와 부끄러움으로 가득 차기 시작했다. 네파드의 깊은 고통의 메시지는 황운이 깨닫기 쉽지 않았다.

지금 그는 온갖 고통과 괴로움을 마음속으로 숨기고 있었다. 이윽고 그들의 도착한 묘지에는 다른 묘비들과 상당히 떨어진 곳에 외로이 두 개의 묘비가 서 있었다.

그곳은 생긴 지 며칠도 되지 않은 듯 약간 젖은 땅과 작은 꽃다발들이 놓여 있었다. 그리고 날카롭게 깎인 비석에는 각각의 주인의 이름이 적혀 있었다.

"너……."

"말하고 싶은 것들이 많아. 묻고 싶은 것들이 많아. 하지만 이 앞에서 하고 싶었어, 그래서 참고 또 참아 너를 이곳까지 데려왔다. 이 개자식아!"

황운이 그를 바라보자 그동안 마주하지 않았던 네파드의 두 눈이 황운을 노려보고 있었다. 붉게 물든 그 눈! 분노의 눈!

"미안하다! 정말… 미안하다!"

"네가 이 앞에서 그딴 소릴 지껄일 수 있어?! 네가 정말 이 사람들 앞에서 한마디라도 할 수 있냐고!"

충원과 지엔… 황운이 생각하고 싶지 않았던 최악의 이름들이 적혀 있었다. 그는 울부짖듯 미안하다 외쳤지만 네파드는 그보다 더 크고 찢어들 한 목소리로 황운에게 소리쳤다.

"이 개자식아! 네가 그런 자격이 있어?!"

네파드의 두 눈은 붉게 충혈되어 있었지만 이미 많은 눈물을 쏟아낸 듯 더 이상의 눈물은 흘리지 않았다. 황운은 네파드의 앞에, 그리고 둘의 묘비 앞에 무릎을 꿇었다.

"일어나, 이 자식아! 너는 여기에 있을 자격도 없어!"

"……."

그 후 황운은 네파드로부터 수없이 많은 욕을 들었다. 욕을 쏟는 깃으로도 성이 차지 않은 네파드는 황운을 걷어차기 시작했다. 황운은 아무런 반항도 하지 못한 채 당하기 시작했다.

"이! 이 새끼! 빌어먹을 자식! 네가 뭔데! 도대체 우리가 뭘 잘못했는데!"

"크윽… 컥!"

한참 폭력을 휘두르던 네파드는 황운을 걷어차다가 지쳐 그의 앞에 쓰러졌다. 황운은 두 손으로 얼굴을 감싼 채 맞고만 있었다. 그 앞에 쓰러진 네파드는 땅에 쓰러진 채로 오열하기 시삭했다.

"이렇게 보낼 거면… 지엔을 조금이라도 받아주었으면 좋았잖아… 그녀는 죽기 직전의 순간까지… 널 기다리고 있었는데… 이 빌어먹을 자식아… 크흐웅… 흐으윽!"

네파드는 그 후로도 뭔가 말했지만 울음소리와 섞여 알 수 없는 말이 되었다. 황운은 그가 무슨 이야기를 하려고 하는지 충분히 알 수 있었다. 그는 흐르는 눈물을 닦지 않고 그대로 네파드의 앞에 무릎을 꿇고, 땅에 머리를 박기 시작했다.

땅을 울리는 소리가 몇 번이고 이어졌다.

쿵! 쿵! 쿵! 쿵!

"미안하다! 미안하다! 미안하다……!"

황운은 아무 말도 할 수 없었다. 자신의 탓이었다. 자신 때문에 사장이 삼십 년을 넘도록 자신의 인생을 바쳐 왔던 공장이 무너졌고, 작은 사랑도 한 번 제대로 못해본 지엔의 삶이 끝났다.

그의 머리에선 피가 터지고 그의 얼굴에선 피와 눈물이 함께 섞여 흐르기 시작했다. 황운은 멈추지 않고 계속 머리를 땅에 박았다. 다른 어떤 생각도 할 수 없었다.

오직 부끄러움과 후회, 자신을 향한 분노가 멈추지 않았다.

"네가 그러다 뒈져 버리기라도 하면 끝까지 너를 기다렸던 지엔은 뭐가 되는 거야!"

네파드는 황운을 거칠게 밀어냈다. 그리고 그의 위에 올라타 악을 썼다.

"네가 그렇게 떠난 후 지엔의 표정이 어땠는지 알아?! 자신의 탓으로 모든 걸 돌리고 있던 그 착한 여자의 마음을 네가 아냐고! 그렇게 위험한 상황이었다면 왜 너만 자리를 피한 거야! 왜 지켜주지 못했던 거야?! 능력이 있으면서 왜 그녀를 지키지 못했어?! 왜?! 왜!"

네파드는 분이 풀리지 않은 듯 다시 황운을 때리려 했지만 힘이 다 빠져 버렸는지 몇 번 허우적대고는 그의 몸 위로 무너졌다. 그는 황운의 얼굴을 바라봤다.

황운의 얼굴은 피와 눈물로 범벅이 되어 끔찍한 인상이었다.

"끄……."

황운은 한마디 소리도 내지 못한 채 입만 벌리고 있었다. 그렇게 울고 있었다. 마치 벙어리처럼 입만 벌리고, 한마디 소리도 내지 않은 채 울부짖고 있었다.

"아으……."

네파드는 그의 온몸이 사시나무 떨 듯 떨고 있음을 느낄 수 있었다. 이런 남자에게 더 무엇을 탓할 수 있단 말인가. 이만큼이나 슬퍼하고 있는 남자에게 더 이상 무엇을 물을 수 있다는 말인가.

네파드는 더 이상 아무 말도 하지 못했다.

'내가… 내가… 기필코!'

황운은 입으로 무어라 말하고 싶었지만 아무 말도 나오지 않았다. 손가락 하나도 마음대로 움직이지 않았다. 너무나도 멍청하고 안일했던 자신을 탓했고, 자신의 비극적인 운명을 저주했다. 그리고… 자신 때문에 죽어야 했던 지엔과 사장을 잊을 수 없었다.

지엔… 지엔……! 그는 지엔의 마음을 알고 있음에도 받아 주지 않았다. 그럴 수 없다고 생각했다. 자신은 그럴 자격이 없는 사람이라고 그녀의 마음을 피하면서, 결국 아무것도 해 주지 못했다. 이렇게 될 줄 알았으면… 한마디라도, 한마디 사랑한다는 말이라도 했을 텐데!

너무나도 깊은 후회와 분노가 그의 마음을 잠식했다. 그렇게 그는 아무런 소리도 내지 못한 채 한참을 울어야 했다.

"까으……."

털썩!

그는 쓰러진 채 얼굴을 땅바닥에 비비며 오열했다. 팔다리에는 아무런 힘도 들어가지 않았다. 그저 할 수 있는 것이라고는 이 터져 버릴 것 같은 마음을 되새기고, 또 되새기는 것뿐. 네파드 역시 그의 모습을 바라보며 따라 울부짖었다.

그들은 다음날 해가 뜰 때까지 그 자리에서 계속 소리없이 오열했다. 그동안 네파드는 황운에게 더 이상 아무 말도 하지 않았다.

"끄응……."

원인조차 잊어버린 슬픔 속에서 방황하던 황운은 결국 떠오르는 아침 해에 지금의 자신을 발견했다.

슬퍼하기만 할 때가 아니었다. 그는 할 일이 있었다.

"켈리를… 찾아가겠다."

그는 일어나 '바라쿠 호휀'을 집어 들었다.

"…누군데?"

"이 모든 사건의 시작. 그리고 종결."

황운은 거칠지만 느리게 마을을 향해 걷기 시작했다. 그의 발에는 조용한 분노가 묻어 있었다. 그는 들고 있는 '바라쿠 호휀'을 있는 힘껏 잡아 쥐었다.

그 역시 보통의 무기는 아니었다. '바라쿠 호휀'은 들고 있는 주인의 마음을 알기라도 하는 듯 공명을 일으키며 소리를 냈다. 네파드는 그, 아니, 그들의 모습을 보며 아무 말도 하지 않았다. 말릴 수도 없었고 붙잡을 수도 없었다. 지금의 황운이 가지고 있는 그 기백을, 그 분노를 이겨낼 수 없었다.

황운은 자신의 감응을 최대한 개방했다. 지금의 그는 켈리가 이 도시 어디에 숨어 있든 찾아낼 수 있었다. 그는 그렇게 한 걸음씩 베른을 향해 발을 내디뎠다.

"어디냐, 너는."

그녀를 보지 못한 지 얼마나 많은 시간이 흘렀는지 기억도 나지 않는다. 전장에서의 하루는 몇 달과 같고 골목에서의 몇 달은 하루와 같았다. 그리고 공장에서의 일주일은 몇 년과도 같은 시간이었다.

그 순간에는 눈부시게 지나갔지만 지금, 황운의 가슴속에 담긴 그 추억의 무게는 그렇게도 컸다.

"추억. 잡을 수 없는 과거. 되돌릴 수 없는 과거라는 뜻이었군."

사실 황운은 켈리를 찾아가려고 했던 마음이 진즉에 있었다. 다만 그녀에 대한 감정이 분노인지 사랑인지 알 수 없었기 때문에 그러지 못했던 것이다.

지금 그는 그녀에 대한 마음을 확실하게 정의 내렸다. 하지만 자신의 감정이 중요한 것이 아니었다. 지엔이, 사장이 죽어야 할 만한 이유가 있었는가. 그것이 그에게 가장 중요한 문제였다.

"빌어먹을⋯⋯!"

그녀는 비틀려 있는 이 세상의 상징과도 같다. 켈리 덕분에 알게 되었다. 이 세상을, 자신이 적응할 수 없는 이 세상을 알게 되었다. 하지만 자신이 그녀를 단죄할 수 있을까.

아니, 모든 게 부질없는 짓이라고 느껴졌다.

"하지만 끝내야 한다."

더욱더 무너지고 비참하게 되더라도 지금 이 길을 걷는 수밖에 없다. 그녀와의 종결을 내지 않고선 자신의 삶에 그 어떤 미래도 존재할 수 없었다. 마음속에 있는 모든 앙금을 정리해야 했다.

그는 감응을 이용해 생각보다 많은 숫자의 안개를 느낄 수 있었다. 그곳은 그다지 멀지 않은 강가였다. 황운은 느린 걸음으로 그곳으로 향했다. 번민하고 있는 스스로를 정리할 시간이 필요했고, 사실 만나서 무슨 말을 해야 할지 아무 생각도 나지 않았다.

"후우… 이곳인가."

결국 그의 마음보다 빨리 도착한 강가는 자욱한 아침 안개로 덮여 있었다. 하지만 자신이 느끼고 있는 안개의 메시지는 분명 그녀와 같은 것이었다. 그가 강가를 바라보자 작은 집 정도의 크기를 가진 배 한 척을 발견할 수 있었다. 흐린 안개 사이로 사람의 그림자가 보이는 듯했다. 황운은 더 느린 속도로 걷기 시작했다.

갑판과 강가는 나무판으로 만들어진 통로로 연결되어 있었다. 통로는 그리 내구성이 좋지는 않았는지 황운이 그 위를 오르자 거칠게 소리를 내며 흔들렸다.

그는 그녀의 다른 일행이 얼마나 되는지 알 수 없었으나 자신을 쉽게 공격하진 않을 거라고 확신했다. 죽이려면 얼마든지 죽일 수 있었을 것이다.

그가 갑판 위로 오르자 강 쪽 난간에 기대어 강을 바라보고 있는 한 여인을 발견할 수 있었다.

켈리였다.

"오랜만이군."

"안녕."

황운은 그녀와 1m 정도 떨어진 옆 난간에 몸을 기댔다. 그들의 눈앞으로 흐르는 강은 안개와 함께 바다로 흐르고 있었다. 적막하고 고요한 듯했지만 그 사이로 꽤나 거친 물살이 느껴졌다.

황운은 그녀의 얼굴을 보고 싶었지만 먼저 고개를 돌리지 못했다.

"왜 왔어?"

역시, 너무나도 당당한 그 말투 그대로였다. 황운은 한마디 말도 꺼내지 못했다. 막상 그녀의 목소리를 듣자 아무것도 생각나지 않았다. 그렇게 다시 정적이 시작되었다. 켈리가 어떤 생각을 하고 있었는지 그는 알지 못했다.

"그래. 그들 때문에 온 거구나. 옛 연인을 보러 오는데 그런 무기를 들고 올 필요는 없었겠지. 안 그래?"

켈리는 허리를 돌려 황운을 바라봤다. 그제야 황운도 고개를 돌려 그녀의 얼굴을 바라봤다. 눈부시게 아름다운 외모, 사랑했었기에 아름다운 그 얼굴이 황운의 가슴을 고동치게 했다. 당장이라도 달려들어 그 입술에 뜨거운 입맞춤을 하고 싶었다.

그녀의 얼굴은 꽤나 수척해 보였고 마치 황운처럼 눈 밑에 검은 그늘이 가득했다.

"내가 너에게 해코지를 할 수 없다는 건 네가 더 잘 알 텐데."

"말 돌리지 마. 그럼 그들을 죽여 버린 나에게 구애라도 하러 온 거야?"

그제야 황운의 정신이 본래대로 돌아왔다. 맞다. 나 때문에, 켈리 때문에 죽은 그들 때문에 내가 이 자리에 왔지. 그랬던 거지. 황운의 마음속에 다시 분노가 일기 시작했다.

"역시, 네가 죽였나."

"그래."

"왜?!"

황운의 일갈에는 많은 질문이 담겨 있었다. 도대체 그들을 왜 죽였는가. 도대체 그렇게 당당할 수 있는 이유가 뭔가. 도대체 왜 그리도 사랑스러운 거냐! 그녀는!

"…질투."

그녀에게도 밍실임이라는 것이 있었던가. 그녀의 목소리 사이로 잔흔이 남아 있었다. 그 알 수 없는 여운이 황운을 긴장시켰다. 자신 때문에 질투했다는 그녀의 목소리가 그의 가슴을 울렸다.

이래선 안 된다. 황운은 지엔의 착한 그 미소를 기억해 냈다. 꽉 문 그의 이에서 피가 흐르는 듯 입 안에서 비릿한 내음이 느껴졌다.

"너에게 있어 다른 사람의 목숨은 그리도 가치없는가."

"지루한 설교는 하지 말자. 나 잘 알잖아?"

그녀의 표정은 누적이나 슬퍼 보였다. 하지만 그것이 지금의 황운을 괴롭힐 순 없었다. 그는 다시 소리쳤다.

"죽여야만 했냐고! 그렇게 죽여야만 했냐고! 그들의 인생이 그렇게 끝나 버렸어! 나는 널 전혀 모르겠다!"

"처음 볼 때부터 오빠는 이 세상 사람 같지 않았어. 남들은 아무렇지도 않게 생각하는 것들을 보며 이해할 수 없다는 표정을 짓곤 했지."

켈리는 대답 대신 다른 이야기를 꺼내기 시작했다. 그녀는 몸에 달라붙는 원피스에 긴 모피 목도리를 두르고 있었다.

그녀는 자신의 목도리를 풀어내며 계속 말을 이었다.

"만난 지 며칠 되지도 않은 그들의 목숨이 그렇게 중요했어? 오빠가 내 곁을 떠나려 했을 때는 그 이별이 나에게 죽음보다 큰 고통이 될 수 있다는 걸 몰랐어? 몰랐겠지. 몰랐으니까 그렇게 떠나려 했겠지."

그녀의 목소리가 조금씩 젖어 들어가기 시작했다. 황운은 그녀의 질문들에 한마디 대답도 할 수 없었다.

"오빠를 이용했던 것도 사실이고, 얼마든지 더 이용하려 했던 것도 사실이야. 나는 그런 여자니까. 그러니까 그렇게 버렸지."

그녀는 몸을 돌렸다. 등이 완전히 파인 드레스 때문에 그녀의 몸이 거의 드러났다. 황운은 아무 말도 하지 않은 채 그저 그녀의 등을 바라보기만 했다.

"나와 함께했던 잠자리에서 한 번도 보지 못했어? 이 등의 마크."

그녀의 말을 들은 황운이 자세히 바라보자 그녀의 왼쪽 어깨 부근에 검은색의 마크가 그려져 있었다. 그것은 마치 소용돌이치는 모양의 문신 같았다.

그녀가 왜 그런 것을 보여주는지 황운은 이해할 수 없었다.

"내가 지금부터 말해주려는 건 내 목숨을 건 이야기야. 이 이야기가 끝나면 나는 죽게 되겠지……."

"무슨 소리?"

황운은 두 눈을 크게 부릅뜨며 켈리를 바라봤다.

"야아, 신파극 좋네."

갑자기 그들의 대화 사이로 어린 여자 아이의 목소리가 들려왔다. 황운이 자신의 능력으로 느끼지 못했던 기척에 놀라 고개를 돌리자 한 어린 여자 아이가 반대편 난간 위에 앉아 있었다. 아니, 어린아이라기보다는 분위기가 조금 묘했다.

"그… 래스런너? 너는 누구야?"

켈리의 입에서 그래스런너라는 단어가 나오자 황운은 그제야 그의 존재를 알 수 있었다. 하플링과 비슷하지만 약간 다른 초원의 종족. 요정과 인간의 중간 단계에 있는 그들은 여행과 노래를 즐기는 종족이다. 훈련소에서 확실하게 배운 기억이 났다.

그래스런너 성체는 마치 열 살 전후의 인간 아이의 모습처럼 보인다고 들었다.

"이름은 알 필요 없고, 이 도시에서 '메트로콘타임' 들을 부리는 여자가 있다는 소리를 듣고 왔는데, 안개의 마녀가 아니네. 언니는 그녀의 부하지? 훨씬 약해 보여."

"어떻게… 너 같은 꼬마가 그런 걸 알고 있는 거지?"

"언니보단 더 오래 살았으니까. 열 손가락이 차례대로 잘리기 전에 빨리 알고 있는 정보를 말해. 그녀는 어디에 있어?"

그래스런너의 입에서 험한 소리가 나오자 말없이 듣고 있던 황운은 거칠게 창을 들어올렸다. 여차하면 달려들겠다는 기세였다. 황운이 살기를 뿜어내자 그래스런너가 그를 바라보며 헛웃음을 터뜨렸다.

"푸하~ 오빠는 꽤 독특한 능력이 있구나? 근데 내가 아까부터 이야기 전부 들었거든? 오빠 너무 못난 사람이다. 죽은 사람들이 불쌍한 거 있지?"

"함부로 말하지 마!"

황운은 살기를 내뿜으며 메시지를 바라쿠 호휀에 실어 보냈다. 아니나 다를까, 황운의 메시지는 바라쿠 호휀을 통해 더 강력하고 자극적으로 증폭되어 발산되기 시작했다.

창끝이 부르르 떨릴 정도의 진동이 울리기 시작했다. 격렬한 살의의 표출이었다.

"호오, 인간치곤 상당하네. 역시 'MK' 시리즈에 손댄 것 같은데… 아무튼 오빠한테는 용무없어. 이 도시에서 오빠보다 강한 사람은 천 명도 넘고, 그 사람들 중 내 몸에 손 하나 댈 수 있는 사람은 아무도 없다."

"난 정말 말해줄 수 있는 게 없어!"

켈리는 정색을 하며 소리쳤다. 하지만 그래스런너는 태연한 얼굴로 물었다.

"저 오빠한테 말하고 죽으려고 했던 거 아냐?"

"다른 내용이었지!"

"그게 그거지. 뭐… 아무튼 걱정할 것 없어. 반경 1㎞ 내에 존재하는 모든 '메트로콘타임'은 내가 죽여 버렸어. 언니만 빼고."

그녀의 말대로였다. 그렇게 많던 기운들이 하나도 느껴지지 않았다. 분명 이 선박 근처에도 많은 수가 있었을 터. 자신들이 이야기를 나눌 동안 그 많은 사람들을 죽였다는 말일까. 보이지도 않았던 그들을?

"보통의 그래스런너가 그런 짓을 할 수 있을 리 없어. 그저 물건을 훔치거나 술주정을 부릴 뿐이잖아?"

"그럼 인간은 모두 광포하고 비열하겠네? 알고 있어? 엘프어로 인간을 풀이하면 '파괴자'야. 드워프 어로 인간을 풀이하면 '비겁한 놈들'이고, 그래스런너들의 언어로 말하자면 '느려 터진 것들'이지. 언니 맘대로 일반화시키지 마. 난 좀 특별난 케이스라고. 좋게 말하면 노력파야. 우히힛."

"이 아이 말내보다. 모든 메시지가 사라졌어."

켈리는 이빨로 자신의 손톱을 뜯었다. 그녀가 그렇게 긴장하는 모습은 황운도 처음 보는 것이었다. 한참을 머뭇거리던 그녀는 주위를 둘러봤다. 켈리는 겁에 질린 목소리로 작게 말했다.

"그녀는 지금 흑룡 마라드의 레어에 있을 거예요."

"흐흥, 그래?"

"예. 자주 가니까요."

흑룡의 레어라니. 황운은 '메트로콘타임'이라는 단어도 이해할 수 없었지만 그것보다 그가 약간이나마 알아들을 수 있는 지금의 말이 훨씬 더 이해할 수 없었다. 왜 그녀가 그런 것과 관계가 있는 거지?

"좋아. 언니가 마음에 들었어. 같이 마녀에게 가자."

"네?"

"같이 가자고. 콱 죽여 버린다?"

황운은 한 손으로 거대한 창을 들어 그래스런너의 목을 향했다. 그리고 위협이 담긴 목소리로 그녀에게 말했다.

"어이, 꼬마. 말조심해라. 그리고 그녀는 아무 곳도 갈 수 없다."

"끄응……."

그녀는 인상 쓰듯 얼굴을 찡그렸다. 그리고 귀엽게 웃어 보인 뒤, 순간 자신의 손으로 창끝을 쳐냈다. 황운의 눈으로 감지할 수도 없는 빠른 몸놀림이었다.

"크윽!"

황운은 엄청난 힘에 밀려 창을 놓쳐 버리고 말았다. 바라쿠 호휀은 멋진 기세로 공중을 돌아 배 갑판에 그대로 꽂혀 버렸다. 황운은 입을 벌린 채 그저 어이가 없다는 표정을 지었다.

"오빠, 내가 짧게 몇 마디 할게. 일단 여자 친구 앞에서 멋진 모습 보여주게 내버려 두지 못해서 미안하다구. 근데 내가 좀 급하거든? 오빠한테도 관심 많으니까 내가 이 일 끝나면 바로 찾아갈게. 그때 우리 'MK' 시리즈에 손대 버린 부작용에 대해서 진지하게 토론해 보자. 그리고 부부 싸움은 칼로 물 베기야. 바람피우다가 내연녀가 죽어버렸다고 해서 너무 슬퍼할 필요 없잖아? 아무리 입으로 따져 봤자 싸대기 한 대는 고사하고 손도 못 댈 정도로 심약한 오빠야가 이 언니 붙잡고 있어봐야 해결되는 거 하나도 없어. 그리고 오빠는 이 언니 사정 하나도 모르지? 얼마나 관심도 없었으면… 하이고, 그러니까 저런 조잡한 물건으로 겉멋이나 잡고 다녔겠지. 걱정 마십쇼, 이 언니는 책임지고 무사히 귀환시킬 테니까. 당장은 내가 며칠만 빌리자. 응?"

"……."

"어차피 거절할 수 있는 권한은 없어. 더 할 말 없으면 간다. 인사는 나중에 하자?"

말할 새도 없었다. 순식간에 사라져 버렸다. 물론 둘 다 동시에 사라진 것이나. 황운은 한참을 멍하니 그 자리에 서 있었다. 그는 지엔과 사장을 위해서 아무것도 할 수 없는 자신이 너무나도 부끄러웠다.

"나는… 이리도 무능력했던가!"

애초에 그녀를 해치려 했던 것은 아니었다. 그는 그녀에게 묻고 싶었다. 오직 약육강식의 논리가 세상을 지배하고 타인의 생명을 경시하는 이 세상에게 묻고 싶었다. 하지만 그의 눈앞에서 또다시 강자의 만용이 재현된 것이다.

이곳에서 황운이 더 할 수 있는 일은 없었다. 그는 바라쿠 호휀을 챙겨 돌아가기 시작했다.

'돌아갈 곳은 있는 걸까. 과연 어느 곳이 내 집인가.'

그의 발걸음이 멈춘 곳은 다 타버려 재만 남은 공장이었다. 아니, 이젠 옛터라고 부르는 것이 맞겠다. 아직 추운 겨울이지만 햇살만큼은 따가웠다.

그는 적당히 그늘로 삼을 만한 공간을 찾아 기둥에 등을 기대고 앉았다.

"후우……."

'그래. 이 세계가 다 그렇다는데' 라면서 편하게 잊을 수도 있는 문제였다. 하지만 황운은 단 일주일을 함께했더라도 사장을, 지엔을 잊을 수 없었다. 더군다나 지엔은 자신에게 마음까지 줬던 여자였다. 그녀의 표정 하나하나가 아직도 눈앞에서 사라지지 않았다.

"지엔……."

잠들 수 없는 그의 머릿속에 그들의 흔적이 쉴 새 없이 스쳐 지나갔다. 그는 그렇게 흐느끼고, 웃으며 시간을 무시한 채 상념에 빠져들어 갔다. 그는 너무나 약한 사람이었다.

"나는 복수조차 할 수 없었다."

여전히 그에게 시간은 저주였다. 잠들 수 없는 그에게 만성 수면 부족은 나약함과 우울증을 동시에 가져왔다. 어느 순간 잊고 살다가도 마음에 한두 가지 상처가 쌓이다 보면 그것이 잠들 수 없는 그의 정신을 갉아먹기 시작하는 것이다.

그의 정신은 한때 공장이었던 잿더미 속을 휘젓고 다녔다. 시간이 어떻게 흐르는지, 얼마나 흘렀는지 그는 느낄 수 없었다. 그의 능력은 이런 일이 생길 때마다 참을 수 없는 고통을 주곤 했다. 가끔씩 독을 쥐어짜듯 내뱉은 그의 말을 한결같았다.

"더러운 세상……."

아무것도 먹지 않은 채 상당한 시간이 지났다. 네파드가 그를 찾아냈고 둘은 아무런 대화도 나누지 않았다. 다만 그의 상태를 보며 네파드는 더 이상 그에게 뭐라 하지 않았다.

매일 그 자리에서 아무것도 하지 않은 채 멍한 눈으로 허공을 바라보는 황운.

그런 그를 매일같이 찾아와 몇 시간씩 함께 앉아가던 네파드는 그의 식사에까지 생각이 미쳤는지 음식을 싸오기 시작했다.

"먹든지, 말든지."

하지만 황운은 음식에 전혀 손을 대지 않았다. 네파드는 꾸준히 음식을 가져왔고 늘어가는 상한 음식들을 보며 결국 참고 참다가 터뜨려 버렸다.

"사정이야 어떻게 되었든 넌 지금 세 명분의 인생을 살고 있는 거야! 너 하나의 목숨이 아니라고!"

네파드는 그 한마디만 던졌다. 그는 상해 버린 음식들은 모두 치우고 또 새로운 음식을 가져다 놓고 갔다. 빈민가 거리에서 쉽게 볼 수 있는 야채수프에 딱딱한 바게트를 넣어서 만든 일종의 패스트푸드였다.

'나 하나의 목숨……'

네파드의 말은 그날 내내 황운의 머릿속을 맴돌았다.

'내가 이대로 죽는다면 그들을 볼 면목은 있는가.'

결국 그는 생각을 굳혔다. 최소한 스스로의 나약함으로 굶어 죽는 일 따위는 용납할 수 없었다. 그는 네파드가 준 음식을 모두 먹어치웠다. 단 한 조각도 안 남기고 깨끗하게 핥아 먹은 황운은 그날 내내 복통으로 시달렸다.

그것이 어떤 계기가 된 것일까. 복통은 그의 머릿속을 잠식하던 고민들보다 더 효과적으로 그의 마음을 울렸다. 고통이, 아프다고 말하는 그 메시지가 황운에게 다시 한 번 삶의 의지를 일깨워 줬다.

신체의 각 기관들이 울부짖고 있었다. 못난 주인을 만나서 고통스러워하고 있었다.

"크큭, 그동안 미안했다, 내 몸아."

다음날 아침 황운은 잿더미를 뒤져 사장의 사무실에 있던 검과 지엔의 몇 가지 물품을 찾아냈다. 그리고 그 속에서 작은 칼날 조각을 찾아내어 머리와 수염을 짧게 잘랐다.

네파드가 황운을 보기 위해 공장에 도착했을 땐 그는 강가에서 목욕을 하고 있었다. 그는 지극히 평범한 사람처럼, 평범하게 몸 구석구석을 깨끗이 씻어내고 있었다.

"결국 먹었네."

텅 빈 음식 용기를 발견한 네파드는 다소 안심이 되었다. 곧 죽으려 하는 사람이라면 음식을 먹진 않았겠지. 그는 강둑에 앉아 황운을 바라봤다. 수많은 고난들과 역경을 거쳐 온 그의 눈, 큰 키에 비해서 너무나 왜소하고 약해 보이는 몸, 그의 수심만큼이나 깊고 어두운 머리카락과 눈동자. 알 수 없지만 네파드의 마음을 움직이고 있었다.

황운이 목욕을 마치고 걸어나오자 네파드는 표정을 바꾸고 비아냥거렸다.

"아무도 도시의 하류에서 목욕하지 않아. 더럽거든."

"그렇군. 나한테 딱 맞는 물이야."

황운은 입술을 실룩거리며 얕게 미소 지었다.

"어제 음식은 입맛에 맞았어? 오늘도 가져왔다."

네파드의 손에는 어제와 같은 음식이 들려 있었다. 그의 그런 행동들 때문에 황운은 죽지 않고 살아남을 수 있었다.

"고마웠다. 내가 먹지 않았던 다른 음식들도 모두."

"오늘 것도 먹을 거지? 내가 뭐 때문에 당신을 먹여 살리는
지 나도 이해가 안 가지만… 아무튼 어서 처먹어."

황운은 옷을 입을 생각도 안 하고 그의 옆에 앉아 음식을
게걸스럽게 먹기 시작했다. 네파드는 그런 모습을 직접 보자
흐뭇한 미소가 들었다. 어미가 자식을 먹이는 느낌과는 좀 다
르겠지만 자신이 누군가에게 도움이 된다는 것은 경험해 보
기 힘든 나이였으니까.

황운은 먹다 말고 손으로 아래를 가리켰다.

"옷 좀 가져다줘. 그 옆에 있는 것도."

"이 자식이… 이제 부려먹기까지 하네?"

"부탁해."

황운의 짧고 간결한 말은 거절하기 쉽지 않았다. 네파드는
투덜거리며 옷가지와 함께 있던 것들을 챙겨왔다. 무엇보다
바라쿠 호휀은 보통 무거운 것이 아니라서 그것만은 따로 들
어 옮겨야 했다.

"옷과 창은 내버려 두고 나머진 가져가라. 너도 알겠지만
그들의 유품이다."

"……."

갑자기 네파드의 눈시울이 붉어졌다. 분명 사장의 검과 지
엔의 유품이었다. 왜 그것을 찾아낸 본인이 직접 가지지 않고
자신을 주는 걸까.

네파드가 그런 생각을 하자 마치 그 생각을 읽고 있기라도

하듯 황운이 먼저 대답했다.

"난 자격이 없으니까. 그리고 계속 생각해 봤지만 난 역시 그녀를 사랑하지 않아."

"이 새끼가… 죽어버린 사람을 가지고 못하는 소리가 없네? 그래, 다른 년 만나서 잘 먹고 잘살라면 별수없겠지!"

네파드는 그의 말을 듣고 또다시 흥분했다. 하지만 황운은 고개를 저으며 그를 진정시켰다.

"아니, 역시 그녀를 진심으로 사랑했던 네가 가지고 있는 게 좋겠단 말이다. 그녀도 그걸 바랄 거야. 나는 그녀에게 대단한 존재가 되지 못했다. 오랫동안 그녀를 가슴에 묻어왔던 네가 그녀에게 어울려."

황운의 한 손이 그의 어깨를 둘렀다. 황운은 얕은 미소를 지으며 네파드를 바라봤다. 황운의 말을 잘 이해하지 못했을까. 여전히 화난 기색을 지우지 못하고 있는 네파드를 향해 그는 다시 말했다.

"너도, 나도 그녀를 가슴에 담아두고 사는 거다. 언제 또 다른 인연이 나타나거든 그때 생각해라. 지금은 네 말처럼 모든 걸 추억으로 담아두고 열심히 사는 것이 그들을 위한 최고의 선택이다."

"…젠장……"

네파드의 어깨가 조금씩 들썩거렸다. 그들의 그림자에 평생 붙잡혀서 살 수는 없었다. 언젠가는 떨쳐 내고 일어나야만 했다. 네파드도 그것을 알고 있었고 황운도 알고 있었다.

"남자는… 지나간 추억에 아파할지라도, 그것에 매달리면 안 되는 거야."

황운의 눈은 깊은 우수에 젖어 있었다. 그리고 그것을 말하는 입술은 지나치게 메말라 있었다. 거칠고 낮은 목소리가 네파드의 마음에 닿았다.

"네가 뭘 안다고……."

"가자. 술 한잔하자. 형이 쏜다. 그 대신 오늘 다 정리하는 거다. 같이."

황운은 일어나 옷을 주섬주섬 입었다. 네파드의 눈에는 그의 등이 너무나도 커 보였다. 그는 그런 자신이 들키기라도 할 듯 힘껏 자리에서 일어났다.

그들은 가까운 술집을 찾았다. 그리고 주점의 모든 술을 없애 버릴 작정인 듯 미친 듯 마셔댔다. 한마디 말도 없이 계속 마시기만 했다. 그들은 때때로 술잔을 부딪치고, 이유없이 웃어댔다.

"으하하하하하핫!"

"크하하하!"

그리고 때로는 허공을 바라보며 흐느끼기도 했다. 하지만 조금도 쉬지 않고 계속 마셔댔다. 주인이 뭐라고 할라 치면 둘 다 가지고 있던 돈들을 내던지며 술이나 더 가지고 오라는 눈빛을 보냈다. 그렇게 아침 해가 찾아올 때까지 마시고 또

마셨다.

해가 중천에 뜨자 황운은 쓰러진 네파드를 들쳐 업고 강둑으로 나섰다. 마음대로 취할 수는 있지만 정신까지 놓는 것은 불가능했다. 강둑에 도착한 그는 네파드를 적당한 자리에 눕혀놓고 그 옆에 앉아 하염없이 흐르는 강물을 바라봤다.

그는 술집에서 구한 담배를 꺼내 입에 물었다.

"봐라. 우린 오늘로 당신들을 정리했지. 후우⋯⋯."

그가 내뱉은 담배 연기는 긴 한숨과 함께 바람 사이로 사라졌다. 그의 눈에는 그런 모습들이 마치 빠르게 스쳐 지나가는 시간의 흔적같이 보였다.

"그렇다고 내가 당신들한테 한 짓을 잊는 건 아냐. 난 평생을 가슴에 담아두고 살게 될 거야. 내가 살던 다른 세상은 이렇게 허무하게 죽어버리는 이들이 많지 않았지. 사고로 죽는 일은 많았어도 누군가의 장난이나 희롱으로, 분노로, 무시로 인해 죽게 되는 일은 이곳만큼 많진 않았다. 내가 이 세계에 와서 가장 마음에 안 드는 것이 바로 타인의 생명을 경시하는, 그리고 그것을 당연시 여기는 무질서한 검의 세계다."

그는 혼잣말을 계속 내뱉었다. 하지만 이것은 그들에게, 그리고 자신에게 하는 다짐이었다. 그는 계속 말했다.

"물론 내 말엔 잘못된 점이 많아. 평화라는 거⋯ 세계마다 각각의 방식이 있는 거니까. 하지만 난 당신들을 기억하면서도⋯ 내 눈앞에서 죽어가던 하급 오크들을 바라보면서도, 나를 죽이려 했던 산적들이 몇 동강으로 조각나면서 날아다닐 때도, 그 어느 순간에도 인정할 수 없었다. 이런 세계, 이런 걸 당연하다고 인정해야 하는 현실."

그는 마른침을 삼켰다. 그리고 손에 들고 있던 담배를 비벼 껐다. 그가 팔을 휘두르자 담배꽁초가 호선을 그리며 강을 향해 날아갔다.

"내가 한번 해볼게. 만약 나에게 능력이 있고 아직 젊음이 있다면, 그리고 이렇게 매일 밤 잠들지 못하고 많은 고민 속에서 허우적거려야 하는 것이 내게 주어진 운명이라면… 이제 내가 걸어야 할 길은 스스로 결정해 볼게. 그래, 나는 이상향을 만들고 싶다."

허무맹랑한 소리였다. 판타지 소설에서나 가능한 이야기. 하지만 판타지에서라면 유토피아는 가능할지도 모른다. 그는 거친 목소리로 계속 말을 이었다.

"쿨럭… 왕이 되고 싶다던가, 왕국 건설을 하고 싶다는 생각은 집어치워. 난 꼬마가 아냐. 이런 세계는 어떨까? 어린아이들은 생명의 소중함에 대해 공부하고, 폭력에 의한 강제가 당연시되지 않는 그런 곳. 살의와 본능을 통제할 줄 아는 마물과 사람이 함께 생활하고… 아, 민주주의는 어떨까. 나 학교 다니면서 공부는 죽어라 안 해서 모르지만 조금은 알지. 국민에 의한, 국민을 위한 나라. 나는 잘 못하겠지만… 내가 설명만 해도 체계적으로 만들어줄 머리 좋은 사람들이 어딘가 있진 않을까? 생계가 어려워 도적질을 하는 사람들은 내 나라로 불러서 땅과 일을 주고, 의욕없는 거지들이나 건달들을 모아 할 일을 주고… 그렇게 열심히 살길 원하는 사람들이 모이면 어떨까?"

"웃겨."

"그렇지? 그런데 난 평생을 걸고 그 일이 해보고 싶어졌다."

"말도 안 돼. 마물과 사람이 같이 사는 게 말이 돼? 당신 진짜 병신 아냐?"

언제부터 깨 있었는지 누워 있던 네파드가 조소 섞인 말투로 비아냥거렸다. 황운은 남배 연기를 깊게 들이마셨다.

"후읍… 한 그래스런너에게서 좋은 걸 배웠어. 다른 종족들은 우리를 그저 광포하고 비열한 전쟁광이며 욕심 많은 녀석들로 본대. 마찬가지로 우리는 다른 종족들을 단편적으로 생각하고 있는 건 아닐까. 흉포하기만 한 마물들 중에서도 분명 공존이나 만남을 원하는 그런 녀석들이 있을 수 있다. 물론 가정일 뿐이다만… 음, 그래. 직접 다녀와야겠다."

"어디를?"

"오크 도시. 전에 초대를 받은 적이 있다."

황운의 목소리는 태연했다. 네파드는 이 인간이 술에 취해 헛소리를 하고 있는 거라고 생각했다.

"정신 나간 거 아냐? 지금 전쟁 중인 그곳에 가겠다고?"

"이 창은 내가 뺏은 게 아니라 선물받은 거야. 난 정말 몬스터와의 대화가 가능하다니까."

황운은 비틀거리며 자리에서 일어났다. 누가 봐도 주사로 보일 만한 행동이었다. 네파드는 고개를 저으며 비웃었다. 황운은 보란 듯 그의 앞에서 은신을 사용했다.

아직 벗어나지 못한 취기에 정신을 제대로 차리지 못한 네파드는 깜짝 놀라 주위를 둘러봤다.

"뭐, 뭐야?"

"내 능력이지. 나 정말 평범한 사람 아니라니까."

황운은 이어 몇 가지 능력을 더 보여줬다. 네파드는 술이 다 깨버린 듯 눈을 휘둥그레 뜨며 황운을 바라봤다.

"나 간다, 오크 도시에."

"도대체 뭐 하러 가는데?"

"내 생각이 그냥 일장춘몽으로 끝날지, 아니면 정말 가능성있는 이야기인지 직접 오크들을 만나고 대화해 보련다. 최소한 오크들은 인간과 하등 다를 게 없었다. 다른 마물도 가능성이 있다는 이야기지."

아무리 신기한 능력을 가지고 있다고 하더라도, 그의 생각은 보통 사람으로서는 상상도 할 수 없는 일이었다. 네파드는 자신도 모르게 욕지기를 내뱉었다.

"미쳤군……."

"이 정도로 미치지 않고서야 이상향을 얻을 수 있겠냐. 아,

한 가지 부탁이 있다."

"네놈 부탁 따위……."

황운은 손을 들어 그의 말을 제지시켰다. 그의 진지한 분위기에 눌린 네파드는 말을 더 이상 잇지 못했다.

"힘을 길러라. 다른 몹쓸 놈들에게 당해서 나중에 내 마음을 아프게 하지 말고. 내가 지금 이 세상에서 잃어서 가슴이 아플 사람은 너 하나뿐이다. 부탁이다."

"뭐?"

"어디 가서 맞고 다니지 말라는 소리다."

황운의 말을 듣고 있던 네파드는 갑자기 자리에서 벌떡 일어났다. 그리고 황운의 등짝을 힘차게 때렸다.

"걱정 말고, 당신 목숨이나 잘 달고 다녀."

"그래. 얼마나 걸릴 여행인진 모르겠다. 그런데 다시 보게 되면 형이라고 불러라."

"얼씨구."

네파드는 대답하지 않았다. 두 남자는 그 후 별다른 인사도 하지 않고 각자의 길로 헤어졌다. 황운은 창을 등에 걸쳐 메고 무작정 광야를 향해 걷기 시작했다. 마차로 한번 가 본 적이 있다지만 기본적인 여행 준비도 되어 있지 않은 그가 가기에는 결코 쉽지 않은 길이었다.

하지만 황운은 대수롭지 않게 생각하고 있었다.

"운명이라는 것이 있다면, 신이라는 것이 있다면 날 죽게 내버려 두지 않겠지. 써먹을 곳이 있으니 이만큼 굴린 거잖아? 그렇지, 당신?"

황운은 잿빛 새벽 하늘을 올려다보며 내뱉었다. 더 심한 고통을 주려면 어디 한번 줘보라는 투였다. 그는 운명이라는 몹쓸 녀석 앞에서 두려울 것이 없었다.

마차 길을 찾아 그 길을 따라 걷던 황운은 전장으로 향하는 마차를 얻어 탈 수 있었다. 평소에는 전혀 사람이 다니지 않는 곳이기에 마차에 타고 있던 사람들은 무척이나 놀랐다.

황운은 자신을 용병이라 밝혔고, 그의 행색이나 손에 든 무기가 그를 증명했다. 다행히 그는 자신이 가지고 있던 창 덕분에 용병들 사이에서 꽤나 유명해져 있었다. 그 덕분에 황운은 별다른 문제 없이 마차에 합승할 수 있었다.

함께 타고 가는 이들은 지원을 위해 파견되는 의료, 요리, 보급 쪽의 사람들이었다. 그들은 대부분 두려움이나 겁에 떨고 있었고 황운은 그것을 잘 느낄 수 있었다.

그는 농담을 한두 마디 던지며 잔뜩 긴장되어 있던 분위기를 풀기 시작했다. 그들은 전쟁터로 향하는 마차에서 그처럼 강한 사람이 같이 있다고 생각하니까 안심이 되는 듯했다. 곧 전쟁터로 향하는 마차답지 않은 화기애애한 분위기가 펼쳐졌고 황운도 기분 좋게 웃으며 갈 수 있었다.

Chapter 7

오 크 들 의   도 시

어느새 해는 저물고 어둠이 그들의 주위를 덮었다. 익숙한 풍경, 황무지와 돌무더기가 그들의 눈앞에 나타나기 시작하자 황운은 쓴웃음을 지었다. 전장의 향취가 느껴졌다.

같은 마차에 타고 있는 일행은 피곤에 지쳐 잠들거나 말없이 침묵을 지키고 있었다. 하나같이 전쟁에는 어울리지 않는 사람들이었다. 남들보다 많은 돈을 벌기 위해선 위험한 일쯤은 감수할 전형적인 베른의 하층민들이었다.

"내려! 각자 배속된 위치로 빨리 가라!"

마차가 도착한 곳은 예전과 같은 곳은 아니었지만 비슷한 느낌의 임시 숙영지였다. 곳곳에 피에 젖어 있는 용병들이 쉬고 있었고 한밤중이지만 여전히 사방에서 칼부림 소리가 들리는 듯했다.

다른 사람들은 짧은 인사를 나누며 흩어지고 황운은 숙영지의 입구 쪽으로 걷기 시작했다. 그런 황운을 알아봤는지 한 용병이 그에게 말을 걸었다.

"이봐. 그 창… 하프 오크에게서 얻어낸 거지? 당신 꽤 유명하다구."

"고맙군. 안 그래도 한 개 더 구하러 간다."

"…혼자 가는 거냐. 분명 죽을 거야."

용병은 진의를 구분하기 어려운 황운의 농담에 질렸는지 의외로 착한 소리를 해주고 있었다. 황운은 고개도 돌리지 않은 채 계속 걸으며 등 너머로 대답했다.

"사람이라면, 분명 언젠가 죽겠지."

"무슨 소릴 하는 건지 모르겠군."

대화를 걸었던 용병은 투덜거리며 그의 곁을 벗어났다. 아무도 황운을 말리는 사람이 없었다. 어차피 용병들의 집단, 개인 행동은 흔하고 흔한 일이었다.

그가 숙영지를 벗어나자 어둠 때문에 한 치 앞도 보이지 않았다.

"후읍."

그는 오랜만에 감응을 펼쳤다. 그의 정신 속에 주변의 지리가 마치 3D 입체 시뮬레이션처럼 펼쳐졌다. 몇 명의 용병이 단체로 정찰을 하고 있는 것이 느껴졌다. 살의와 공포를 내뿜는 용병들부터 시작해서 굴러다니는 작은 돌멩이까지 모든 것들이 메시지를 발하고 있었다.

그는 그 흐름을 거스르지 않고 원하는 메시지들을 하나하나씩 읽으며 북쪽으로 향했다.

황운은 용병들의 정찰을 어렵지 않게 피하며 전진했다. 그들의 위치는 물론 어디로 향할지도 예측이 가능한 그가 그들을 피하는 것은 쉬운 일이었다. 마주쳐도 크게 걱정될 것은 없지만 애초에 만날 필요도 없었다.

그는 금세 용병대의 영역을 벗어나 오크들의 기운이 진하게 느껴지는 곳으로 향했다.

'수가 많다.'

황운이 북쪽을 향해 걸을수록 오크의 것으로 생각되어지는 메시지들이 느껴지기 시작했다. 그들 역시 용병대와 비슷한 수준의 정찰병을 편성하고 있었다.

'음… 한번 해볼까.'

그는 은신을 시도했다. 황운은 지금처럼 감응을 최대한 펼친 상태에서 그것을 사용해 본 일이 없었다. 은신 자체가 상당한 집중과 기력 소모를 필요로 하는 것이었기에 가끔씩 급한 상황을 제외하고선 실제로 잘 사용하지 않는 기술이었다.

하지만 그는 감응을 펼치며 자신의 감응 범위가 예전과 비교도 할 수 없을 정도로 넓어지고, 또 상세해졌다는 것을 깨달을 수 있었다. 그래서 큰 부담 없이 은신까지 시도할 생각을 한 것이다.

"크르르르르르……."

"배고프다. 어제저녁에 남긴……."

주위에서 오크들의 목소리가 간간이 들려왔다. 그는 일부러 그들의 곁에 다가가 자신의 은신이 제대로 발휘되고 있는지 확인했다. 오크들도 완전한 야행성은 아니었는지 작은 횃불들을 들고 있었고 상대적인 어둠은 그의 은신을 더욱더 효과적으로 만들었다. 황운은 은신의 성공을 기뻐하며 느긋하게 북으로 걷기 시작했다.

그는 가는 도중 오크 전사들의 숙영지를 몇 개 발견할 수 있었다. 하지만 대장급의 메시지는 하나도 느껴지지 않았다. 일단은 바라쿠를 찾는 것이 우선이었다. 그는 그들의 도시로 직접 찾아가기로 했다.

전장을 벗어나자 좁고 험난한 협곡이 나타났다. 오르기 힘든 길이었지만 많은 이들의 발길이 오간 듯 단단하게 다져져 있었다.

"올라가는 게 귀찮다니까……."

"오늘따라 유난히 바람이 거세군."

2인 1개조로 편성된 병사들이 쉴 새 없이 길목을 오가고 있었지만 황운을 발견하진 못했다. 한참을 걸어 올라오자 협곡의 중턱에 위치한 거대한 성채가 그의 눈앞에 드러났다.

협곡 사이로 부는 바람이 기괴한 소리를 내며 울려 퍼지고 있었다. 그들의 험악한 인상과 거친 전사의 메시지는 황운에게 은근한 두려움을 줬다.

하지만 그는 바라쿠의 말을 신뢰했기에 이곳까지 별다른 걱정 없이 올라올 수 있었다.

'들어가는 것이 좀 귀찮겠는데.'

어떻게 성채 앞에 들어갈지 고민하던 그는 정찰조가 교대를 하는 시간을 노려 잠깐 열리는 성문의 사이로 따라 들어갈 수 있었다.

오크들의 생활 패턴이 인간과 큰 차이가 없다면 지금은 가장 활동이 뜸해야 할 시간이었다. 해는 없지만 달도 없는 어두운 새벽. 성채의 내부에선 많은 병사들이 움직이고 있었고 끊이지 않고 북소리가 계속 울려 퍼졌다.

'전부 병사로군.'

무언가를 끓이는 듯 한가득 퍼지는 연기와 차례로 도열하며 명령을 기다리고 있는 병사들. 이곳은 전장으로 나가기 위한 병사들이 대기하는 일종의 둔영이었다.

'한 명씩 찾아다닐 수도 없고, 어떻게 한다.'

그는 아직 바라쿠의 메시지를 확실하게 구분할 수 없었다. 하프 오크와 하급 오크들의 메시지를 구분할 수 있는 것이 고작이었다. 물론 같은 하급 오크들도 강함의 차이나 생각의 차이가 상당했지만 그 이상의 특색을 찾기 위해선 그들의 문화나 생각을 더 자세히 알 필요가 있었다.

한참을 고민하던 그는 둔영을 떠나 더 안쪽으로 향하기 시작했다.

'말이 통할 만한 높은 직위의 오크를 찾자.'

분명 이만한 체계적인 사회를 이루고 있다면 그들에게도 위계질서가 있을 터. 살기등등한 전사들보다 말이 잘 통할 만한 이들이 있을지 몰랐다.

그가 협곡의 내부로 들어가자 그의 눈앞에 놀라운 광경이 드러났다.

'…생각 이상이다.'

그들의 호전적인 모습만 보고 원시적이고 다소 하등한 문화를 생각했던 황운의 예상은 크게 빗나갔다. 미적 감각은 다소 떨어지는 듯했지만 온전한 건축 양식을 가진 건물들이 그의 눈앞에 펼쳐졌다.

대부분 나무의 골조에 진흙을 바른 듯한 외견이었다. 개중 석조의 뉘앙스를 풍기는 건물도 있었는데 그런 것들은 하나같이 크고 웅장했다. 중요한 것은 그들의 문명이 인간의 것과 큰 차이가 없다는 것이다.

'저곳이라면 꽤 높은 오크가 있겠군.'

황운은 그중 가장 거대하고 웅장한 모습을 가진 건물로 향했다. 이른 새벽부터 열심히 일하기 시작하는 이들의 메시지가 곳곳에서 느껴졌다.

해가 떠오르기 시작하고, 도시 곳곳에서 북소리도 들려왔다. 도시의 아침이 시작되고 있었다.

'인간의 도시와 전혀 다르지 않아. 아니, 오히려 그 이상인 부분도 있다.'

그는 건물 앞에 도착한 후 그의 예상보다 훨씬 거대한 건물의 위용에 놀라야 했다. 그것은 대충 봐도 수십 층은 족히 넘을 만한 높이를 가지고 있었다.

건물의 정면에는 넓은 공터가 있었고 건물의 입구로 가기 위해선 수백 개의 계단을 올라야 했다. 계단의 위에는 화려한 장식의 단과 그 뒤로 높이가 족히 5m는 될 법한 거대한 문이 있었다. 왕궁이라기보다는 마치 신전의 분위기를 하고 있었다.

"지치는군."

황운은 감응에 은신까지 사용해 가며 밤새 걸었기에 피로가 상당했다. 결국 그는 계단을 몇 오르지 못하고 중간에 걸터앉아 쉬기 시작했다.

황운은 멍한 눈을 하고 도시의 움직임을 바라봤다. 많은 오크들이 쉴 새 없이 바쁘게 움직이고 있었다. 그의 감응은 피로로 인해 최대한 축소되었고 그는 은신만을 간신히 유지하고 있었다.

'실로 평범하다.'

해가 완전히 떠오르자 골목 사이에서 어린 오크들이 뛰어나와 놀기 시작했고 여성으로 보이는 오크들이 수다를 떨며 머리에 빨래 바구니를 이고 걷는 모습도 볼 수 있었다. 그의 눈에는 다른 인간들과 크게 달라 보이지 않았다. 무엇보다 대지의 마음이 말하고 있었다.

이들의 삶은 활동적이고 사랑스러웠다. 그렇게 도시의 생명력을 보며 감탄하던 황운의 뒤에서 갑자기 한 늙은 오크의 목소리가 들려왔다.

"무슨 용무로 이곳까지 오게 되었는지 모르지만 올라오게나. 나 말고도 당신의 기척을 알아챌 수 있는 자들은 많아. 그렇게 안심하고 있다간 어느 순간 화살에 맞아 죽을 걸세."

황운이 깜짝 놀라 뒤를 바라보자, 계단의 위에서 한 늙은 오크가 그를 내려다보고 있었다. 몸에 걸친 것을 보아 주술사의 느낌을 진하게 풍기고 있었다.

그는 이를 드러내며 비릿한 웃음을 지었다. 그가 발산하는 이미지는 그렇게 악하게 느껴지지 않았다.

"알았다."

황운은 자리에서 일어나 한 계단씩 위로 오르기 시작했다.

"역시, 내 말을 알아듣는 걸 보니 보통 인간이 아니군. 흥미롭다, 흥미로워. '대지의 아버지'의 계시가 있었다."

황운이 계단 끝까지 힘들게 올라오자 늙은 오크는 그의 손을 급하게 잡아당기며 건물의 내부로 인도했다.

"자, 가자. 묻고 싶은 것이 많다네."

건물의 내부는 신전의 느낌을 하고 있었다. 정중앙에는 거목이 있었다. 거목의 줄기는 천장을 뒤덮고 있었고 뿌리는 땅을 뒤덮고 있었다.

흙과 뿌리와 벽돌이 묘한 균형을 이루며 편편한 바닥을 이루고 있는 것을 보아 상상할 수 없을 정도로 오랜 시간 동안 존재해 오던 것이 분명했다. 거목의 몸통과 건물의 내벽에는 수없이 많은 문양들이 그려져 있었다.

"이쪽으로 오게."

늙은 오크는 그의 손을 놓지 않고 거목의 뒤쪽에 있는 통로로 황운을 인도했다. 그들이 도착한 곳은 작은 방이었다. 침대가 있는 것으로 보아 그의 방이 분명했다.

"그렇게 숨는 일 하지 않아도 되네. 기력을 많이 소진한 듯하이. 많이 피곤해 보이는구면."

"어떻게 아셨습니까?"

"나는 사물을 눈으로 보지 않는다네. 시력을 잃은 지 오십 년이 넘었지. 다른 것들 사이에 숨어 있는 자네가 잘도 느껴지더군. 특히 그 녀석의 느낌은 숨기기 쉽지 않지. '바라쿠 호휀'."

황운은 은신을 풀고 침대에 걸터앉았다. 너무 피곤하고 힘들었다. 늙은 오크는 다른 오크들에 비해 다소 왜소해 보였다. 그는 홀홀 소리를 내며 주전자에 든 것을 잔에 따랐다.

황운이 잔을 받아 들자 진한 갈색의 액체가 잔 속에서 뜨거운 수증기를 내뱉고 있었다.

"내가 즐겨 마시는 차라네. 자, 한번 이야기를 해보게나. 친구 때문에 왔는가?"

"예. 첫 번째 이유는 친구를 보기 위해서이고……."

"호오, 그럼 두 번째 이유는?"

늙은 오크의 회색 눈이 흥미를 담은 눈으로 황운을 바라봤다. 황운은 잔에 든 액체를 한 모금 마시고는 이야기를 계속했다.

"이곳에서 잠시 머무르고 싶습니다. 오크들과 함께."

"홀홀홀… 말도 안 되는 소리를 쉽게 하는군."

말은 그렇게 해도 그의 목소리는 기대감과 호의가 섞여 있었다. 황운은 그를 바라보며 물었다.

"어르신은 이곳에서 높은 위치를 가지고 계십니까?"

"글쎄… 이곳에는 네 명의 젊은 족장이 있지. 그들이 이 도시를 이끌고 관리해. 나는 그들이 중요한 결정을 할 때 신의 가르침을 알려주는 제사장이라네. 하지만 내가 자네 편을 들어준다고 해서 그들이 자네를 허용할지 모르겠군."

황운에게 선입견이 없었기 때문일까. 늙은 오크의 표정은 퍽 푸근해 보였고 차는 기가 막히게 맛있었다. 그리고 무엇보다 신전 전체에서 느껴지는 대지의 기운이 그의 마음을 편하게 했다.

황운은 잠시 말없이 고민했다. 그리고 마음의 결정을 했는지 다시 그에게 질문했다.

"네 명 모두의 허락을 받아야 합니까?"

쉽지 않은 일이다. 하지만 황운은 이미 그들을 설득할 생각을 염두에 두고 있었다.

"세 명이겠지. 바라쿠 호휀은 이미 자네를 초대하지 않았는가."

"바라쿠 호휀도 족장입니까?"

의외의 사실이었다. 그가 강하다는 것은 알고 있었지만 이런 거대한 도시의 수장일 것이라고 생각하진 못했다. 그도 그럴 것이 황운이 만났던 유일한 하프 오크였으니까.

"음? 알고 있던 게 아닌가? 그는 이 도시에서 네 번째로 강한 전사야. 하지만 정신적인 수양으로 따지자면 도시 최고의 현자라고 할 수 있지. 젊은 오크들은 하나같이 그를 '현자'라고 부르며 존경한다네. 그런데 정말 이곳에 머무르려는 이유가 뭔가?"

"오크의 삶과 생활을 알고 싶습니다. 직접 경험을 하고 싶습니다."

솔직한 심정이었다. 그는 자신이 직접 보고 경험하며 자신의 생각이 틀리지 않다는 것을 증명하고 싶었다. 그들을 마물이라 칭하는 것은 오직 인간뿐이다.

"알다시피 지금 이 도시는 인간과 전쟁 중이야. 그것도 그들이 먼저 시작한 것이지. 이곳 오크들은 자네를 쉽게 받아들이지 못할 걸세. 아니, 뭐… 이렇게 대화도 가능하다면 가능성이 없지도 않다만⋯⋯."

늙은 오크는 자신의 수염을 긁으며 말끝을 흐렸다. 그 역시 인간에 대해서 많은 관심을 가지고 있었기에 황운에게 욕심이 있었다. 그가 머무를 수 있다면 자신의 곁에 두고서 많은 이야기들을 나누고 싶었다.

"좋아. 우리 도시는 매달 한 번씩 전투 중인 병사들을 제외하고 모든 오크들이 모이는 날이 있다네. 물론 족장들도 전부 오지. 도시의 결속을 다지고 전사들의 기상을 고취시키는 중요한 행사라네. 마침 그게 삼 일 후에 있으니 그때 직접 나가 보면 어떻겠는가? 내가 바라쿠 호휀에게는 미리 말해두지."

그는 황운에게 도움을 주기로 결정을 한 듯 자신이 알고 있는 정보를 이야기했다.

"그냥 그 앞에 나서라는 말씀이십니까?"

"그렇지. 모두에게 인정받기 바란다면 겁내지 말고 당당하게 나서는 거야. 인간들도 그렇겠지만 우리는 용기와 긍지가 있는 전사들을 아주 좋아해. 자네의 실력은 잘 모르겠지만 바라쿠 호휀에게 인정받은 수준이라면 그것이 가장 좋은 방법일 듯싶네."

당당하게 먼저 앞으로 나선다. 분명 긍지와 용기를 높이 평가하는 오크들에게는 그 편이 더 나을 것 같았다. 황운은 고개를 끄덕였다.

"그동안 저는 어디에 있으면 되겠습니까?"

"바로 이곳. 어차피 신전을 관리하는 몇몇 주술사 녀석들 외에는 아무도 들어오지 못한다네. 그들은 모두 내 제자들이니 내가 잘 말해둠세. 빈방도 많고 무엇보다 내가 관심있어하는 것에 그들도 관심있어 할 거야."

"어르신께서 제게 관심이 있으십니까?"

그의 거듭된 호의가 편하지만은 않았는지 황운은 노골적인 질문을 던졌다.

"있다마다… 나도 나이로 치면 백을 한참 넘긴 괴물인데, 자네 같은 식견의 인간을 본 적이 없어. 자네의 능력도 관심이 있긴 하지만 무엇보다 그 식견과 도량에 놀라 버렸네. 과연 어느 오크가 인간의 마을에 찾아가 함께 지내고 싶다고 말하겠는가. 자네는 전혀 다른 차원의 사람이야."

다른 차원 맞지. 황운은 피식 웃음을 흘렸다. 늙은 오크는 무언가 생각이 난 듯 박수를 치며 움직이기 시작했다. 마치 나갈 채비를 하는 듯했다.

"내 지금 바라쿠 호휀에게 다녀오지. 그 녀석은 전쟁 때문에 많이 바빠서 도시 안에 있는 일이 별로 없어. 그동안 이곳에서 쉬고 있게. 제자들에게는 잘 말하고 가겠네."

"예. 그런데 어르신 성함이 어찌 되십니까? 제 이름은 황운이라고 합니다."

"후아앙… 우느? 우리의 발음 체계로는 도저히 이해할 수 없군. 이곳에서 내 이름을 부르는 사람은 아무도 없어. 모두 나를 '대변자'라고 부르지. 호칭이 중요하다면 '카라포엔'이라고 부르게나. 내가 사제가 되기 전 젊은 시절 가지고 있던 이름이지."

황운이 가진 능력은 때때로 막히는 부분이 있었다. 그 의미 자체를 전달할 수 있는 대부분의 단어들에 비해 고유 명사는 본래의 의미가 아닌 그가 가지고 있는 발음의 뉘앙스로 전달이 되는 것이다. 지금 같은 경우도 그런 상황 중 하나라고 할 수 있었다.

"예, 카라포엔님. 많은 호의에 진심으로 감사드립니다."

"홀홀… 다녀오겠네. 상태를 보아하니 몇 년은 잠들지 못한 사람처럼 보이는군. 좀 쉬게나."

황운은 자신이 말하지도 않은 몇 가지 사실들을 농담처럼 이야기하는 그를 보며 고개를 저었다. 카라포엔이 방에서 나간 후 황운은 그의 침대에 편히 누웠다. 그의 시야에 벽돌 사이로 뻗어 있는 나무줄기들이 보였다.

견디기 힘든 수준의 피로가 그의 온몸을 엄습했다. 황운은 아무런 생각도 하지 못한 채 그저 멍하니 휴식을 취하기 시작했다.

"이제야 좀 살겠군."

카라포엔의 배려 때문에 황운은 이 도시에서 가장 안전한 곳에서 머물 수 있었다. 연륜이 많은 카라포엔에 비해 다른 제자들은 황운을 보고 적잖아 놀라 하는 눈치였다.

아니, 겉으로 마구 드러내며 놀란 티를 냈다. 하지만 그가 그들의 말을 알아듣고 또 대화를 나눌 수 있었기에 황운은 그들과도 어렵지 않게 친해질 수 있었다.

"우리, 이야기할까요?"

"좋습니다. 저희도 인간에 관해 궁금한 것이 무척 많습니다."

그의 예상대로 오크는 호전적인 성향만 있는 것이 아니었다. 인간보다 그런 기질이 많긴 했지만 종족 내에서도 성향의 개인차는 컸다. 특히나 신전에서 사제의 직분을 맡고 있는 이들은 보통의 인간보다 더 현명하고 인자했다. 황운은 그들과의 대화로 오크에 대해서 더 잘 알 수 있었다.

순수 오크들의 경우 지능이 다소 떨어지는 편이긴 했으나 황운이 보기엔 인간과 그리 큰 차이가 나는 것 같진 않았다. 하프 오크들이 월등한 체력 조건과 지능으로 부족 사회에서 우위를 차지하기 시작하게 된 것은 백 년도 더 된 이야기였고 지금의 오크 사회는 많은 부분에서 개혁을 거치고 있었다.

하프 오크와 순수 오크의 격차는 노골적으로 드러나는 것은 없었다. 하지만 대부분의 하프 오크들은 능력적 조건 덕택에 사회 요인들로 활동하고 있었다. 순수 오크의 경우도 혈통에 따라 미묘한 차이를 보여 항상 대장급의 걸출한 인재를 배출하는 몇몇 가문이 있었고 이런 순수 오크들의 경우 신진 세력인 하프 오크들과의 미묘한 정통성과 경쟁 의식을 따지는 갈등 관계가 존재했다.

하프 오크들은 심미관 때문인지 아니면 가문의 자존심 때문인지 자신들 간의 연혼(사슬 사돈)제도를 정착시키고 있었고 하프 오크와 순수 오크가 서로 결혼을 하게 되는 일은 보기 드문 일이었다.

남녀평등에 있어서는 오크 사회가 훨씬 진보된 시각을 가지고 있어 하프 오크의 선전 이후 능력있는 여성들의 사회 진출 사례도 많이 나타났다. 호전적이고 싸움을 즐기기만 했던 다소 미개했던 지난날에 비해 사회와 생활을 중요시 여기게 됨으로 나타나는 자연스러운 현상이었다. 도시에서 소위 지식층이라고 불리는 오크들 중 과반수가 여성으로 이루어진 것이 그 증거였다.

이곳의 하프 오크와 순수 오크의 인구 비율은 약 3:7로서 다른 곳에서 무리를 짓고 있는 오크 부족들과 비교하자면 하프 오크의 수치가 엄청나게 높은 편이었다. 혼혈종으로서 시작하게 되었지만 수십 대에 걸친 혈통 보존을 통해 밸런스가 잡혀 있는 독립된 개체로 발전하게 된 것이다. 이것은 다른 세계 어떤 곳에서도 찾아보기 쉽지 않은 모습이었다. 그렇기 때문에 현재의 이 도시 같은 개혁적인 사례가 생길 수 있던 것이었다.

이들이 겪고 있는 문제는 현재 살고 있는 대지의 힘이 너무 약해서 농토를 개간할 수 없다는 것이었고, 인간들이 쉴 새 없이 침입해 와 사회 발전보다는 전쟁에 많은 투자를 해야 한다는 것이었다. 대부분의 남자들은 여전히 전쟁터로 나가게 되었고 여자들은 식량을 구하거나 아이들을 기르는 것이 주된 활동이었다. 그래도 도시의 북쪽에 펼쳐진 산지에는 적지 않은 동물들이 서식하고 있어 큰 식량난은 없었다.

아직 유목 사회에서 정착 사회로 온전히 발전하지 못한 단계였기에 신전의 사제들은 많은 일들을 도맡고 있었다. 교육은 물론이고, 건축, 예술, 행정 등의 다양한 부분에서 활약하고 있었으며 이들은 인간의 지식을 배우는 것을 좋아했다. 개혁적인 젊은 세력들은 인간의 진보된 점을 배우기 위해 노력하고 있었던 것이다. 그렇기 때문일까. 신전의 다른 사제들은 황운과 이야기를 나누는 것을 매우 좋아했다.

"이곳의 폐쇄된 지역성 때문인지 고질적인 문제들이 많습니다."

"그럼 이런 것은 어떻습니까?"

황운은 그들에게 도움이 되는 조언들을 해줄 수 있었다. 그의 입장에서는 이곳의 인간들도 한 단계 낮은 생활을 하고 있기 때문에 더 넓고 진보적인 사고로 여러 가지 이야기들을 해줄 수 있는 것이다.

사제들이 모든 것을 이해할 수 있던 것은 아니었지만 새로운 사실을 수용하는 그들의 자세만큼은 대단했다. 사제들은 일만 마치면 바로 신전으로 달려와 황운의 곁에서 이야기를 듣거나 나눴고, 황운은 제대로 쉬지도 못한 채 계속 이야기를 해야 했다.

"카라포엔님이 오셨답니다."

'휴우… 한숨 돌리겠군.'

황운은 그제야 쉴 수 있겠다는 생각을 했지만 그것은 오산이었다. 카라포엔은 열띤 토론의 열기를 보고 자신도 동참하기 시작했다.

"내가 없는 동안 꽤나 즐거운 일이 있었다는 이야기를 들었네."

황운에게 가장 궁금한 것이 많은 건 바로 카라포엔인 듯했다. 그는 정신없는 제자들의 이야기를 논리 정연하게 정리하여 떠들썩했던 장소를 제대로 된 토론의 공간으로 만들었다.

그의 지혜는 인간 중에서도 찾아보기 힘든 무척 깊은 수준이었다. 그는 인간들에게 무척이나 관심이 많았다.

전혀 다른 세계에 살고 있는 서로가 서로를 이해하기 위해 대화하는 것은 무척이나 흥미로운 일이었다. 물론 부분적으로 가치관의 차이가 컸었고 대립할 수 있는 상황도 많았다. 하지만 보통 인간이 가질 수 있는 도량보다 훨씬 더 폭넓은 시야를 가진 황운은 그들의 가치관을 전부 수용하고 있었다.

"생존을 위한 어쩔 수 없는 방편이었군요."

"역시, 자네는 다른 종족에 대한 선입견이 전혀 없는 것처럼 보이는구먼. 하나 인간에겐 부도덕적인 행위로 보이겠지?"

카라포엔은 다른 오크들과는 달리 인간의 관점을 중요시여기며 황운의 시선이 아닌 인간의 전형적인 시선이나 특성에 대해 알기 원했다. 하지만 대부분의 오크들은 인간을 '탐욕적인, 비열한, 파괴를 즐기는' 등의 이미지로 알고 있었다.

오크의 경우 인간과 비슷한 성향이 많았지만 그들이 생각하기에도 인간의 욕심은 좀 지나치다고 느끼는 듯했다.

황운에게 삼 일이라는 시간은 너무나 빠르게 지나갔다. 이야기를 통해 간접적인 경험들을 하게 되자 그는 이 사회를 직접 경험해 보고 싶다는 욕심이 생기게 되었다.

행사 당일이 되자 신전의 모든 식구들은 아침부터 눈코 뜰새 없이 바쁘게 움직였다. 종교적인 의례가 많기 때문에 신전의 사제들이 한 달 중 가장 바쁜 날이었다.

특히 카라포엔은 거목의 앞에서 무릎을 꿇고 몇 시간이 넘도록 기도를 올렸다. 일종의 종교적인 행위였다. 황운은 그동안 방에 틀어박혀 수천수만의 오크들 앞에 나서서 무슨 말을 해야 할지 생각했다.

'긴장이 안 되는 것이 이상하다. 만약에 말실수라도 한다면 그대로 이 도시에서 매장당하겠지. 하지만……'

불안하고 두렵기만 했던 그의 마음이 다소 편해진 것은 사제들과의 생활 때문이었다. 그들은 모두 개방적이었고 도시에서 가장 앞서 나간 진보 세력들이었다. 물론 보수적인 세력들의 반발도 만만치 않을 것이었지만 카라포엔과 바라쿠 호휀이라는 강력한 우군이 황운의 뒤를 지켜주고 있었다.

그는 아직 부족 사회에서 벗어나지 못한 그들에게 종교적 지도자의 영향력이 얼마나 큰지 예상할 수 있었다.

행사 시간이 다가왔다. 신전 밖 광장에서는 많은 오크들이 모이기 시작한 듯 거대한 울림과 웅성거림이 들려왔으며 그의 능력으로도 바글거리는 메시지를 감지할 수 있었다. 북을 비롯한 몇 가지 타악기들이 거세게 울리는 그들 특유의 음악도 울려 퍼지고 있었다.

카라포엔은 황운의 손을 붙잡고 신신당부를 했다.

"자네가 어떻게 나오는지에 따라 최악의 경우 말 한마디도 하지 못하고 죽임당할 수 있어. 이곳은 오크의 성지이며, 오크의 중심이고, 오크 그 자체인 곳이지. 오크들 중에는 인간의 모습만 봐도 이를 가는 이들이 많다네. 가족이나 연인을 인간에게 잃은 사람도 많아. 보통 방법으로 성공할 생각은 말게."

"충분히 각오하고 있습니다."

잠들지 못하는 밤마다 고민해 왔던 내용이다. 무엇보다 그들의 적으로서 싸웠던 경험도 있는 황운이었다. 그가 말하는 각오라는 단어의 무게는 그만큼 남달랐다.

"바라쿠 호휀과 이 신전이 자네의 편을 들겠지만 다른 보수적인 세력들은 결코 자네를 용납하지 않을 것이야. 중간에 껴 있는 진보 세력의 마음을 사로잡아야 하네. 지금 입고 있는 그 옷은 벗고 내가 방에 마련해 둔 사제 의복을 걸치게나. 나는 자네를 대지의 목소리를 듣는 현자라고 소개하겠네. 그게 사실이기도 하니까."

"예."

"문 뒤에서 내 이야기를 듣고 있다가 내가 족장과 대중들에게 자네를 소개하면 그때 나오도록 하게. 그 이후의 일은 자네에게 일임하지."

카라포엔은 그야말로 전폭적인 지원을 아끼지 않고 있었다. 이 도시의 수장이 진심으로 자신을 돕고 있다는 생각이 들자 황운의 마음은 한결 편해졌다.

"많은 도움, 정말 감사드립니다."

"천만에, 나야말로 자네 같은 인간과 함께 생활하는 것을 바라고 있어. 자네의 정신은 매력적이고, 전혀 다른 기품이 있다네. 다른 인간들과는 다른 것이 느껴져. 마치 왕의 도량과 같다고나 할까."

카라포엔은 그의 엉덩이를 툭툭 친 뒤 문밖으로 걸어나갔다. 그의 뒷모습이야말로 이 세계에 군림하는 왕의 모습이었다. 살짝 열린 문틈 사이로 보이는 광장에 가득한 초록의 물결.

그는 그런 오크들 앞으로 당당하게 걸어나가고 있었다.

'서두르자.'

황운은 서둘러 옷을 갈아입은 뒤 문의 안쪽에 기대 바깥의 이야기를 듣기 시작했다. 단 위에 준비된 다섯 개의 의자엔 네 명의 족장과 카라포엔이 앉았고, 그중 카라포엔이 가운데 있는 상석에서 행사를 진행시켜 나갔다.

네 명의 족장은 각각의 주된 임무를 가지고 있었다. 창과 방패의 이름을 가지고 있는 두 명의 족장은 전쟁터에서 전사들을 이끌며 싸움을 하고 있었고, 그릇과 불의 이름을 가지고 있는 두 명의 족장은 도시의 행정과 생계를 도맡고 있었다. 바라쿠 호휀은 창과 방패 중 하나일 것이 분명했다.

지난 한 달간의 전적과 결과를 각각 이야기한 그들은 매번 이야기가 끝날 때마다 호성을 지르며 분위기를 고취시켰다. 광장의 군중은 대지가 울릴 듯이 함성을 지르다가도 족장들이 이야기할 땐 일관된 분위기로 쥐 죽은 듯 침묵을 유지했다.

인간의 모습과는 사뭇 다른 완벽한 충성의 모습이었다.

'대단하다. 마치 군대라도 보는 것 같군.'

그들의 이야기 후 몇몇 시민들의 상벌제와 시민들에게 하는 공언, 유의사항들이 이어졌고 그 뒤 카라포엔의 차례가 시작되었다.

카라포엔의 차례는 종교적인 의미의 연설로 시작되었다.

분위기는 무척이나 엄숙했으며 그의 이야기는 화합과 개혁으로 마무리되었다. 분명 황운의 등장을 위해 신경 쓴 대목들이 느껴졌다.

광장은 그가 듣던 대로 젊은 개혁 세력들이 대다수였고 그들은 '대변자'의 연설에 호응하고 있었다. 황운은 자신의 능력을 통해서 마치 들불처럼 뜨겁고 거센 그들의 영혼을 느낄 수 있었다. 그리고 드디어 카라포엔의 연설에서 자신에 관한 내용이 들리기 시작했다.

"이런고로… 나의 작은 친구 한 명이 이 도시에 찾아왔다. 그는 현명한 현자이고, 위대한 전사이며, 대지의 목소리에 누구보다 가깝게 다가간 고아한 사제다. 다만 그는 우리와 다른 종족이다."

그의 마지막말 후 군중이 웅성거리기 시작했다. 다른 종족이라는 말이 나오긴 했지만 그것이 인간일지는 상상조차 못하고 있었다. 카라포엔은 반응을 기다렸다가 적절한 시기에 다음 말을 이었다.

"한 인간을 내가 지금 이 자리에 소개할까 한다. 자, 나오시게. '대지의 선생'이여."

지금이다. 황운은 문을 열고 당당하게 걸어나갔다.

이미 카라포엔의 말에 의해 족장 중 누군가는 자신의 무릎을 치며 가득한 살의를 내뿜기 시작했고 광장의 군중은 심히 동요하기 시작했다. 도대체 어떤 인간이 수만 명의 오크가 모여 있는 이 중앙에 나타날 수 있단 말인가.

"흐음!"

황운은 단의 뒤에 마련된 계단에 올라 단의 정중앙으로 나갔다. 수없이 많은 메시지가 그를 향하고 있었다. 그의 앞에 수만의 오크가 집결한 모습이 보였다. 그리고 그 뒤로 펼쳐진 거대한 도시와 갈색의 산맥.

'두렵다. 참을 수 없을 정도로 두렵다.'

'바라쿠 호휀'을 들고 있는 그의 손에 땀이 비 오듯 흐르기 시작했다. 그가 바라쿠 호휀에 생각이 미쳐 고개를 돌리자 바라쿠 호휀이 오른쪽 끝자리에서 당당한 모습으로 앉아 있었다.

그의 입술은 꽉 다물었으나 분명 황운에 대한 확신을 가지고 있었다. 그의 친구를 믿고 있다는 기색이 역력했다. 황운은 다시 고개를 돌려 관중을 바라봤다. 그들의 동요는 금세 사그라졌고 그 가운데 정적이 지배하고 있었다. 그의 가슴 한가운데 호기가 넘쳐흐르기 시작했다.

그는 목소리에 한가득 기백을 담아 외쳤다.

"반갑소. 친구들!"

그의 한마디에 또다시 광장에 큰 움직임이 일었다. 족장의 창을 들고 사제의 의복을 걸친 인간이 지금 단의 정중앙에서 오크의 언어로 인사를 했다. 그리고 그의 울림은 비단 목소리일 뿐만 아니라 거대한 메시지로서 한 명 한 명의 오크들에게 전달되어졌다.

오크들은 하나같이 웅성거리며 동요를 나타내고 있었다.

"나는 바라쿠 호휀의 친구로서 이 도시에 왔소. 그리고 지금은 카라포엔 역시 나의 친구가 되었소!"

그의 말은 큰 파장을 일으켰다. 분명 그가 들고 있는 것은 바라쿠 호휀의 창이었고 바라쿠 호휀이 바로 뒤에서 만면에 미소를 띤 채 앉아 있었다. 도시에서 가장 존경받은 전사이며, 현자인 바라쿠 호휀의 친구라는 말은 곧 민심의 보증수표와도 같은 것이었다.

게다가 '대변자' 님을 카라포엔이라는 이름으로 부르는 것은 족장들도 하지 못하는 일이었다. '대변자' 역시 그의 뒤에서 말없이 앉아 있었다.

"인간! 너의 몸에서 역한 인간의 냄새가 난다! 네가 그들의 친구인 것과 지금 이 자리에 나타난 것이 무슨 상관이 있는가!"

족장 중 한 명이 창으로 땅을 거세게 찍으며 자리에서 일어났다. 그는 황운의 옆으로 걸어나왔다. 분명 그 모습은 바라쿠 호휀이 황운에게 했었던 대결의 의미였다.

그러자 말없이 조용히 있던 보수 세력의 오크들이 큰 소리로 함성을 지르기 시작했다.

"인간을 내쫓아라! 감히 전사의 앞에서 못하는 소리가 없다!"

"진보 녀석들이 미쳤군! 이제 인간과 한편이 돼?!"

"저 자식들이 내 남편을 죽였어!"

노골적인 증오가 그들에게서 표출되었다. 황운과 대결을 신청한 족장은 그런 상황을 즐기기라도 하는 듯 아무런 제재도 하지 않은 채 그들의 이야기를 듣고 있었다.

"크르릉……."

그는 순수 오크의 형상을 하고 있음에도 불구하고 체격이 하프 오크들보다 훨씬 컸다. 녹색이 아닌 약간 푸른빛을 띠고 있는 피부색을 보아 순수 오크 중에서도 특별한 혈통이라는 곳의 장군인 듯했다. 황운의 예상대로라면 그는 분명 보수 세력을 등에 업고 있었다.

"내 이름은 잘칸 푸렉티올이다. 인간! 나와 상대해서 이긴다면 전사로서 그대를 인정하겠다!"

수많은 오크들의 함성이 울려 퍼졌다. 그들의 함성은 마치 파도 소리처럼 산맥을 뒤덮었다. 잘칸이라는 이름의 그를 전사로 숭상하는 이들은 많았다. 오크라는 부족은 진보와 보수를 가리지 않고 뛰어난 전사를 흠모하고 존경한다.

분명 그는 존경받을 만한 위치에 있는 위대한 족장 중 한 명이었다. 그와 인간의 전사가 대결을 벌이는 것은 그들의 피를 끓어오르게 할 것이다.

황운이 이미 예상했던 일이었다. 그가 족장급의 오크와 싸워 이길 수 있는 확률은 제로에 가까웠다. 하지만 이미 만반의 준비를 갖추고 있었다.

황운은 말 대신 두 손으로 창을 들어올렸다. 그리고 모든 기운을 집중해서 메시지를 뿜어내기 시작했다. 그것은 분명 카라포엔의 것이었다.

"무슨 장난을 치는 거냐!"

잘칸은 황운이 사술이라도 거는 양 매도했지만 다른 이들은 달랐다. 족장들을 비롯한 그 광장에 위치하고 있는 모든 오크들이 강하게 느낄 수 있었다.

그것은 한없이 높은 곳에서 그들을 내려다보는 아버지와도 같은 느낌이었고, 그들이 알고 있는 진실을 초월하고 있는 자의 것이었다.

"대지의 현자……!"

오크들은 한마음으로 현자를 떠올렸다. 물론 황운이 내는 것은 그저 흉내에 가까웠다. 하지만 그의 능력은 그것을 과장되게 포장할 수 있었고, 각각의 오크들의 정신에 직접적으로 전달되어졌다. 그중 가장 놀란 것은 카라포엔 본인이었다.

모든 오크들은 순간적으로 경외심을, 그리고 두려움을 느껴야 했다.

쿵!

황운이 창을 바닥에 찍는 소리가 거세게 사방으로 퍼졌다. 그 소리는 모든 오크들의 가슴에 울림을 만들었다. 그리고 그는 낮지만 강한 목소리로 메시지를 가득 담아 외쳤다.

"어리석은! 바라쿠 호휀의 창을 가지고 있는 나에게 대결을 신청한다고! 좋다!"

오크들의 함성이 더욱 거세졌다. 그들의 앞에 나타난 인간은 도시 최고의 전사 중 한 명과 싸워 올라온 사람이었고, 그들의 앞에서 또다시 최고의 전사와 대결을 하려 하고 있었다.

이미 그들 중에는 황운에 대한 호감을 가지기 시작한 이도 있었다. 무인의 기질을 타고난 오크들은 황운의 거칠 것 없는 태도에 매료되기 시작했다. 황운은 거칠 것 없는 기운으로 자신감을 내보였다.

"하지만, 이 단 위에서 족장인 당신이 쓰러지거나 내가 쓰러져 피를 흘리는 것은 이 도시의 명예를 더럽히는 일이며 아버지의 뜻에 맞지 않는 일이다! 기백으로 승부를 보자!"

쿵!

황운은 다시 한 번 창을 내리찍었다. 자신이 능력을 동원하며 싸운다면 승산이 없는 것도 아니겠지만 은신 등의 기술이 수많은 오크들의 눈앞에서 제대로 먹힐지도 의문이었고 무엇보다 앞에 서 있는 잘칸과 싸워 이길 엄두가 나지 않았다.

하지만 그가 전사의 긍지를 가지고 있다면 바라쿠 호휀과 같은 반응을 보일 것. 그의 예상과 크게 다르지 않은 진행이 되고 있었다.

"호오, 인간이 나와 전사의 긍지를 논하자고? 나는 이 도시에서 가장 긍지 높은 전사, 잘칸 푸렉티올이다! 내 손에 들린이 창은 직접 바질리스크의 눈을 뽑아낸 '일곱 곰의 분노' 다! 나는 이 도시를 노리는 모든 인간을 처단할 '창의 족장' 이 다!"

그의 거칠 것 없는 호성에 다시 한 번 군중의 함성 소리가 일어났다. 초목이 그 진동에 떨리고, 산맥이 뒤흔들리니 모든 생명이 그의 긍지를 바라보고 있었다.

"너의 긍지는 무엇인가, 인간! 무엇이 너를 이곳까지 오게 했는가!"

잘칸은 스스로의 긍지를 고취시키는 것으로 끝나지 않고 자신의 전적을 언급하며 관중의 호응을 얻어냈다. 그의 패도적인 기운이 온 광장을 뒤덮었다.

분명 이 대결은 긍지와 기백, 영혼의 울림을 논하는 대결이었다. 황운은 그의 기세에 감복한다는 표정을 지어 보였다. 그리고 그는 한 손을 들어 잘칸을 향했다.

"나는 이 땅에 온 뒤 대지의 목소리를 들었다. 자신의 피조물들이 서로 죽이고 물어뜯는 광경을 보고 있는 아버지의 모습을 보았다. 울고 있는 아버지의 목소리를 들었다. 대답하라. 당신들 오크는 아버지의 아들인가? 이 대지의 자식들인가?!"

"그렇다! 우리는 그것을 자랑스럽게 여긴다!"

더 물을 것도 없었다. 자신의 생명만큼이나 당연하게 생각하는 불변의 진리! 잘칸은 고개를 떳떳이 들고 대답했다. 황운은 그런 그를 바라보며 다시 한 번 외쳤다.

"그렇다면 인간은 대지의 자식들인가, 아닌가?"

"미련한! 너희 따위가 어떻게 대지의 선택받을 수 있다고 생각하는가!"

"생각보다 식견이 좁군. 이 세계의 퍼져 있는 인간의 숫자가 과연 대지가 허락하지 않았음에도 홀로 날뛰어서 이룩한 결과로 보이나?"

야유인지 함성인지 알 수 없는 소리가 도시 전체를 뒤덮었다. 그만큼 관중의 반응도 가지각색이었다. 분명 보수와 개혁의 차이를 나누는 극단적인 논쟁일 터. 하지만 개혁들도 인간을 인정하는 부분은 개인차가 컸다.

무엇보다 십 년이 넘도록 도시를 침범하려 하고 있는 인간의 욕심에 반발하는 반응이 대부분이었다.

'저자가 무슨 생각으로 저런 이야기를……'

바라쿠 호휀이나 카라포엔도 그가 스스로 불리한 주제를 꺼내 이야기를 할 것이라곤 생각도 하지 못했다. 황운이 그런 전쟁을 하는 인간들과는 다르다는 것을 알고 있었지만 그는 스스로 논쟁의 핵심으로 뛰어들었다.

"대지가 너희 인간을 허락했다고 해도 너희는 필요한 것 이상의 것을 얻기 위해 과욕을 부리고 있다! 대지는 분명 그런 너희를 용서하지 않으실 것이다!"

관중의 반응이 뜨거웠다. 인간의 입장에선 쉽게 반론할 수 없는 부분이었다. 황운은 고개를 꼿꼿이 세운 채 그의 호성을 받아냈다.

"인정한다. 지금의 인간은 과욕을 부리고 있다. 하지만 그 것은 한 걸음 더 앞서 나간 자의 전례일 뿐이지, 그것이 인간만의 것은 아니다. 지금 개혁을 단행하는 너희 오크야말로 다음 '인간'이 될 가능성이 많다. 너희는 지금 인간의 것을 좇고 있지 않은가?"

"무슨 소리! 누가 그딴 짓을!"

점점 첩첩산중이었다. 황운의 발언은 보수가 아닌 개혁의 위험성에 대해 말하고 있었다. 보수를 공격하며 개혁의 지지를 얻는 것이야말로 애초에 그가 이룰 수 있었던 유일한 승리의 코스였다.

하나 지금의 황운은 개혁을 꾸짖고 있었다.

"잘 들어봐라. 인간이나, 오크나 공통점이 있다. 스스로 삶을 변화시킬 수 있는 능력과 지식을 가지고 있다는 것이다. 이는 곧 욕망을 뿌리로 두고 있다. 욕망이야말로 사회를 발전시키고 행복을 가져오는 가장 중요한 사회의 핵심인 것이다. 욕망이야말로 이 세계가 유지되는 가장 중요한 에너지다. 무언가를 바라고 갈망하는 마음을 그 누가 부정할 수 있겠는가. 작은 미물이 배고픔을 느끼는 것도 신께서 주신 욕망이며, 드래곤이 나라를 멸망시키는 것도 신께서 주신 욕망이다. 욕망이 없는 세계를 생각해 본 적이 있는가! 그것이 가능한가!"

관중의 분위기는 무겁고 조용했다. 그의 말은 맞지만 그렇다고 해서 인간들이 자신들에게 쳐들어오는 행위가 정당화될 수는 없었다. 이해는 되나 수긍하기 어려운 그의 이론은 그저 혼란스럽기만 했다.

"무슨 말이 하고 싶은 거냐! 지금 인간의 행위를 정당화시키려 하는가?"

"결코 그렇지 않다. 내가 하고 싶은 말은 지금의 인간의 모습이 옳지 못하지만 또한 어쩔 수 없다는 것이다. 그리고 너희, 오크의 장래도 마찬가지다. 너희들에게도 어쩔 수 없이 찾아오게 될 현실이라는 것이다."

군중의 함성이 또다시 뜨거워지기 시작했다. 카라포엔은 걱정스러운 눈길로 황운을 바라봤다.

"말도 안 된다! 인간은 궤변론자다!"

"더 말할 것 없이 죽여 버려!"

"우리의 미래는 우리가 직접 결정한다!"

도대체 얼마나 오크들을 달구어놓을 생각인지, 그의 발언 한마디 한마디가 거침이 없고 당당했다. 군중의 함성이 거세지고 곳곳에서 살기가 뿜어져 나왔다.

황운은 이를 드러내며 혼잣말로 중얼거렸다.

"보여주지……."

황운은 메시지를 강하게 발산하기 시작했다. 그것은 흡사 대지의 것과 같았지만 약간 달랐다. 황운은 정신이 나가 버릴 정도로 있는 힘껏 메시지를 내뿜었다.

그것은 슬픔이었다. 대지가 가지고 있는 슬픔이었다.

"흐으으음!"

더 설명할 것이 있을까. 대지가 가지고 있는 모성애, 그 사랑. 그것이 순식간에 퍼져 나가기 시작했다. 순간 군중은 모두 침묵했다. 아무도 한마디도 꺼내지 못했다. 말은 하지 않았지만 그들의 시선은 황운을 향해 있었다. 이 기운이 무엇인지 납득할 만한 설명이 필요했다.

그렇게 조용해지자 황운은 다시 말을 시작했다.

"인정해야 한다. 무력(武力)으로 무력(無力)을 지배해야 하는 시대는 끝나야 한다는 것을! 내가 해결책을 가지고 있다. 우리는 검의 시대를 뛰어넘어 한 단계 더 발전해야 한다!"

그는 거침없이 소리쳤다. 황운의 목소리는 온 산맥을 쩌렁쩌렁하게 울리고 있었다.

"무력 행사를 하는 상대를 같은 무력으로 눌러 버린다면 너희가 죽은 후에도 같은 미래가 반복될 뿐이다. 너희의 자식들에게도 똑같은 전쟁을 물려줄 수 있겠는가. 그 상처를! 그 아픔을!"

그는 개혁파 오크들이 주장하는 문구를 인용했다. 이미 야만스러운 과거를 겪은 자신들은 어떻게 되더라도 자손들에게 불합리한 미래를 주기 싫다는 생각, 특히나 정체성을 아직 확립하지 못한 하프 오크들은 그 사실에 관해 많은 아픔을 가지고 있었다.

"분명한 것은 인간과 오크가 손을 잡을 수 있는 미래가 가능하다는 것이다. 더 이상 누군가의 욕심 때문에 다른 누군가가 죽거나 상처받는 그런 불합리한 현실을 바꿀 수 있다는 것이다. 인간이든, 오크든, 다른 종족이든 그런 것은 하나도 중요하지 않다. 하지만 분명 살고 싶은 자가 힘껏 살아갈 수 있는 그런 세상이 가능하다! 그럴 가능성이 조금이라도 있다면 해볼 만하지 않겠는가?!"

살고 싶은 자가 힘껏 살아갈 수 있는 세상!

군중은 그의 말에 동요하고 있었다. 지금 그들의 앞에서 외치고 있는 이가 인간이라는 사실은 더 이상 중요하지 않았다. 그들은 모두 황운의 말에 귀를 기울이고 있었지만 부정적인 분위기는 쉽사리 바뀌지 않았다.

그의 말을 진지하게 듣고 있던 잘칸이 말했다.

"현실의 문제에 대해 지적한 것은 좋으나, '해결책이 있다'라는 한마디로 수긍하긴 어렵다. 너의 이상향은 그저 이상일 뿐이다."

도대체 누가 오크들이 멍청하다고 한 거야? 그는 자신이 읽어왔던 수많은 판타지 소설들로 생겨 버린 선입견을 또다시 수정해야 했다. 이 세계의 오크들은 자신이 예상했던 모습보다 훨씬 더 문화적이고 지적이었다. 무엇보다 무력 행사 타입으로 보이던 잘칸은 의외로 선전을 펼치고 있었다.

하지만 황운은 다시 자신감있게 받아쳤다.

"종족 간의 선입견은 너무나 깊다. 나는 그동안 오크에 대해 알아낼 수 있는 정보가 없었다. 하지만 탈종족의 시선을 가지고 있는 나라면, 이곳에서 생활함으로써 그 해결책을 찾아낼 수 있다! 내가 당신들의 언어를 온전히 구사하고, 또 이해하는 것이 그 증거다!"

"인간, 너는 궁극적으로 무엇을 바라는가? 무엇 때문에 그런 일들을 자처해서 하는가?"

잘칸은 진심으로 상대의 마음이 궁금했다. 이렇게까지 수만의 오크 앞에서 자신의 생각을 피력할 수 있는 용기와 그 근본이 궁금했다. 그 역시 자신도 모르게 황운에 대한 호감을 가지기 시작했다.

"나는 평등과 화합, 공존을 바란다. 그리고 그것이 오크와 인간에게만 국한된 것이 아니라 더 이상 누굴 죽이거나 죽임을 당하고 싶지 않은 모든 종족에게 그 뜻이 이어지길 바란다."

자신도 그동안 명확하게 정리하지 못했던 생각들이 이 자리에서 드러나고 있었다. 어지럽던 황운의 머릿속은 말을 거듭할수록 잘 제련된 검과 같이 다듬어져 갔다.

하지만 잘칸은 고개를 저으며 이해할 수 없다는 반응을 보였다.

"너의 사상이 잘 이해가 되지 않는다."

황운의 식견을 좇는 것은 누구도 쉽지 않을 것이다. 잘칸은 자신의 지혜가 부족하다고 생각했지만 황운은 그런 그의 반응을 당연하게 생각했다.

"간단하다."

황운은 잘칸을 향해 미소를 지어 보였다. 더 이상 논쟁이 아닌 문답이 되어버린 자리였지만 그 역시 더 나은 삶을 위한 지도자로서의 욕구를 가지고 있었기에 가능한 것이다. 잘칸은 훌륭한 지도자가 분명했다.

황운은 창을 내려놓고 두 손을 하늘 높이 벌렸다.

"자, 봐라!"

오늘 들려온 목소리 중 가장 커다란 목소리가 그의 입에서 터져 나왔다. 도시 안에 있는 모든 생명들이 하나같이 그를 바라보고 있었다. 그는 큰 목소리로 외쳤다.

주저할 것 없이! 당당하게!

"인간과 오크의 생명은 똑같이 존귀하다! 같은 아버지를 가진 형제들의 우열을 가릴 수 없듯! 대지가 식물과 동물의 우열을 나누지 않듯! 오크와 하프 오크의 생명의 존엄함을 가를 수 없듯!"

그의 마지막 말에서 군중의 함성이 일기 시작했다. 그렇지! 생명의 우열을 가르는 것은 우둔한 짓이다. 오크들의 함성이 광장을 뒤덮었다. 어딘가에서 거친 북소리가 들려왔고, 마치 짐승처럼 울부짖는 소리도 들려왔다. 그야말로 대지가 울리는 진동이었다.

그는 우레와 같은 군중의 함성 소리를 들으며 중얼거렸다.

"당신은 과연 어떻게 생각할까……."

황운은 허리를 숙여 땅에 손을 가져다 댔다. 대지의 진동이 몸으로도 느껴졌다. 그리고 그들의 메시지도 들려왔다. 그와 함께 대지의 목소리도 들려왔다. 그가 바라는 것이었다.

"성원에 보답하겠다!"

황운은 관중에 대한 화답으로 대지의 울림을 받아들이기 시작했다. 그의 몸에서 대지의 기운이 퍼져 나왔다. 그야말로 온 도시와 산맥을 뒤덮는 거대한 크기! 그것은 흡사 황색의 용처럼 꿈틀거리며 사방으로 퍼져 나갔다.

"대지의 목소리다!"

바라쿠 호휀은 그 자리에서 벌떡 일어나 무릎을 꿇고 허리를 굽혔다. 황운에게 고개를 숙이는 것이 아닌 대지의 의지에 대한 경외감에서 나온 자연스러운 행동이었다.

황운의 몸에서 감당할 수 없는 메시지들이 발산되기 시작했다. 그것은 마치 심장의 고동 소리와도 같았다. 그들의 발밑 땅속 깊은 곳에서는 마그마가 꿈틀대고 있었고, 생명의 태동처럼 이 세계를 울리고 있었다. 황운은 그 느낌을 그대로 사방에 내뿜었다.

"이, 이것은……!"

잘칸을 포함한 다른 족장들도 그 자리에서 무릎을 꿇었다.

그들은 대지를 신격화하고 있었고 대지의 목소리를 알고 있었다. 황운에게서 내뿜어져 나오고 있는 그 웅장함과 자애로움이야말로 땅의 의지임을 알고 있었다. 그리고 관중에 닿은 메시지는 서로에게 전해지고 있었다.

마치 세포와 세포가 점액질로 이어지듯 서로의 메시지가 공유되고 있었다. 관중의 함성도, 대지의 울림도 멈추지 않았다.

황운은 평소에 비하자면 지나칠 정도로 힘을 과용하고 있는 것이었다. 물론 자신이 발산하는 메시지가 수만의 오크들에게 일일이 직접 전달되는 것은 아니었다. 하지만 이렇게 강력하고 길게 내뿜는 것은 그로선 자살과도 같은 행동이었다.

'이 이상은 무리인가⋯⋯.'

결국 자신의 한계를 통제하지 못한 황운은 그 자리에서 쓰러졌고 그와 함께 메시지와 함성도 잦아들었다.

Chapter 8

왕의 꿈

"무슨 일인가!"

바라쿠 호휀이 가장 먼저 몸을 일으켜 그에게 뛰어들었다. 황운은 거칠게 숨을 몰아쉬고 있었고 그의 눈은 실신한 환자처럼 동공이 뒤로 넘어가 있었다.

"친구! 정신 차리게!"

바라쿠 호휀이 황운을 거칠게 부르자, 황운은 정신이 나간 듯 알 수 없는 소리를 내뱉었다.

"제발 잠들고 싶어. 잠을 자게 해줘. 잠들고 싶어. 기절이라도 하게 해줘. 기절하고 싶어. 죽는 것 빼고 뭐든지 좋으니 기절한 만한 상황에선 기절을 하게 해줘……."

황운의 정신은 완전 나가 있었다. 상황이 그다지 좋지 않다고 느낀 바라쿠 호휀이 고개를 돌려 카라포엔을 바라보자 그가 고개를 끄덕였다.

"신전 안으로 데리고 가서 눕히게. 할 말은 충분히 했어."

"예."

"자랑스러운 나의 동포들이여!"

카라포엔이 앞으로 나가 군중을 선도하자 잘칸은 재빨리 뒤로 물러나 자리에 앉았고, 바라쿠 호휀은 황운을 들쳐 업고 신전 안으로 달려갔다.

"나의 친구가 여러분을 위해 무리한 짓을 했다. 그 자신의 생명이 위험함을 알면서도 대지의 목소리를 전했다. 여러분은 아버지의 품을 느꼈는가? 자신들이 본 것이 분명 대지의 것이었음을 믿는가? 그가 대지의 아들임을 믿는가?"

거센 함성이 대답을 대신했다. 더 말할 필요도 없었다. 카라포엔은 고개를 끄덕였다.

"나는 그가 오기 전 신탁을 받았다. 알 수 없는 내용이었다. '너희에게 기쁨이 오리라' 라는 말이었다. 과연!"

대변자가 신탁을 말하고 있었다. 관중들은 모두 두 손을 들어올렸다. 그것이 어떤 의미인지 말하지 않아도 모두가 알 수 있었다. 그들은 모두 대지를 섬기는 이들이었다.

"나는 이 친구가 우리에게 어떤 기쁨이 될지 예상하지 못하겠다. 하지만 분명한 건 그는 뛰어난 전사이고, 현명한 선생이다. 그리고 우리는 상상도 할 수 없는 넓은 도량을 가진 사나이다. 그 어떤 인간이 인간과 오크가 평등하다 하겠는 가!"

관중의 함성은 도시를 뒤흔들고 있었다. 모든 오크들이 그의 거칠 것 없는 기백과 도량에 감복하고 있었다.

"더 이상 말하지 않겠다. 그는 이 도시에 머물길 원했다. 나는 나의 권한을 이용해서라도 억지로 있게끔 할 생각이었는데 모두 부질없는 짓이 되고 말았지. 나는 여러분이! 이 도시가! 그를 받아들였다고 확신한다! 오늘의 모임을 마친다!"

둥. 둥. 둥!

그의 선언과 동시에 북소리가 울려 퍼졌다. 그리고 관중의 함성과 박수 소리가 또다시 도시를 뒤덮었다. 행사가 끝난 후 항상 그랬듯 오늘 밤 내내 도시의 곳곳에서 축제가 벌어질 것이고 그와 함께 황운에 관한 이야기가 많은 오크들의 술자리에서 거론될 것이었다. 그렇게 황운이라는 한 명의 인간은 역사상 최초로 오크의 도시에서 화려한 데뷔 무대를 마쳤다.

행사가 마무리된 뒤 신전은 두 배로 바빠졌다. 도시 안에 인간의 신체에 생긴 문제를 해결할 수 있는 자가 있을 리 없었다. 그나마 신성력을 발휘하는 사제들과 카라포엔이 달려들었지만 그런 영적인 문제가 아니었다. 말 그대로 거대한 의지와 맞닥뜨린 일개 자아의 붕괴와 기절하지 못하는 뇌의 스트레스성 발작이었다.

황운은 흰자위를 드러낸 채 계속 알 수 없는 말을 내뱉었고 신전에서는 그런 그를 위해 안락한 자리를 마련해 주는 수밖에 없었다.

"내가 곁에서 지키겠소."

특히 바라쿠 호휀은 그의 곁에서 조금도 떠나지 않았다. 자신이 친구라고 인정한 자에 대한 당연한 행동이었지만 많은 측근들이 그를 만류했다. 그는 분명 이 도시를 위해 귀하게 쓰여야 하는 몸이었다. 그럼에도 바라쿠 호휀은 그들을 황운과 자신의 곁에 오지 못하게 했다.

"물러가라!"

카라포엔도 그의 곁에서 함께 황운을 지켰지만 황운의 치료를 위해 온몸의 기운을 쏟아낸 터라 이내 돌아가고 말았다. 그는 이미 오크가 가질 수 있는 천수를 넘어선 몸이기에 신성력을 발휘하는 것도 쉽지 않았다. 바라쿠 호휀만 홀로 황운의 곁에 남아 밤새도록 그를 지켰다.

'이겨내겠지. 암……'

다음날 해가 뜰 때까지 그는 약간의 미동도 하지 않은 채 계속 황운을 바라보고 있었고, 그 와중에도 측근들이 몇 번이고 찾아왔다. 실제로 그는 '방패의 족장'으로서 그가 전투에 참여하냐, 안 하냐에 따라서 승패가 엇갈릴 정도로 중요한 위치에 있었다. 지금 전쟁터에서는 그를 필요로 하고 있었다.

알지만, 알고 있었지만 그에게는 친구의 생사가 더없이 중요했다. 하지만 황운은 가끔 비명까지 질러대며 정신을 차리지 못했다. 그렇게 하루가 또 지나갔다.

"음식은커녕 물 한 잔도 입에 대지 않았다며?"

다음날은 부하들 대신 다른 이가 찾아왔다. 그에게는 너무나 익숙한 목소리였다.

"노노미야, 내 부하들이 보내서 왔군. 그렇지?"

"오빠가 이런 데 정신 팔고 있을 때가 아니라는 거 잘 알잖아."

노노미야라고 불린 하프 오크는 그의 등에 손을 올렸다. 그녀는 바라쿠의 여동생이었다. 측근들이 최후의 방법으로 노노미야에게 부탁한 것이다. 그들을 탓할 순 없었다.

도시의 안전을 위해 그들이 선택할 수 있는 최선의 방법이었으리라.

"나도 이 인간의 말을 들었어. 우리 부족과 도시를 위해서 꼭 필요한 사람이라고 생각해. 하지만……"

"그는 나에게 그 이상의 존재다. 내가 인정한 유일한 인간 전사이며 나의 친구다."

바라쿠는 노노미야의 말을 단호하게 잘랐다. 그녀는 이해할 수 없다는 표정을 지으며 다시 받아쳤다.

"단 한 번 봤을 뿐인, 그것도 인간인 저자에게 왜 그렇게 마음을 주게 되었어? 여자도 아닌데……"

"너는 이 도시 제1의 전사로 칭송받고 있는 몸이다. 하지만 실력일 뿐이지. 우리 도시의 전사는 실력뿐 아니라 명예, 긍지, 지혜도 가지고 있어야 한다."

그녀는 이 도시에서 가장 인기가 많은 하프 오크였다. 피부색이 녹색이라는 것을 제외하면 특성상 인간의 미녀와 비교해서도 전혀 뒤지지 않는 미모였고, 실력으로만 따지면 족장들보다도 우위에 있는 전사였다.

"끄응……"

하지만 그녀는 항상 호휀 가의 2인자로서 오빠에게 꾸지람과 훈계를 들으며 자랐다. 바라쿠 호휀의 말대로 그녀에게는 실력 외의 다른 것이 부족했다.

"나에게 그것들이 부족하다는 거야?"

"긍지를 건 대결이 끝나면 상대와 수십 년 지기 친구가 될 수도 있는 법. 아직 이해하지 못하겠지."

바라쿠는 고개를 저었다. 그의 눈은 여전히 황운의 얼굴을 향해 있었다.

"나도 필요해. 나도 그런 대결이 하고 싶어. 이자와 대결을 하면 그런 긍지와 명예를 느낄 수 있는 거야?"

"보시다시피 상태가 이러니……"

바라쿠는 걱정스러운 표정으로 황운을 바라봤다. 하지만 노노미야에겐 되레 그런 오라버님의 얼굴이 더 안 좋아 보였다.

"오빠 상태가 더 안 좋아. 이만 가봐. 얼마나 고민이 많겠어. 전장에서 죽어나갈 부하들 걱정하랴, 이 인간 돌보랴……."

"안 된다. 이 친구를……."

"그만! 지금부터 내가 돌보겠어. 친 혈육인 내가 돌보고 있는데도 불안해할 거야? 일단 자신의 위치를 좀 생각하라구. '방패의 족장' 님."

측근들의 노림수는 효과가 있었다. 드래곤이 쳐들어와도 끄떡없을 줄 알았던 족장님의 마음은 결국 친동생이 무너뜨렸다. 바라쿠 호횐은 몇 번이나 노노미야에게 부탁을 한 뒤 비틀거리며 일어났다. 그가 밖으로 나가면 신전 밖에서 기다리고 있는 측근들이 잘 챙겨줄 것이었다.

그는 그동안 손에서 놓지 않았던 황운의 트라이던트를 품에 안고 밖으로 나갔다. 나가면서도 몇 번이고 뒤를 돌아보며 그 자리에 멈추곤 했다. 그가 밖으로 나가자 대기하고 있던 수족들이 그를 향해 달려왔다.

"족장님!"

"물, 음식, 그리고 내 갑옷을 준비해라. 바로 출정하겠다."

그는 쉴 수 없었다. 지금도 그의 동포들이 쓰러지고 있을 터. '방패의 족장'은 단 한 명의 동포가 죽는 것도 용납할 수 없었다.

"예, 알겠습니다!"

그는 비틀거리던 기세를 바로잡고 당당하게 계단을 내려

가기 시작했다. 그리고 수십의 오크 전사가 흉흉한 기세로 그의 뒤를 따랐다.

그것이 바라쿠 호휀의 진면목이었으며 본디 모습이었다. 그의 손에는 황운의 낡은 트라이던트가 들려 있었다.

"흐흥. 선생님, 꽤 미남인 것 같긴 한데… 다른 매력이 있나 봐요?"

노노미야는 황운에게 무척이나 관심이 많았다. 아니, 그는 현재 모든 시민들의 관심과 이목을 받고 있었다. 그녀가 신전에 오게 된 것도 사실은 오빠 때문이라기보다는 이 인간에게 관심이 많아서였다.

그녀는 개혁파에서 가장 유명한 인물 중 한 명, 물론 인간과 그들의 생활에 관심이 많았다.

자신이 봐왔던 대부분의 인간들은 욕심 많은 쓰레기들이었지만 그의 인품은 분명 보통 인간들과는 달랐다. 노노미야는 그의 침대에 걸터앉았다.

"갈색 피부… 부드러운 머리카락… 가느다란 손가락……."

그녀는 거침없이 황운의 얼굴을 쓰다듬었다. 황운은 많이 진정된 듯 헛소리는 하지 않았지만 멍하게 뜬 눈으로 허공을 응시하고 있었다. 아직 제정신은 아니라는 소리였다.

그녀는 황운의 손도 만져 보고, 그의 머리도 쓰다듬어 보았다. 인간을 바로 앞에서 구경할 수 있는 절호의 기회인 것이다.

"노노미야 양은 웬일이신가. 호오, 오라버님이 걱정되셨던 게로군."

"아, 대변자님."

그녀는 자리에서 벌떡 일어나 카라포엔을 향해 허리를 숙였다. 그녀의 허리에 차 있던 두 개의 검이 찰랑거리며 소리를 냈다. 그는 의중을 알 수 없는 표정으로 미소를 지으며 그녀의 어깨를 두들겼다.

"어떤가. 그를 곁에서 직접 보는 소감이?"

"그냥, 인간 같네요. 평범한 인간치고는 키가 좀 큰 편이지만……."

그녀는 대수롭지 않게 이야기했다. 카라포엔은 맞장구를 쳤다.

"그렇지? 그런데 매력이 있단 말이지. 그의 말이나 생각 하나하나가 범인의 수준을 뛰어넘었어."

"말할 때는… 좀 멋있던 것 같아요."

자신이 친할아버지처럼 생각하고 존경하는 대변자님께서도 그런 소리를 하니 그녀의 마음은 더욱 동요되었다. 도대체 이 인간의 정체는 뭘까. 그녀는 다시 침대 옆에 걸터앉았다. 그런데 갑자기 그들이 있던 방 안이 환하게 빛나게 시작했다.

"무슨 일이지? 이자 때문인가?"

"모르겠어요! 눈이 부셔서 아무것도 보이질 않아요!"

곧 방 안을 뒤덮었던 빛이 사라지고 그들의 앞에 한 명의 사람이 나타나 있었다. 정확히 말하자면, 사람의 환상이었다. 반투명의 몸을 하고 있는 그 인간은 나신에 아슬아슬하게 천을 두르고 있었다.

"무슨 마법인지 모르겠군. 여자 인간, 당신은 이 인간 때문에 왔는가?"

"예. 다행히 여러분께서 잘 보살펴 주신 것 같군요. 대신 감사드립니다."

카라포엔은 그녀의 목소리는 다른 종류의 공명이 있어 그녀의 모습이 현실체가 아닌 환상에 가깝다는 것을 느낄 수 있었다. 카라포엔은 나이에 걸맞게 별다른 동요 없이 그녀가 나타난 이유를 묻기 시작했다.

뒤에서 말없이 지켜보고 있던 노노미야는 그녀가 무척이나 아름답다고 생각했다. 하얀 몸도, 가녀린 목소리도, 걸치고 있는 천 조각까지도.

"그래. 어쩔 생각인가? 우리는 이자의 증상에 대해서 잘 모르겠네."

"설명하기 어렵지만, 이분은 독특하고 극악한 저주에 시달리고 있습니다. 약을 전송해 드릴 수 없으니 간단한 중화제를 만드는 법을 알려 드리겠습니다."

"중화제? 그럼 저주에서 벗어날 수 있는 건가?"

카라포엔의 표정은 기대감으로 가득 차 있었다. 그동안 고생했던 그의 노고는 결국 황운에게 아무런 도움도 되지 못했다. 카라포엔은 그동안 나아지지 않는 황운의 차도를 보며 크게 낙담하고 있던 것이다.

"약효는 일시적입니다. 그것도 그나마 내성이 생겨 버려서 한 번 효과를 본 후에는 다시 사용할 수 없습니다. 그래도 당장 급한 위험을 넘기는 데는 지장이 없을 거예요."

"알려주게나. 내 당장 준비하지."

그녀는 몇 가지 약초와 재료, 그리고 조합 방법을 설명했다. 카라포엔은 그 자리에서 모든 것을 외웠고 설명을 끝낸 그녀는 다시 사라지려고 했다.

"그럼……."

그녀가 고개를 숙여 인사하자 노노미야가 그녀에게 물었다.

"어디의 누구지요? 이 인간이 깨어나면 누가 도와줬다고 말이라도 전해줄게요."

"전 주인님의 명령만을 따르는 영체입니다. 주인님의 신분이나 이름은 밝힐 수 없습니다. 이분도 모르실 거구요. 주인님께선 비밀로 하길 원하십니다."

그녀의 대답은 확고했다. 노노미야는 다시 질문을 하려 했지만 카라포엔이 먼저 나섰다.

"음… 알겠네. 도와줘서 고맙네."

"여러분의 행복과 이분의 쾌유를 빕니다. 그럼……."

그녀의 영상은 서서히 사라져 갔다. 그녀가 사라진 뒤 카라포엔은 제자를 불러 중화제의 제조를 정확히 지시했다. 재료를 구하는 데는 시간이 걸렸지만 이 도시를 전부 뒤져 그런대로 중화제를 완성시킬 수 있었다.

그동안 노노미야는 홀로 황운의 곁을 지켰고, 카라포엔은 바쁜 업무를 위해 다시 자리를 비워야 했다.

"노노미야 호휀님, 중화제를 가져왔습니다."

"고마워요. 저한테 주시고 가세요."

"예……."

사제는 걸쭉한 액체가 담긴 그릇을 그녀에게 주고 방에서 떠났다. 노노미야는 숟가락을 이용해 그의 입에 조심스럽게 액체를 떠 넣었다. 그녀는 세심한 성격은 못 되었지만 그에 관한 관심으로 모든 불편함을 감수하고 있었다.

그것은 좋아하는 남자를 바라보는 마음이라기보다는 반의 호기심과 반의 기대감이었다.

"어서 그때의 모습을 보고 싶어."

무엇보다 그녀가 가장 기대하고 있는 것은 전사로서의 그였으니 사실 이 도시 안에서 가장 애타게 황운이 낫길 바라는 이는 그녀라 할 수 있겠다.

"옳지. 잘 넘기네. 그렇게 조금씩 계속 먹어봐요."

그녀는 대답도 할 수 없는 황운에게 말을 걸며 꾸준히 중화제를 먹였다. 그다지 많지 않은 양이었으나 몇 시간이 걸려서야 전부 먹일 수 있었다.

황운은 입 안으로 중화제가 들어올 때마다 얕은 숨과 함께 목으로 넘겼다.

"휴우……."

노노미야의 이마는 땀으로 젖어 있었다. 자신도 몰랐지만 이런 일은 꽤나 힘들고 어려운 것이다. 그녀는 뿌듯한 표정으로 황운을 바라봤다. 중화제를 전부 먹은 황운은 약효 때문인지 얼마 지나지 않아 두 눈을 감았다. 그리고 완전히 잠이 든 듯 큰 소리로 코까지 골기 시작했다.

"이제 된 건가? 자는 거니까… 낫는 건가?"

물론 그녀는 모르고 있었다, 그가 몇 년 만에 처음으로 잠을 자는 것인지. 황운은 그간의 억울함을 털어버릴 생각인 듯 정말 표현 그대로 '있는 힘을 다해' 잠을 자고 있었다. 그의 표정은 너무나 평안하고 행복해 보였다.

그녀는 그제야 그의 눈 밑에 가득한 검은 그늘이 보였다. 그의 인상은 많이 초췌했다.

"다행이네… 좀 나아 보이니 다행이네……."

피곤했던 것일까. 노노미야는 침대에 엎드려 황운의 얼굴을 지켜보다가 그대로 잠들어 버렸다. 그녀의 두 눈이 완전히 감겼고 곧이어 황운의 코 고는 소리 사이로 색색거리는 소리도 들려오기 시작했다.

도시 너머에서는 인간과 오크가 서로의 목숨을 걸고 미친 듯 싸우고 있는데, 지금 이 방 안에서는 두 종족이 단잠에 취해 행복한 얼굴을 하고 있었다.

세상이 뭐라고 하던 이곳은 평화, 평화였다.

황운은 꿈을 꾸고 있었다. 그는 지금 자신이 꿈을 꾸고 있으며, 곧 잠을 자고 있다는 사실을 깨달았다. 그것은 자각몽(Lucid Dream)이라 불리는 것으로 자신이 꿈을 꾸면서 그것이 꿈이라는 사실을 알 수 있는 것이다.

황운의 눈앞은 갈색의 안개로 가득했고 그의 몸은 허공에서 부유하듯 천천히 흘러가고 있었다.

'그냥 잠이나 자고 싶은데…….'

"인간과 오크의 생명은 똑같이 존귀하다! 존귀하다… 존귀하다…….'"

어디서 시작되었는지 알 수 없는 목소리가 황운의 몸을 통해서 느껴졌다. 그것은 자신의 목소리였다. 낮고 굵은 목소리, 거칠고 허스키한 톤.

내 목소리가 언제부터 저렇게 변했지? 나는 스물한 살 젖비린내 나는 평범한 남자였는데…….

"남자는… 지나간 추억에 아파할지라도, 그것에 매달리면 안 되는 거야."

더 낮고 무척이나 젖어 있었던 그 목소리. 황운은 그때의 기억을 떠올려 냈다. 술기운에 취해 떠들어댄 것이라 자신의 기억에 가물가물하게 남아 있었지만 지금의 목소리는 또렷하게 들렸다. 그 뒤로 네파드의 욕설 섞인 짜증도 들려왔다.

황운이 그를 미워할 수 없는 것은 그의 거친 말속에 숨겨진 따뜻한 마음을 알기 때문이었다. 그는 너무나도 사랑스러운 동생이었다.

"너의 이야기를 듣고 싶다. 전사의 긍지가 아닌 너의 이야기를!"

쇳소리와 탁한 묵음이 많이 섞여 있는 오크의 언어, 그는 그것을 정신으로 직접 인지했지만 귀로 들리는 하나하나의 발음과 소리도 느낄 수 있었다. 바라쿠 호휀은 자신이 들어왔던 오크들 언어 중에서 가장 기품있고 수준 높은 발음을 하는 사내였다.

오크 어를 통해서 아름다움을 느꼈던 것은 그의 말이 처음이었다. 무엇보다 친구가 되기 위해 먼저 스스로의 자존심을 내려놨던 그 자세에 감탄했다.

황운은 자신이 쓰러진 이후 바라쿠 호휀이 자신을 들쳐 업었던 것도, 쓰러진 내내 곁에서 자신을 지켜주고 있었던 것도 기억하고 있었다.

"그럼 이리 따라아! ·· 되데네데됐다! 치료 끝!"

푸하하하핫! 폭소가 터졌다. 어째서 당신은 이런 꿈에 등장할 때도 그렇게 웃긴 거냐. 황운은 지엔의 목소리를 들으며 큰 웃음을 터뜨렸다. 웃음 때문에 주름이 가득 잡힌 그의 눈가에서 투명한 눈물이 흘러내렸다.

이미 새기 시작한 수도꼭지처럼, 흐르는 강물처럼, 쉴 새없이 잘도 흘러내렸다. 그의 웃음도 멈추지 않았다.

지엔, 지엔! 당신의 목소리를 또 들을 수 있어서 다행이다!

약간 코맹맹이에 다소 어눌한 발음까지. 황운은 그 목소리를 하나하나 가슴에 각인시키려 애썼다. 사라져 가는 흔적을 잡기 위해 허공에 손도 뻗어보고 소리도 질러봤다.

하지만 그녀의 목소리는 다른 것들과 마찬가지로 여운을 남기며 허공에 흩어졌다. 꿈을 꿀 수 있어서 정말 다행이었다. 그녀의 목소리를 또 들을 수 있어서 정말 다행이었다.

충원 형님의 목소리도 스쳐 지나갔고, 애꾸눈 대장의 목소리도 들려왔다. 하나같이 황운에게 크나큰 영향을 줬던 말들이었다. 황운의 기억 속에 남아 있는 말들이었고, 그 목소리였다.

그런 목소리들 중 그의 심장을 정지시킬 듯 강렬한 여운을 주는 목소리가 있었다.

"그런 게 중요하다고 생각하는 거야? …내가 불순한 의도를 가지고 있었다고 해서… 지금은 오빠에게 사랑을 느끼면 안 된다는 거야? …이렇게… 매력적인 사람에게…….."

"좋은 쇼를 보여주지…….."

켈리였다. 켈리의 목소리였다. 그녀의 목소리 사이로 자신의 목소리도 들려왔다. 이때의 황운은 지금의 황운과 전혀 다른 목소리를 가지고 있었다. 좀 더 높고, 좀 더 청년의 것 같은 목소리였다.

그리고 켈리의 목소리는 다른 목소리보다 훨씬 더 크게 울리고 있었다. 그것이 소리로서 큰 것인지, 아니면 자신의 마음에 동요가 큰 것인지 알 길이 없었다.

다만 아직도 황운의 마음속에 그녀가 차지하고 있는 비중이 작지 않다는 것은 알 수 있었다.

"아저씨라고 해도 되겠는데 기분 좋으라고 해준 말이에요."

시간은 점점 과거로 역행하고 있었다. 그녀의 말도 사라지기 시작했다. 그 뒤 들려오는 목소리는 메르부의 것이었다.

"솔직히 보내고 싶지 않습니다."

그 말에 좀 더 머물렀다면 어땠을까. 그러면 켈리와 만나지 않았을 수도 있고, 충원 형님이나 지엔의 죽음을 보지 않을 수도 있었다. 방황의 시절을 보내지 않았을지도 모른다. 황운의 삶이 지금과는 달리 덜 불행했을 것이었다. 분명 그랬을 것이다.

그때 자신이 머물렀다면, 좀 더 참을 수 있었다면 어땠을까.

'나는 여전히 어린아이로 남아 있었겠지.'

황운은 그 가정을 스스로 부정했다. 그는 자신의 선택과 자신이 걸어온 시간들을 후회하지 않았다. 과거를 불행으로 표현하고 싶지 않았다. 하나하나가 전부 소중하고 귀한 인연들이며 추억이었다. 자신이 제대로 된 한 사람이 되기 위한 경험이었다.

황운은 이제야 사람 구실을 할 수 있게 되었다고 생각했다. 그전까지의 자신은 살아갈 목표도, 희망도 없는 쓰레기였을 뿐이라고 생각했다. 그가 겪어온 고난은 앞으로 그가 걸어갈 인생에 있어서 밑거름이며, 축복이 될 것이다.

황운은 그렇게 확신하고 있었다.

"바꿀 생각조차도 하지 못했다. 바꾸고 싶다는 감정도 없었다. 그냥 하루하루 살면 그만이었다. 하지만 이 자리, 바로 이 마지막 만찬에서 내가 바라는 것은… 부디 꿈만 같은 기회가 내게 현실로 주어지길. 그리고 만약에, 정말 만약에 그렇게 이루어진다면 지금과는 다른 내가 되길. 나라는 녀석이 정말 쓰레기라서가 아니라, 태어날 세계를 잘못 찾은 미운 오리 새끼이길."

소년에 가까운 목소리였다. 내가 저런 목소리를 가지고 있던 시절이 있던가. 황운은 3~4년의 짧은 삶이 마치 수십 년처럼 흘러간 느낌이었다. 지난 세계에 관한 기억들은 까마득했다. 분명 그 목소리는 지난 세계에서의 자신이었다. 하지만 그 어린 목소리야말로 지금의 자신을 꾸짖는 목소리였다.

'그래. 나는 태어날 세계가 달랐던 것이 아냐. 애초에 목

표, 의지, 희망, 욕구가 없었던 것이다. 지켜야 할 소중한 것
들이 없었다. 그것은 나 자신이 존재하지 않다는 것과 동일하
다. 그래, 나는 존재하지 않았다. 존재의 이유가 없었으니
까.'

그의 주위로 수많은 자신의 목소리가 흘러 지나갔다. 황운
은 자신의 목소리 사이에서 알 수 없는 신비한 느낌을 받았
다. 다른 목소리가 있었다. 숨겨진 목소리… 자신의 기억에
없지만 마음에 남아 있는 목소리. 누군가 자신에게 말하고 있
었다.

"힘내……."

처음 듣는 목소리였다. 마치 혼미한 정신에서 듣고 있듯 뿌
옇고 희미하게 들려왔다. 언젠가 들었던 익숙한 목소리 같지
만, 확신할 수 없었다. 응원, 다독임, 소중함 등… 막연한 느
낌들이 그의 정신으로 전달되었다. 자신의 기억으론 깨닫지
못했지만 그가 겪어온 수없이 많은 고난들 중에서 항상 그 목
소리가 함께하고 있었다.

자신의 의식 깊은 곳에서 쓰러지기 직전의 그를 지탱해 주
고 있었다. 도대체 누가 자신을 위하여 이렇게 깊은 마음을
가지고 있단 말일까. 황운은 조금도 알 수 없었다. 하지만 그
의 고민과는 관계없이 그 목소리 역시 사라져 갔다.

"삶."

거대한 울림. 알고 있었다. 지나칠 정도로 잘 알고 있었다.

절대적 의지이며, 대지의 본질. 그 짧은 한 글자가 무한하게 반복되고 그 파장은 사방에서 서로 부딪치며 또 다른 파장을 만들어냈다. 그 부딪침이야말로 생명의 태동이었다.

존재와 존재가, 의지와 의지가 서로 부딪치고 파장을 일으켰다. 그 파장은 새로운 존재와 의지를 만들었다. 그 가운데 삶이 있었다. 생명, 탄생. 하지만 그것이 끝이 아니었다. 부딪힘 가운데 소멸하는 것도 있었고, 여러 번의 부딪침 속에서 더 큰 파장을 만들어내는 것도 있었다.

그것이야말로 삶이었다.

'저건……'

황운은 그중 아주 작고 미약한 한 존재를 발견했다. 그 존재는 다른 커다란 파장들과 부딪치며 사라질 듯 희미해졌고, 다른 작은 파장들과의 접촉으로 다시 커지기도 했다.

마치 바람 가운데 놓인 촛불처럼 끊어질 듯 흔들리며 어렵게, 어렵게 존재를 유지하고 있었다. 그것은 마치 자신의 모습 같았다.

"나로군. 나야."

황운이 하고 있던 생각이 직접 자신의 입에서 말로써 표현되었다. 그리고 그 말은 또 다른 파장이 되어 사방에 물결을 일으켰다. 황운은 만면에 미소를 머금었다.

깨달은 자의 미소, 아버지의 미소, 왕의 미소, 아니, 황제의 미소를 머금었다.

"알겠다. 나의 운명을. 삶의 파장들 가운데 내가 스스로 발견하고, 내가 스스로 찾아낸 나의 운명을 알겠다."

그는 그 작고 미약한 존재가 앞으로 어떻게 변화할지 알 수 있었다. 그가 걸어갈 길들이 보이고 있었다. 그 운명의 길이 자신의 길임을 알 수 있었다. 하지만 자신이 겪어왔던 길보다 앞으로 이겨낼 길들이 더 험난하고 힘들 것이다. 그는 가슴을 곧게 펴고 고개를 떳떳이 들었다.

그의 앞에 안개가 걷히고, 거대한 대륙의 모습이 보이기 시작했다. 마치 수천 미터 상공에서 내려다보는 것처럼 웅장한 대지의 전경이 그의 눈앞에 펼쳐졌다.

웅장한 산맥과 초원들. 인간들이 남겨놓은 수많은 대지의 상처들. 거친 급류의 물살과 매섭게 몰아치는 북풍의 얼음. 모두 그의 손 안에, 그의 품 안에 있었다. 삶이라는 이름의 파장들도 그곳에 존재하고 있었다. 대륙의 모든 것이, 모든 존재가 파장을 일으키고 있었다.

그 파장은 서로 무수히 많은 공명을 일으키며 더욱 큰 의미의 한 존재가 되었다. 그런 식으로 서로의 파장을 거듭하고 마침내 대륙이 단 하나의 글자로 보이기 시작했다.

"옳다!"

역시 그것은 '삶'이었다.

"좋아. 끝내자. 나는 내 속을 모두 들여다보았다. 내 길도 보았다. 내 미래도 보았다. 자, 이제 나가자."

그는 더 볼 것이 없었다. 그의 말이 끝나자, 모든 환상들이 사라지기 시작했다. 그의 의지로서 모든 것이 움직이고 있었다. 거대하고 환한 빛이 그의 몸을 덮었지만 그는 조금도 동요하지 않았다.

이곳은 그의 자아이고, 이곳의 주인은 자신이라는 걸 알기 때문에 그는 조금도 놀랄 필요가 없었다. 모든 의지는 곧 자신의 것이었다. 그리고 그의 정신이 점점 또렷해지기 시작했다.

Chapter 9

새 로 운 이 름

"하아암… 잘 잤다."

눈을 뜬 황운은 기지개와 하품부터 했다. 그는 베개를 껴안으며 침대에 몸을 문질렀다. 기분 좋고, 나른한 기분… 그는 방금 자신이 했던 말이 떠올랐다.

"잘 잤다고? 잤어? 내가?"

황운은 고개를 흔들며 정신을 차리려 했다. 분명 잤다. 자신이 잠자고 있었다. 그리고 꿈을 꾸었다. 꿈의 내용도 하나하나 다 기억났다. 그의 징신이 섬섬 활성화되고 있었다.

"내가 잠을 잤군. 그래! 으하하하핫! 좋아! 또 잘 수 있는지 잠들어볼까?"

"약효는 단발성이라 하더군."

목소리가 들려온 곳은 방의 입구였다. 카라포엔이 따듯한 표정을 지으며 서 있었다. 황운은 그제야 자신의 상황을 알아보고 카라포엔에게 답례를 했다.

"아, 카라포엔님. 절 돌봐주셨군요. 감사합니다."

"큰 목소리로 떠들면 곤란하다네. 곁에 아가씨가 잠들어 계시지 않나."

카라포엔은 눈을 가늘게 뜨며 집게손가락으로 입을 가렸다. 조용히 하라는 시늉이었다. 그의 말에 황운이 주위를 두리번거렸다.

"음?"

그의 바로 곁에서 노노미야가 잠들어 있었다. 경무장과 검을 차고 있는 그녀의 모습은 잠자는 사람의 복장으로 어울리는 것은 아니었지만 황운에 곁에 바싹 붙어 잠들어 있었다.

"누굽니까?"

"며칠 밤을 새가며 자네를 간호하던 오빠를 대신해 자네를 지키고 있었네. 바라쿠 호휀의 하나뿐인 여동생이지. 아마 지금 이 모습이 공개되면 자네는 수백 명의 청년을 적으로 돌려야 할 걸세. 이 도시에서 가장 많은 사랑을 받고 있는 여자니까."

카라포엔의 익살스러운 농담은 반은 진담이었다. 황운은 피식 웃었다.

"일단 일어나야겠군."

황운은 조심스럽게 몸을 일으켜 침대에서 빠져나왔다. 그리고 불편한 자세로 침대 끄트머리에서 잠들어 있는 그녀를 조심스럽게 들어 침대의 중앙으로 옮겼다.

"영차."

그녀는 많이 피곤했는지 기척도 느끼지 못한 채 색색거리는 소리를 내며 편안한 표정을 짓고 있었다. 이불까지 잘 덮어준 황운은 장난기가 발동해 그녀의 볼을 푸욱 찔렀다.

"잘 자요, 공주님."

황운과 카라포엔은 그녀를 위해 자리를 피했다. 그들이 사라진 뒤 그녀를 덮은 이불이 부르르 떨렸다. 사실 그녀는 황운이 깨어났을 때부터 깨어 있었다.

"으……."

잠든 척을 할 수밖에 없던 그녀, 노노미야는 이불 속으로 더 깊이 기어들어 갔다.

신전의 뒤뜰로 향한 그들은 그곳에 비치된 기다란 의자에 앉았다. 몸 상태가 완전히 멀쩡해졌는지 황운은 연신 몸을 비틀며 기분 좋은 소리를 냈다.

"으아아아! 좋다!"

그가 기지개를 켤 때마다 온몸에서 두둑거리는 소리가 났다. 카라포엔은 그가 마음껏 움직이는 것을 말없이 지켜봤다.

그리고 그가 조용해진 뒤에야 자신의 말을 꺼냈다.

"그간의 사정이 궁금하지 않나? 어떻게 치료를 받게 됐는지도?"

"음? 예."

카라포엔의 이야기는 장황하지 않고 중요한 요점만 다루고 있었다. 황운이 도시의 귀빈으로서 인정받게 된 것, 쓰러진 후 황운의 상태, 바라쿠와 노노미야에 관한 이야기, 영체가 나타났고 그 도움으로 약을 제조한 일까지.

모든 이야기를 듣고 난 황운은 궁금한 것이 무척 많았다.

"영체는 어떻게 생겼습니까?"

"자네는 오크들의 얼굴을 자세히 구분할 수 있나? 내가 보기에 그녀는 그냥 인간 여자였네."

"그녀의 말대로라면 저는 다시 잠들지 못하겠군요."

그의 목소리는 태연했다. 몇 년 만에 잠에 든 것이라면 그 달콤함이 남다를 터. 하지만 황운은 그다지 걱정하지 않는 표정이었다.

"무슨 소리인가? 그럼 자네가 걸린 저주라는 것이……."

"예. 잠들지 못하는 겁니다. 그뿐 아니라 기절도 허용이 되지 않지요. 정신은 지속적으로 혹사를 당하고 있습니다."

황운은 남의 일이라는 양 가볍게 웃어 보였다. 이젠 개의치 않아 한다는 투였다.

"그래서 약효로 인해 잠들 수 있던 게로군."

"몇 년 만의 단잠이었죠. 정말 행복했습니다."

그의 얼굴은 여전히 웃고 있었다. 다시 잠들지 못하게 되었더라도 큰 상관은 없었다. 어차피 지금까지 충분히 견뎌왔던 것이다. 이렇게 재충전하고 다시 시작할 뿐이었다.

카라포엔은 그의 얼굴을 바라보며 자신의 걱정이 불필요한 것이었다는 걸 깨달았다.

"그래. 지금부턴 어쩔 생각인가?"

"허락해 주신다면 이곳, 신전에서 지내고 싶습니다. 오크에 관해 배우기에는 사제 분들과 카라포엔님만 한 스승이 없습니다. 그리고… 무예를 배우고 싶습니다."

"이곳에서 지내는 것은 당연히 환영한다만… 의외로군. 누군가에게 상처를 주는 일을 싫어하지 않았나?"

황운은 굳은 표정을 지어 보였다. 눈 밑의 검은 그늘은 사라지지 않았지만 그 눈빛은 예전과 사뭇 달랐다. 더 이상 흐리멍덩하지 않았고, 확고한 결심이 담겨 있었다.

"제가 강하지 못했기 때문에 지키지 못한 것들이 많습니다. 앞으로 제가 걸어가야 할 길은 그런 강함이 없으면 너무나도 많은 것들을 잃게 될 것입니다. 저에게 있어 소중한 것들을 지키기 위해 전 강해져야 합니다."

"지키는 강함이라… '방패의 족장'에게 배우면 좋겠지만 그의 일이 바쁘니… 아, 맞다. 이 도시 최고의 전사가 자네를 기다리고 있었지. 그래, 홀홀……."

카라포엔은 황운이 이해할 수 없는 소리를 하며 웃음을 흘렸다. 황운은 알 수 없다는 표정을 지었지만 사실을 알게 되면 놀라게 될 것이었다, 자신이 이 도시 최강 오크 전사의 볼을 찔렀다는 것을.

"그나저나 그 후아… 그 이름 계속 쓸 텐가? 도무지 발음이 되질 않으니 다른 이가 물어도 가르쳐 줄 재간이 없다네."

"아닙니다. 바꿔야겠다고 생각했던 참이었습니다. 원래의 황운과 지금의 전 너무나 다릅니다. 다른 이름이 필요하다고 생각하고 있었습니다."

황운이 오래전부터 생각하고 있던 것이었다. 그는 지난 과거를 털어내기 위해서도 스스로에게 좋은 계기가 될 것이라 생각하고 있었다.

"그래. 그럼 내 몇 가지 알려주지. 오크식의 작명도 나쁘지 않을 거야. 선생, 현자, 고상한, 기품있는, 황제… 다양한 뜻을 가진 단어들이 많지. 어감을 듣고 정할 텐가?"

"음……."

그가 고개를 들자 구름 한 점 없이 한없이 높은 하늘이 눈에 들어왔다. 자신은 세상의 꼭대기에서 이곳을 내려다본 적이 있었다. 그것도 바로 방금 전… 그곳에서 보이는 자신은 정말로 보잘것없고, 아무것도 아닌 하나의 작은 존재였다. 그저 미물이었다.

"보잘것없는 녀석이란 뜻을 알려주시겠습니까?"

"보잘것없는?"

카라포엔은 의외라는 표정을 지었다. 도량에 걸맞는 겸손일까? 흔히 볼 수 있는 겸손과는 조금 분위기가 달랐다.

"예. 하릴없이 작고, 약하고, 무시받을 만한 그런 자를 칭하는 말. 저는 그런 사람입니다."

"…겸손인지 진심인지 진의를 알 수 없구먼."

카라포엔은 자신의 수염을 만지며 생각에 잠겼다. 어떻게 보면 만고의 진리와 붙어 있는 그에게 가장 적절한 이름일지도 몰랐다. 깊이가 있는 사람일수록 스스로를 낮추고 고개를 숙이는 법이다.

현명한 카라포엔은 그의 미음을 금세 깨달을 수 있었다.

"좋아. 우리는 보잘것없는 미물을 놀릴 때 미간을 살짝 찡그리며 '스크아앗' 이라고 한다네. 이것은 상대에 대한 도발이 담긴 표현으로 쓰이기도 하지. 좋은가?"

"스크아앗?"

황운은 그 말을 따라 하며 미간을 찡그렸다. 오크 어 특유의 강세가 가득 들어 있는 발음이었다.

"좀 더 단어화시키자면 '스캇' 이 어떤가. 부르기도 편하고 그럴듯하다만……."

"예. 마음에 듭니다. 이제 스캇이라는 이름으로 살도록 하지요."

스캇. 스캇. 황운은 이제 스캇이 된 자신의 이름을 몇 번이고 입으로 되뇌었다. 앞으로 그런 자신의 이름을 들을 때마다 항상 자신이 작고 보잘것없는 사람이라는 것을 상기하게 될 것이었다.

황운, 아니, 스캇은 자신의 새로운 이름이 만족스럽고, 심히 마음에 들었다.

"안녕하세요, 스캇입니다. 안녕? 나는 스캇이다."

스캇은 몇 번이고 스스로의 입으로 그 이름을 불러봤다. 카라포엔은 헤벌쭉 미소를 지었다.

"그렇게 계속 부르면 뭔가 바뀌는가?"

"아하하하……."

스캇은 카라포엔의 지적에 머리를 긁으며 웃어 보였다. 그저 좋기만 했다. 그는 계속 입으로 이름을 말하며 싱글거렸다. 그런 그의 모습이 나쁘진 않았는지 카라포엔도 기분 좋게 웃으며 그의 모습을 지켜봤다.

그 뒤 신전은 조금 북적거렸다. 새로운 가족을 위해서 오래 비워둔 방 하나를 치워야 했고 몇 가지 가구를 밖에서 들여와야 했다.

스캇도 그 일을 돕기 위해 달려들었지만 그의 근력은 신전의 사제들보다도 약했다. 그런 모습을 보던 카라포엔은 그가 자신들의 예상보다 실력이 뛰어나지 않은 전사이며 어째서 힘을 필요로 하는지 알 수 있었다.

"도시의 모든 전사들을 주눅 들게 했던 그 기세가 이 왜소한 체구에서 뿜어져 나왔다니, 세상은 정말 신기한 일투성이야."

"저도 인간 중에선 꽤 덩치가 큰 편입니다."

스캇은 못마땅하다는 듯 투덜거렸다. 카라포엔은 신기하다는 표정을 지으면서 되물었다.

"갈비뼈가 드러난 그 몸이 말인가?"

"키, 키만 큰 편입니다……."

그들이 그렇게 부산스럽게 청소를 하고 있던 와중 한 개의 그림자가 엄청나게 빠른 속도로 그들의 뒤를 지나갔다. 아직 약효가 전부 풀리지 않았던 스캇으로선 감지할 수 없는 수준이었다.

그들은 아무것도 눈치 채지 못한 채 하던 일을 계속했고 그림자의 주인공은 신전의 문을 조용히 열고 밖으로 빠져나갔다.

"아, 그래. 청소와 정리는 우리가 할 테니 자네는 나갔다오게."

"왜 그러십니까? 카라포엔님."

스캇은 카라포엔의 배려가 내심 불편했다. 연약한 사람이나 병자로 보는 것이라면 사양할 생각이었다.

"돈을 좀 줄 테니 빙에 있었으면 하는 생활용품들을 사오지 않겠나? 그 김에 도시 구경도 좀 하게나. 자네를 보고 싶어하는 이들이 많을 게야."

"흥미롭군요. 이곳에도 시장이 있습니까?"

한편으로는 다소 웃긴 질문이었다. 도시의 규모나 생활 수준은 그 이상의 것도 존재할 수 있었다. 도시에는 사창가나 도박장 같은 다소 어두운 지역도 존재하고 있었고 공원이나 인공 녹지도 조성되어 있었다.

"정착 시대 이후로 물물 거래도 시대에 맞게 발전되어 왔지. 물론 이 도시 안에서만 통용되는 화폐지만 노점이나 가게도 있고, 꽤 멋들어진 시장 골목도 있다네."

분명 카라포엔의 말은 스캇의 흥미를 끄는 것이었다. 스캇은 중요한 질문을 던졌다.

"혼자 다녀와야 합니까?"

"싫은가?"

그의 말뜻은 안내를 해줄 이를 붙여달라는 뜻이었다. 아무리 스캇이 공공연하게 인정받은 귀빈이라고 해도 인간 혼자서 도시를 다니기는 쉽지 않은 일이었다.

그는 선뜻 엄두가 나질 않았다. 무엇보다 도시 안에서 마찰이 생기는 것이 싫었다.

"내 방에 어여쁜 안내자가 한 분 잠들어 계시지 않은가? 자, 어서 가게나."

카라포엔은 스캇에게 돈을 쥐어주고 등을 떠밀다시피 하며 내쫓았다. 황운은 그녀의 존재를 떠올렸다. 이왕 배우려면 도시에서 제일 실력이 뛰어난 이에게 배우는 게 좋을 것이다.

황운은 그녀와 친해질 필요가 있었다.

하지만 그가 카라포엔의 방에 도착하자 방 안에는 아무도 없었다. 그녀는 이미 밖으로 나가 버린 모양이었다.

"힘든데… 한번 해볼까."

그는 어렵게 정신을 집중하며 감응을 펼쳤다. 그녀의 느낌은 어느 정도 알고 있었기에 그녀의 위치를 찾는 것이 어려운 일은 아니었다. 다만 능력이 온전히 회복하지 못한 탓인지 집중이 자주 흐트러졌다.

그다지 멀지 않은 곳에 있는 그녀를 발견한 스캇은 일 때문에 벗어뒀던 사제 의복을 걸친 뒤 신전의 밖으로 향했다.

"시원하다 못해 춥군."

스캇이 문밖으로 나오자, 강한 바람이 그의 얼굴을 스쳐 지나갔다. 높은 곳에 위치한 탓인지 바람의 기세가 결코 약하지 않았다. 그의 앞으론 엄청난 길이의 계단과 커다란 광장이 펼쳐져 있었고 그곳엔 많은 오크들이 드문드문 오가고 있었다.

언제 봐도 활기찬 도시의 정경이었다.

"저기에 있군."

노노미야는 계단의 중턱에 걸터앉아 있었다. 스캇은 그녀를 향해 내려가 아는 체도 안 하는 그녀의 옆에 앉았다.

"안녕하세요."

스캇이 곁에 앉자 그녀는 무덤덤한 말투로 고개도 돌리지 않은 채 말했다. 하지만 다른 사람의 속마음을 어느 정도 알 수 있는 스캇에겐 그저 내숭으로 보일 뿐이었다.

"혼자 계시는데 제가 방해가 되었습니까?"

"아뇨. 뭐 그런 건 아니지만……."

여전히 눈도 마주치지 않는 그녀의 목소리가 이어졌다. 무미건조한 톤이 노골적인 무관심을 드러내고 있었다. 하지만 스캇은 진심으로 미소를 지으며 말을 건넸다.

"카라포엔님께 말씀 들었습니다. 간호해 주시고 약까지 먹여주셨다고 하더군요. 감사합니다."

"오라버님의 친구 분이니 도와드린 것뿐이에요."

노노미야는 이야기를 하는 내내 스캇을 쳐다보지도 않았다. 하지만 그는 나름대로 이런 부분에 있어선 숙련된 경험자였다. 페이스를 뺏는 것은 어려운 일이 아니다.

자리에서 일어난 스캇은 혼자서 내려가기 시작했다.

"그랬군요. 나중에 인연이 닿으면 또 뵙겠습니다. 전 바빠서 이만……."

"……."

그녀는 아무 말도 하지 않았다. 스캇은 의도적으로 천천히, 굉장히 천천히 내려갔고 그런 그의 뒷모습을 보는 그녀의 마음이 전해지기 시작했다.

그는 정면을 바라보며 익살스러운 미소를 지었다. 그녀에게 스캇의 표정이 보일 리 없었다.

"…잠, 잠깐만요!"

바로 고개를 돌리면 안 된다. 그녀의 말을 못 들은 척 천천히 몇 걸음을 더 내려간 스캇은 천천히 고개를 돌려 그녀를 바라봤다. 그런 후에도 뜸을 들인 후 느리게 말했다.

"무슨 일로?"

"…어디 가시는데요?"

약이 오를 대로 오른 그녀였지만 답답한 것은 마음속일 뿐. 애써 태연한 표정으로 되물었지만 이어진 스캇의 질문은 그녀를 더욱 당황스럽게 했다.

"왜 궁금해하시는지?"

자신이 너무 짓궂은 편일까. 노노미야의 잔뜩 난감해하는 표정을 보며 스캇은 또 다른 즐거움을 느꼈다. 도시 제1의 전사라 하지만 그런 모습을 조금도 찾을 수 없었다.

스캇은 아무 말도 하지 못한 채 우물쭈물거리던 그녀를 바라보며 손을 내밀었다.

"도시를 좀 구경하고 싶은데, 안내자가 필요합니다. 오라버님의 친구이기도 하니 도와주실 만한 명분이 있겠지요. 어떻습니까?"

스캇의 말투는 장난기가 가득 담겨 있었다. 하지만 그녀는 여전히 아무 말도 하지 못했다. 스캇은 몸을 돌려 이번엔 빠른 속도로 뛰어 내려가기 시작했다. 전혀 예상할 수 없던 행동이었다.

그는 한 번에 몇 걸음씩 뛰어 내려가며 돌아보지도 않은 채 큰 소리로 외쳤다.

"싫으신가 봅니다! 혼자 가면 심심한데! 어쩔 수 없지요! 좋은 시간 되세요!"

그의 행동을 보고 깜짝 놀란 노노미야는 그의 뒤를 따라 달리기 시작했다. 스캇의 장난을 다 깨달았는지 그녀 역시 짓궂은 미소를 지으며 소리를 질렀다.

"기다려요!"

황운은 자연스럽게 장난을 치는 자신이 무척이나 놀라웠다. 어쩌면 그는 인간보다 오크들의 순수한 마음에서 위로를 받는 것인지도 몰랐다. 황운은 이 세계로 건너온 이후 처음으로 자신이 머무를 수 있는 곳이라는 확신을 가지게 되었다.

그동안 그가 걸어왔던 행보는 많은 고통과 고난이 따랐지만 그렇다고 해서 그가 가지고 있던 나약함을 완전히 이겨낸 것은 아니었다. 이 도시의 따스함은 그의 상처를 보듬어주고 있었다. 그는 이 세계로 건너온 이후 보인 적 없었던 활발함을 자신도 모르게 드러내고 있었다.

쉽게 표현하자면 스캇은 곰 무리 사이에 있는 한 마리 여우였다. 오크들의 성격은 대부분 솔직담백했으며 표현하는 데 거침이 없었다. 항상 다른 사람들에게 당하고만 살았던 어눌한 스캇이 능숙하게 노노미야를 골릴 수 있었던 것도 비슷한 맥락이었다.

그리고 다른 예를 들자면, 현재 작은 오크 꼬마들이 떠들어대며 그들의 뒤를 쫓고 있었다.

"그러니까… 제가 꽤 인기인이란 말입니까."

"아니, 인간이 친구랍시고 찾아온 것도 신기한 일인데 족장을 상대로 대결을 하는 모습도 그렇고……."

아이들의 자지러질 듯한 함성 때문에 황운은 제대로 이야기를 들을 수 없었다. 영웅이라며 그를 치켜세우는 소년도 있었고 자신의 아버지가 전쟁터에서 싸우고 있다며 핏대를 세우는 소년도 있었다.

꿈 많고, 말 많고, 장난 많은 그 모습이 인간의 아이들과 전혀 다르지 않았다.

'곤란하군.'

스캇은 노노미야에게 손을 들어 '잠시만'이라는 제스처를 취했다. 그리고 멈춰 선 뒤쫓아 오는 아이들 중 가장 덩치가 크고 대장급인 녀석의 손을 잡았다.

"왜, 왜 그래요!"

"자, 이 돈을 줄 테니……."

그는 그 소년의 손에 약간의 돈을 쥐어주곤 뒤에 몰려든 다른 아이들을 둘러봤다. 돈에 관심이 많은 것은 인간이나 오크나 하등 다를 것이 없었다.

"데이트 방해하지 말라구요? 흥!"

"그래, 그래……."

그리고 스캇은 착해 보이는 미소를 지으며 말을 이었다.

"만약에 계속 방해하면… 잡아먹어 버리겠다! 크르릉!"

스캇은 익살스러운 말을 내뱉은 뒤 살기를 발산했다. 물론 실전에서 쓰던 것에 비하면 수십 배나 약한 것이었지만 아이들에겐 이도 과분했으리라. 몇몇 아이가 소리를 치며 도망가기 시작하자 겁에 질려 가만히 서 있던 아이들도 하나 둘씩 도망가기 시작했다.

"으아아앙!"

"나, 날 잡아먹으려고 했어!"

스캇이 노노미야를 바라보며 어깨를 으쓱하자, 그녀는 어이가 없다는 듯 실소로 화답했다.

"아하하하핫, 재주가 많군요. 어떻게 아이들을 떼놓나 궁금했었는데……."

"다른 것도 보여 드릴까요?"

스캇은 능력을 이용해 금세 자신의 기질을 바꿨다. 카라포엔과 비슷한, 하지만 또 다른 기질. 그것은 사제의 느낌이었다. 뛰어난 전사인 그녀는 그가 어떤 일을 했는지 바로 느낄 수 있었다.

"놀라워요!"

"뭐가 어떻게 된 건지 감을 잡으셨나 봅니다."

기질을 느끼는 것엔 도가 터 있는 숙련된 전사다. 그녀는 스캇의 능력이 어떤 것인지 자세히 알 수는 없었지만 보통 능력이 아니라는 것은 알 수 있었다.

"진짜 사제님 같아요."

"입고 있는 옷을 보세요. 그리고 전 이미 신전에서 살고 있지 않습니까?"

그들은 거리를 걸으며 계속 이야기를 나눴고, 지나가는 시민들은 모두 스캇에게 고개를 숙이며 인사를 했다. 현자를 공경하는 이곳의 시민들은 사제들이나 선생들을 보면 고개를 숙이며 인사를 했는데 그의 복장이나 그리고 풍기는 분위기가 모두 현자의 모습 그대로였다. 그렇기 때문에 자연스럽게 인사를 하게 된 것이다.

스캇은 이것이야말로 그기 이곳에 적응하기 위한 좋은 방법이라는 것을 깨달을 수 있었다.

"저것은 뭐지요?"

"일종의 육포라고 할까요. 우리는 육류를 인간들처럼 불에 익혀 먹는 것보다 햇빛에 말려 먹는 것을 즐겨요. 오랜 유목 생활, 식량난에서 벗어나기 위해 썼던 방법이지요. 몇몇 부유한 가정에선 불을 즐겨 사용하기도 합니다만 아직 저희는 인간의 문명 수준을 크게 따라잡지 못했어요."

역시 개혁파 오크의 유명 인사다웠다. 그녀의 설명은 자신의 입장에서만 바라본 것이 아니라 인간의 관점에서 비교한 것이었고 그것이 스캇에게는 아주 좋은 도움이 되었다.

반대로 노노미야는 틈틈이 궁금했던 것을 그에게 물어봤다.

"선생님, 인간들은 물을 어떻게 사용하나요? 먹는 물이나… 그런 것들 말이에요."

"제 기억에는 강의 상류에서 상수도를 끌어오고 강의 하류로 하수도를 연결해서 버리는 물과 사용하는 물을 따로 관리하는 것으로 기억하고 있습니다. 사용할 물은 상수도에서, 버릴 물은 하수도에. 뭐, 이런 개념이지요. 이 도시는 어떻게 하고 있습니까?"

강의 하류에 자리 잡고 있는 베른은 여러 가지 측면에서 풍족한 자원을 누리고 있었다. 왕국의 수도와 정반대편에 있는 외지임에도 불구하고 베른이 크게 성장할 수 있었던 중요한 원동력이었다.

"아시다시피 광야에서 물이 날 수 있는 유일한 곳은 이 도시가 위치한 '람파이미 스티' 산입니다. 우리는 우물을 파서 물을 길어내고 있어요. 계곡의 상류로 가면 흐르는 물이 있긴 하지만 끌어오기가 쉽지 않아서 번번이 고생이에요."

"우물물이라… 씻기 힘들겠군요."

"씻기만 힘든 게 아니에요. 그래서 우리는 물의 소중함을 잘 알고 있어요."

그는 노노미야와의 대화를 통해 많은 것들을 알 수 있었다. 이 도시는 본격적인 변화를 꾀하기 시작한 지는 오래되었지만 그 사회 발전을 막는 가장 큰 요인은 자원의 부족이었다.

땅을 숭상하는 이들이 이렇게 땅의 힘이 약한 곳에서 살다니 그의 머리로는 잘 이해가 되지 않았다.

"원래 우리의 먼 선조들은 베른의 상류에 있는 평원에서 드문드문 살고 있었지요. 힘으로 인간들에게 크게 밀리지 않았지만 그들의 영토 싸움 사이에 끼어 있다가 결국 지쳐서 스스로 벗어났어요. 지금도 그 평원은 텅텅 비어 있다 들었건만… 나라와 나라의 경계를 위해서 여전히 인간 병사들이 활보하고 다니겠지요. 그들에게는 자신이 가지고 있는 땅의 크기가 중요하니까요……!"

"음……."

"아, 죄송해요. 선생님이 인간이라는 걸 깜빡했네요."

노노미야는 징말 죄송한 표정을 지으며 말끝을 흐렸다. 그는 대수롭지 않다는 표정을 지으며 그녀를 안심시켰다.

"아닙니다. 저도 그런 건 넌더리가 납니다. 만약 이주할 땅이 있다면 이 도시의 시민들은 이주를 할까요?"

"그런 건 인간들처럼 스스로 결정하지 않습니다. 네 명의 족장과 대변자께서 결정을 내리시면 그대로 따를 뿐이지요. 괜찮은 곳이라도 아시는 건가요?"

노노미야는 막연한 기대감을 가지고 스캇에게 물었다. 그는 이주를 이야기하고 있었다. 하지만 그녀의 기대와는 달랐다.

"아니, 이제 찾아볼 생각입니다."

그녀는 고개를 끄덕였다. 물론 찾아본다는 말은 누구나 할

수 있는 말이지만 그 말을 하는 사람이 바로 스캇이기에 그녀
는 강한 신뢰를 가지고 있었다.

"역시… 선생님이라면 이런 곳에서 투덜거리며 살기보단
개척의 정신을 가지고 새로운 곳을 찾겠지요?"

"하지만 보수의 마음도 이해합니다. 정통성과 선조에 대한
존경심은 중요하지요. 이것도 나라의 근간을 이루는 토대입
니다. 중요한 것은 '보수와 개혁을 모두 소화할 수 있는 사회
인가' 라는 것입니다. 그런 의미에서 이 도시는 축복받은 셈
입니다. 카라포엔님 같은 뛰어난 지도자를 두고 있으니."

노노미야는 말없이 웃었다. 당연한 긍정의 뜻이었다. 그들
은 시장을 돌아다니며 활기찬 도시의 숨결을 느꼈다. 의외로
작고 귀여운 액세서리를 좋아하는 그는 노노미야가 보기에도
쓸모없어 보이는 물건들을 한 보따리 샀다.

"취향이 독특하시네요?"

"그렇습니까? 하핫."

결국 그들이 신전 앞에 도착했을 즈음엔 그녀의 양손에도
무거운 보따리가 들려 있었다. 해가 지고 밤이 늦었지만 도시
곳곳에 가로등이 있어 그리 어둡지 않았다.

"휴우, 전 이것만 올려 드리고 가봐야겠네요."

"저 때문에 고생 많이 하셨습니다. 죄송해서 어쩝니까."

스캇이 고개까지 숙여가며 인사를 하자 노노미야는 양손
에 들고 있는 짐을 들어 보이며 농담을 던졌다.

"말로만 그러는 거 다 보이네요."

그는 대답 대신 미간을 잔뜩 찡그리며 웃어 보였다. 노노미야도 웃으며 먼저 계단 위로 걷기 시작하려 하자, 그는 무슨 생각이 났는지 노노미야를 제지시켰다.

"아, 잠시만."

"…왜 그러세요?"

그는 눈을 감은 채 정신을 집중했고, 잠시 후 신전의 위에서 누군가 허겁지겁 뛰어 내려오기 시작했다. 남들에 비해 뛰어난 시력을 가지고 있던 노노미야는 내려오는 사람이 자신의 오빠라는 것을 알 수 있었다.

"선생님, 오빠가 왜 저렇게 뛰어오지요?"

"제가 그의 머릿속에 큰일났다는 메시지를 보내봤습니다. 먼 곳에 떨어진 사람에게 메시지를 전달하는 것은 처음 해본 건데 꽤 효과가 좋군요."

"큰일이요? 무슨 일인데요?"

노노미야는 스캇의 몸에 문제가 생긴 것일지도 모른다는 생각에 정색을 하며 되물었다.

"약골 인간과 귀여운 아가씨가 수백 개의 계단 앞에서 무거운 짐을 지고 있으니 큰일 아니겠습니까?"

"푸훗! 그런 일로 오라버님을 부르신 거예요?"

"반갑게 인사라도 할까 한 겁니다. 너무 오해는 말아주세요."

역시 이 도시 최강의 족장 중 한 명. 뛰어 내려오는 것이 아니라 거의 날아 내려왔다고 해도 될 만큼 빠른 속도로 그들의 곁에 도착한 바라쿠 호휀은 그들을 보자마자 숨을 몰아쉬며 물었다.

"헉, 헉… 친구의 위급함을 듣고 달려왔다. 무슨 일인가!"

"아, 그게……."

노노미야는 어깨를 으쓱거렸고, 생각보다 진지한 그의 태도에 스캇은 난감한 표정을 지었다. 결국 그는 한참을 돌려 말해 건강상의 이유로 짐을 들고 가기 힘들다고 변명했고 노노미야는 아무 말 없이 고개를 돌리며 웃음을 참았다.

진지한 표정의 바라쿠 호휀은 모든 짐을 자신이 들고 아무렇지도 않은 얼굴로 계단을 오르기 시작했다.

"이거… 미안하게 됐네."

"친구의 건강이 안 좋으니 내가 도우는 것이 당연하네."

당연한 일을 하는 듯 계단을 오르는 바라쿠 호휀을 바라보며 스캇은 다시는 바라쿠에게 장난을 치지 말아야겠다고 마음속으로 다짐했다. 여전히 노노미야는 웃음을 참지 못해 고개를 숙이고 키득거리고 있었다. 스캇은 여러모로 복잡한 심경이었다.

결국 그의 새 방에까지 짐을 옮겨준 바라쿠는 그 자리에서 짐을 푸는 일까지 도우려 했으나 스캇이 극구 만류하여 넘어가게 되었다. 그 안에 있는 내용물들이 대부분 인형이나 액세

서리 같은 것들이라는 것이 알려진다면 행여나 바라쿠의 기분을 상하게 할 것 같아서였다.

그들은 카라포엔의 권유로 저녁 식사를 하게 되었고 그들의 관습상 식사를 전용으로 하는 대청에 둘러앉아 음식을 깔아놓고 먹기 시작했다.

"대지를 숭상하는 신전이라 육류를 하지 않을 줄 알았습니다."

"자네 같은 이가 그런 착각을 하는가? 대지의 모든 산물은 대지에 돌아가는 게야. 동물이든 식물이든 서로 먹고 먹히는 관계가 사슬처럼 이어져서 그 모든 것이 대지의 순환에 포함되는 것 아니겠나. 우리가 죽어서 땅으로 돌아가듯 말이지."

"그래, 친구. 너나 나나 죽으면 같은 곳으로 돌아간다. 대지의 품으로."

"정말 그렇게 되었으면 좋겠다."

스캇의 말끝은 조금 쓸쓸했다. 자신의 사후는 아직 모른다. 아공간으로 가게 될지, 아니면 이곳에 머물게 될지… 최소한 원래의 세계로 돌아가지는 않을 것 같았다. 무엇보다 스스로가 바라지 않았으니까.

어두운 표정을 짓고 있는 그를 바라보며 노노미야가 조심스럽게 말을 꺼냈다.

"저기… 선생님. 아까 저한테 부탁할 게 있다고 하지 않았어요?"

"아, 맞다. 노노미야 양. 제가 진지하게 한 가지 부탁드려도 될까요?"

스캇은 진지한 얼굴로 노노미야를 바라봤다. 그녀 역시 진지한 표정을 지었다.

"예. 말씀하세요."

카라포엔과 바라쿠도 말없이 그들의 대화를 바라봤다. 정적이 흐르고 스캇의 입에서 아무 말도 나오지 않자 노노미야는 불안해지기 시작했다. 그는 자신을 뚫어져라 보고만 있었다. 그녀는 고개를 숙이며 시선을 땅으로 떨어뜨렸다. 도대체 뭐 때문에 그러지?

"이 도시에서 가장 강하고 잔인하며 흉포한 전사를 알려주세요. 그에게 가르침을 받고 싶습니다."

카라포엔은 소리없이 웃었다. 분명 그녀가 제일 강한 전사라는 걸 알고 있으면서 일부러 놀리는 것이었다. 바라쿠가 의아한 표정으로 말을 하려 하자 그는 바라쿠의 무릎을 몰래 치며 가벼운 웃음을 보였다.

그제야 바라쿠도 눈치 챘다는 듯 입을 다물었다. 노노미야는 고개를 숙인 채 말끝을 흐렸다.

"저는… 잔인하지도 않고… 또 흉포하지도 않아요……."

"예? 무슨 소립니까? 그럼 노노미야님이 이 도시에서 가장 강하다는 말입니까?! 그 거대한 잘칸보다도?!"

스캇은 두 손까지 벌려가며 과장된 제스처를 보였다. 그러자 노노미야는 더욱 고개를 숙이며 말을 더듬었다. 스캇에게 특별한 뜻이 있는 건 아니었다.

단지 놀리는 재미가 있는 상대에게 자연스럽게 장난을 거는 것일 뿐인데 그녀는 그것이 무척이나 난감했는지 쉽게 말을 꺼내지 못했다.

"아녜요. 전 약해요… 그저……."

"아암, 약하다. 화살 한 대를 가지고 공중에서 비행하는 와이번의 눈을 맞출 정도의 실력이다. 너무나 약하지. 맨손으로 오우거와 씨름을 해서 이기는 내 동생이다. 약하고말고. 이 도시에서 가장 비싼 무기를 한 개도 아닌 두 개나 허리에 차고 다니는 오크이다. 무기가 좋을 뿐이지. 너무 약해……."

"오라버님!"

바라쿠는 더 한술 떠가며 놀리기 시작했다. 그러면서 은연중에 동생의 실력을 알리고 싶은 마음도 있었다. 그는 누구보다도 동생을 자랑스럽게 여긴다.

분명 그녀가 스캇에게 무술을 가르치고, 마음이나 긍지에 관한 것을 스캇에게 배운다면 그보다 좋은 일이 없다고 생각했다.

"호오, 그렇게나 약한가?"

스캇은 짐짓 너스레를 떨며 턱을 치켜들었다. 노노미야는 홀로 얼굴을 붉히고 있었고, 그의 맞장구에 흥이 난 바라쿠는 다시 설명을 시작했다.

"그렇다. 내가 다섯 번 싸워서 한 번 이길 정도의 실력이라 네. 여성 특유의 이중인격을 가지고 있으니 겉모습만 보고 판단하지 말게. 온몸이 효율 세 배의 근육으로 단단하게 이루어진 그녀의 바디 밸런스는……."

"오라버님!"

바라쿠나 카라포엔은 스캇이 능력을 사용하는 줄 알고 깜짝 놀랐다. 하지만 살기를 내뿜고 있는 것은 바로 노노미야였다. 그녀는 진정 소리없이 분노를 표출했고 그제야 바라쿠는 손사래를 치며 조용히 하겠다는 표시를 했다.

'이러다 큰일나겠군.'

스캇도 깜짝 놀라 한마디도 하지 않은 채 그녀를 바라봤다. 그녀는 눈썹에 힘을 가득 주고 또박또박 말했다.

"제가 가르쳐 드릴게요. 그 대신 단단히 각오하셔야 해요. 데이트와 수련은 천지 차이예요."

"……."

스캇은 말없이 고개를 끄덕이며 웃음을 참았다. 그녀 딴에는 진지하고 무겁게 이야기했지만 옆에서 이야기를 듣고 있던 바라쿠의 표정이 너무나 재미있었다.

바라쿠는 잔뜩 격앙된 얼굴로 그녀에게 외쳤다.

"노노미야… 노노미야! 데이트라니! 데이트! 어디 가서 뭐하고 놀았는지 처음부터 상세하게 이야기해라!"

"다 큰 동생 부끄럽게 못하는 소리가 없어요! 내가 어디 가서 무얼 하든 뭔 상관이에요!"

난무하는 살기. 이 도시에서 손가락에 꼽히는 전사들의 대결이 벌어지려 하고 있었다. 카라포엔은 어쩌면 잘칸과 스캇의 대결보다 위험한 결과가 나올지 모른다고 생각했다.

'새우 등 터지겠군.'

스캇은 기척을 숨기며 조용히 자리를 빠져나왔다. 그는 오늘의 경험으로 '오크를 지나치게 놀리면 봉변을 당한다'라는 격언을 가슴에 새겼다.

호퀜 가의 두 오누이는 정신없는 저녁 식사를 마무리한 뒤 집으로 돌아갔다. 그리고 노노미야는 다음날부터 아침 일찍 신전으로 찾아와 스캇에게 무예를 가르치기로 약속했다.

손님이 모두 돌아가자 그제야 그는 자신의 방에 돌아가 짐을 풀었다.

"후우… 많기도 하군."

수십 종의 진흙 인형들과 나무 조각들, 골동품에 가까운 장식품들이나 책들이 그가 주로 골라온 것이었다. 책의 경우는 역사서부터 시작해 요리책까지 다양한 것들이 있었는데 아직 인쇄술이 발달한 것은 아니라 목판으로 조잡하게 찍어낸 수준이었다.

그래서인지 책들의 상태는 하나같이 손상되기 쉽기에 가장 먼저 책들을 조심스럽게 정리했다.

"급할 게 없다."

그는 서두르지 않기로 했다. 이곳에서 생활하는 동안 해결해야 하는 문제들이 많았다. 오크 말고도 다른 종족이나 몬스터에 대한 연구도 해야 하고, 열심히 일하는 모두가 풍족하게 살 수 있을 만한 좋은 땅을 찾아야 했다. 게다가 재력도 필요했고 무엇보다 능력있는 동료들이 필요했다.

나라라는 거창한 것을 목표로 두기보단 작은 마을을 목표로 콘셉트를 정했다. 사회, 경제, 생활에 관한 전반적인 지식은 물론이고 건축이나 예술에 관한 것들도 알아야 했다. 홀로의 힘으로 이루기 쉽지 않다. 자신이 걸어야 할 길을 미리 본 그였다. 급하게 생각할 것이 없었다.

"얼추 끝났군. 조금 쉴까?"

모든 정리를 마친 그는 침대에 누워 책 한 권을 펼쳐 들었다. 익숙하지 않은 오크의 학문이지만 앞으로 익숙해져야 했다. 그는 정신력을 개방하여 책에 담긴 메시지를 습득하기 시작했다. 그렇게 긴 밤이 지나갔다.

다음날 그가 사제들과 아침 식사를 마친 후 차를 마시고 있을 때 그녀가 도착했다. 노노미야의 손에는 몇 가지 무기가 들려 있었다. 어지간히 준비해 온 모양이었다. 오크 사회에서의 스승과 제자는 그 진중함이 무거웠고 엄격했다.

노노미야는 그런 관계가 영 불편했는지 자신도 스캇에게 배울 것이 많다며 정식 사제지간이 되는 것이 아니라는 사실을 확실해 해뒀고, 그도 그다지 신경 쓰지 않았다.

"어디로 가는 겁니까?"

"앞으로 훈련장이 될 곳이요."

그들이 향한 곳은 신전 뒤뜰에서 이어진 공터였다. 도시는 산중턱의 몇몇 공터가 연결되어 만들어진 산악 지형이고, 신전은 그중 산맥을 등지고 붙어 있는 독특한 위치에 있었다. 그래서 올라가는 계단도 수백 개였지만 신전의 뒤편에는 같은 높이의 뒤뜰이 존재했다.

또 절벽을 깎아 만든 길을 따라가면 절벽 뒤에 작은 공터가 나오는 것이었다. 숲이 우거진 이곳은 신전에서 사용하는 우물이 있었고, 작은 텃밭이 있었다. 카라포엔이 작은 식물들을 가꾸며 여가를 즐기는 곳이기도 했다.

간편한 복장으로 올라온 둘은 공터의 적당한 곳에 자리를 잡았다.

"전 인간의 무예도 몇 가지 알고 있으니 오크의 무예와 직접 비교해 가며 알려 드릴게요. 역사상 최초로 인간에게 오크의 무예를 가르치는 역할을 맡아 가슴이 두근거리네요."

"저도 그렇습니다, 노노미야 양. 제가 역사상 최초로 오크의 무예를 배우는 인간이 되는 영광을 누리게 되었군요."

농담으로 상대할 기세가 아니었다. 스캇은 진지하게 수련에 임했고 그녀 역시 확실히 다른 면모를 보여주고 있었다.

"우선 간단하게 차이점을 설명해 드릴게요. 인간의 경우 정해진 자세를 기초로 반복 훈련을 하고, 정해진 기술을 반복

숙달하여 실전에서 본능에 반응해 같은 모양의 기술을 사용합니다. 한 가지 자세를 수만 번 숙달한 사람의 기술은 아무리 가벼운 것도 무시할 수 없어요."

"이해했습니다."

어려울 것이 없었다. 이 부분은 자신도 기본적으로 알고 있는 부분이었다. 이것은 현실이니까. 연습밖에 왕도가 없다.

"좋아요. 우리 오크들의 경우 몇 가지 기본자세를 배우고, 반대로 그것을 잊는 훈련을 합니다. 생각이 아닌 본능으로서 그때의 상황에 맞게 몸이 본능에 따라가는 형국입니다. 똑같은 공격을 받아도 똑같은 패턴으로 피하지 않습니다. 그것을 숙달하면서 실전에서의 행동 패턴을 최대한 늘리는 것이 오크 무예의 기본입니다."

스캇은 쉽게 이해할 수 있었다. 정해진 동작에 구애받지 않고 상황에 맞는 최적의 행동이 나올 수 있도록 본능을 가다듬는다. 그것이 오크 무예였다.

"예, 그런데 모든 오크 전사들이 무예를 배우게 됩니까?"

"인간도 천차만별이지요? 정규 훈련을 받은 병사, 전쟁터에서 검 한 자루 들고 굴러가며 배운 용병, 좋은 스승을 두고 배우는 귀족들, 다양하겠지요? 제가 가르치는 무예는 방금 알려 드린 예에서 좋은 스승에게 1:1로 배우는 경우라고 할 수 있겠네요. 이것은 한 명의 스승이 여러 명에게 알려주기 힘든 무예입니다. 특히 '길'을 알려주는 부분에 있어선 직접 대련을 해야만 하니까요."

"길?"

독특한 단어를 쓰고 있었다. 노노미야가 '길'이라는 단어를 말할 때의 그녀의 메시지가 사뭇 달랐다.

"차차 알려 드리겠지만 말보단 행동이 좋겠지요. 그런데 어느 무기로 배우시겠어요? 제가 알려 드릴 무예는 직접 타격을 하는 무기는 무엇이든 큰 차이가 없습니다. 오크 무예의 장점이지요."

그의 앞에는 검을 비롯한 각종 무기들이 있었다. 도끼, 창, 폴암, 메이스, 플레일, 배틀 스태프… 많이도 들고 왔다. 그는 그중에서 가장 날이 없고 뭉툭하게 생긴 배틀 스태프를 골라 잡았다.

"특이하네요."

"개인적으로 뭔가 베는 것을 싫어해서……."

취향은 여전했다. 그는 날이 달린 무기는 죽었다 깨나도 싫었다.

"좋아요. 전 맨손으로 하지요. '길'을 설명하기엔 이게 제일 편하니까."

그녀는 다른 무기들을 한쪽으로 치워놨다. 그 후 그녀가 달려들기 위한 자세를 잡자 스캇도 허리를 낮추며 스태프를 세로로 막아 세웠다. 어디서 본 것은 있어서 비슷하게 흉내는 낼 줄 알았다.

"좌상, 발차기."

순식간에 그의 앞으로 다가온 노노미야는 미리 위치를 이야기한 뒤 하이 킥을 올려쳤다. 목소리와 함께 메시지로 공격 방향을 예측한 스캇은 스태프를 꺾어서 그녀의 공격을 막았다.

"반응이 빠르네요. 우상, 발차기."

이번에도 미리 메시지로 읽을 수 있었다. 하지만 먼저 공격에 나섰던 오른발이 땅에 닿기 전에 공중에서 왼발의 공격이 이어진 것이었다. 그가 예상한 것보다 훨씬 빠르게 공격이 들어왔고 그가 어렵게 막자마자 그녀의 다음 행동이 이어졌다.

"우하, 발차기."

막을 수 없었다. 방향을 알지만 막는 것 자체가 불가능했다. 방금 공격을 했던 발이 제 위치로 돌아오는 것이 아니라 그대로 반원을 그리며 그의 다리를 걸어찬 것이다.

"크으!"

그는 쓰러진 뒤 다시 자리에서 일어났다. 분명 그녀 딴에는 살살 했겠지만 아팠다. 많이 아팠다.

"제가 방금 한 공격을 그대로 다시 하지요. 그 대신 말은 하지 않고 동작들은 바로바로 이어질 겁니다. 실전처럼 빠르게 하지는 않겠지만 막을 수 있을까요?"

스캇은 자세를 바로잡는 것으로 대답을 대신했다. 그녀는 천천히 앞으로 걸어왔고 기합과 함께 공격을 시작했다.

"갑니다!"

빠르지 않았다. 분명 막아낼 수 있다고 생각했는데 그는 첫 번째의 공격을 막은 이후 정신없이 모든 공격을 맞고 쓰러져 버렸다. 스캇은 누운 상태로 잠시 하늘을 바라봤다.

'너무 아프다…….'

"간단하게 설명할게요. '길'이라는 것은 공격과 공격, 방어와 공격을 연결하는 연속 공격입니다. 단순히 기술과 기술을 이어서 쓰는 초식 같은 것이 아니라 본능과 신체 기능을 극한으로 훈련한 뒤 얻을 수 있는 진짜배기 기술이에요."

"오락실에서 보던 10단 콤보 같은 것인가……."

스캇은 자신이 오래전 오락실에서 봐왔던 연속 기술들을 떠올렸다. 하지만 노노미야가 말하는 것은 조금 다른 개념이었다.

"예? 10단 연속 기술 같은 게 있나요? 그런 것하곤 달라요. '길'은 정해진 루트가 있는 것이 아니라 그때의 상황에 맞게 자신의 감각이 알려주는 거예요. 음… 예를 들면 실전에서 제가 상대에게 방금과 같은 하이 킥을 날렸을 때 그 순간 저의 눈에 몇 개의 길이 보여요. 아, 어디에 무엇으로 공격하면 되겠구나. 상대의 반응이나 실력에 따라 다른 길들이 생기고, 또 사라지는 거예요."

스캇은 자리에서 일어났다. 분명 말은 되지만 그것이 어째서 기술이 되는지 잘 이해가 가진 않았다. 그런 거라면 무기를 다루는 누구라도 알고 있는 것 아닌가? 실전에서 다들 그런 식의 전투를 하지 않는가?

"다른 무예도 마찬가지 아닙니까?"

"물론 숙련된 전사들은 인간과 오크를 가리지 않고 누구나 자신의 '길'을 가지고 있지요. 하지만 기술의 반복 습득으로 정확성을 가지고 있는 인간의 무예는 본능이나 감각, 전투 센스가 상대적으로 떨어져요. 어느 쪽이 우위에 있다는 것이 아니라 상대적인 단점과 장점을 이야기하는 거죠. 그래서 오크의 무예는 신체 조건과 타고난 센스가 뛰어나지 않으면 오랜 시간 수련을 거쳐도 높은 경지에 이르기 힘들어요. 특히 무기를 다루는 기술보다 자신의 몸을 다루는 기술을 중요시하지요."

스캇은 인간과 오크의 차이에 어느 정도 개념이 잡혔다. 하지만 몸을 다루는 기술이라는 말이 잘 이해가 가지 않았다.

"몸?"

"탄력, 유연성, 근력. 속도를 중시하든 힘을 중시하든, 아니면 타이밍을 중요시하든 간에 중요한 것은 그 모든 기술이 자신의 '근육'에서 나온다는 거예요."

그녀는 말을 마친 후 자신의 발을 휘두르며 허공을 공격하기 시작했다. 그녀의 발끝은 물 흐르듯 이어지기도 하고, 삼각형을 그리며 변칙적인 루트를 거치기도 했다. 중요한 것은 스캇의 눈으로 따라가기 힘들 정도로 빠르고 거친 몸놀림이라는 것이다. 그는 입을 다물 수 없었다.

"어때요? 신체 조건을 극한으로 끌어올린 뒤 배워야 순서가 맞지만 일단 맛보기용으로 보여 드렸어요. 이외에도 관절기, 강격, 연충, 선파 등의 기술이 있어요. 상대의 움직임을 보고 뼈와 근육의 위치를 읽을 수 있게 되면 최소의 공격으로 최고의 효과를 거둘 수 있구요. 힘의 발산을 어디서 시작해서 어디에 타격점을 집중하는가에 따라 몇 배의 데미지를 줄 수도 있어요. 인간의 무예가 무기를 중심으로 이루어져 있다면 오크의 무예는 자신의 몸을 중심으로 이루어져 있어요."

그녀의 설명은 어렵지 않았다. 중점으로 하는 방향은 달랐지만 결과는 같다. 강함이나. 검을 들고 강함을 추구하는 것과 신체를 가지고 강함을 추구하는 것은 과정이 다를 뿐이다. 그는 고개를 끄덕였다.

"자, 본격적인 수련을 해야겠지요. 당분간 다른 것은 배우지 않고 감각과 센스를 기르고 근육을 키우는 훈련을 하게 될 겁니다. 선생님의 말라비틀어진 몸을 보세요. 불쌍하지 않나요?"

여자에게 그런 소리를 듣다니. 스캇은 은근히 낙담했다. 자신의 몸은 실제로 빈약했다. 뭐 하도 고생을 많이 해서 그런 거라고 스스로 위안을 삼아봤지만 눈앞에 있는 노노미야의 몸매는 지나칠 정도로 완벽했다.

과격하게 붙은 근육이 아닌 탄력과 근력을 위해 딱 적당히 붙어 있는 근육. 그녀는 바라쿠의 자랑대로 완벽한 바디 밸런스를 가지고 있었다.

"인간의 몸과 오크의 몸이 유사하긴 하지만 같은 방법이 효과가 있을지 모르겠네요. 보통 인간은 근육을 만들 때 어떻게 하지요?"

"음… 그러니까……."

스캇은 자신이 알고 있는 방법을 설명했다. 물론 예전 세계에서 상식으로 알고 있던 헬스 트레이닝에 관한 것이었다. 근육을 혹사시킨 뒤 지속적인 수면과 훈련의 반복으로 초회복을 노리는 전형적인 '몸짱' 빌드였다. 스캇은 그것 말고는 아는 것이 없었다.

"음, 비효율적이고 느린 방법이네요. 역시 오크의 방법이 더 좋을 것 같아요."

"어떻게 하는 겁니까?"

더 효율적이고 빠른 방법이 있다는 말에 스캇의 눈이 빛났다. 자신도 이제 오크들과 같은 단단하고 아름다운 몸을 가질 수 있다는 희망이 담긴 표정이었다.

"간단해요. 우선 제가 식단을 짜드리겠어요. 전사들이 즐겨 먹는 보양식이지요. 그리고 저와 함께 하루 종일 대련을 하시면 돼요."

미심쩍었다. 너무나도 미심쩍었다. 스캇은 주저하지 않고 궁금한 것을 물었다.

"대련만으로 몸이 좋아집니까?"

"좀 상세하게 말하면 긴장하실 것 같아서… 뭐 어차피 알게 되겠지요. 저한테 맞고, 도망 다니고, 생사의 경계를 오가면 돼요."

"……"

지금 그는 맹수 앞에 선 토끼 한 마리였다. 피할 길이 없었다. 분명 그녀의 말은 일리가 있었다. 잘 먹고 잘 맞는 것만큼 빠른 효과를 보는 것이 없으리라. 그런데 생사의 경계라니, 얼마나 몰아붙일 생각인 걸까.

"물론 기술의 강도는 제가 임의로 판단합니다. 오크의 무예도 인간의 무예와 마찬가지로 끈기와 노력만이 결실을 맺을 수 있다는 것을 잊지 마세요. 어떤 것을 배웠냐가 중요한 것이 아니라 얼마나 열심히 했는가가 중요합니다. 전 정말로 선생님이 강해질 수 있도록 최선의 노력을 다할 겁니다."

그녀의 눈빛이 타오르고 있는 듯했다. 전사의 혼에 불을 붙였으니 스캇은 이제 뒤로 물러날 곳도 없다. 그래, 죽어라고 노력해야 했다. 스캇은 이미 자신의 약함 때문에 많은 아픔을 겪지 않았는가.

기연이라면 기연이요, 스승이라면 스승이었다.

"좋습니다. 지금이라도 시작합시다."

"좋은 기백이에요. 오라버님에게 선생님에게서 본받을 것이 많다고 들었는데 저 역시 기대되는군요."

눈앞에 서 있는 인간은 솔직하게 두려워하면서도 상황을 피하진 않았다. 확신을 가진 후의 그 당당함은 이 도시 제1의 전사에게도 좋은 귀감이 되었다. 스캇은 올 테면 와보라는 표정을 하고 있었다.

"아무쪼록 사정을 봐주지 말고 최대한 아슬아슬하게 부탁합니다. 이래 봬도 맞는 일은 도가 텄으니까."

"그렇게까지 말씀하시니 최선을 다하겠습니다."

그리고 그들의 본격적인 훈련이 시작되었다. 그녀의 빠른 발차기가 스캇의 어깨를 걷어찼다.

"잠깐, 잠깐! 이거 너무하는 거……."

그의 말이 채 끝나기도 전에 노노미야의 공격이 이어졌다. 스캇은 계속 정신없이 얻어맞으며 뒤로 물러났다.

"제 공격이 들어가는 중에 말을 할 수 있을 거라 생각하지 마세요! 모든 정신을 반응과 감각에 쏟아 붓는 겁니다!"

그리고 다시 그들의 본격적인 훈련이 시작되었다. 스캇은 그날 내내 노노미야에게 얻어터졌다. 전투에 관한 경험이 거의 없다시피 했던 그에게는 쉴 틈 없는 상황이라는 것이 이렇게 격한 것인지 몰랐다. 순간적인 여유와 훈련이라는 안도감은 성장을 방해하는 것일 뿐임을 그녀는 잘 알고 있었다.

생사의 경계라는 것은 몸이 느끼는 것이 아니라 본능이 먼저 느끼는 것이었다. 살기를 잘 이용할 줄 아는 노노미야는 스캇의 감각을 일깨우기 위해 조금의 사정도 두지 않았다.

"오늘은 그만 하게나."

"예, 대변자님!"

노노미야는 밝은 목소리로 대답했다. 훈련은 저녁때까지 계속되었고 식사할 때가 이르러서야 카라포엔이 그들을 데리러 왔다.

"이 친구, 험하게 당했군."

"하아… 하아……."

카라포엔은 스캇의 얼굴을 알아볼 수도 없었다. 스캇은 결국 노노미야의 부축을 받으며 신전으로 돌아왔다.

"괜찮으세요? 제가 너무 심하게 한 건 아닌지……."

'능력이 아니었으면 난 오늘 죽었겠지.'

고개를 끄덕이며 괜찮다는 표시를 했지만 그의 입은 말도 제대로 할 수 없었다. 그는 자신의 아픔과 관계없이 훈련 중 중요한 것을 깨달았다. 그의 능력은 반응과 감각에 있어선 탁월할 정도로 좋은 재능이라 할 수 있었다.

다만 지금까지는 메시지를 머리로 인지한 다음 머리에서 다시 몸으로 의사를 전달했다. 그 정도의 속도로는 일반인과 큰 차이가 나지 않았다. 느껴지는 메시지를 바로 몸으로 반응해야 했다.

메시지를 제 육감으로 인지할 수 있다면 누구보다 빠른 반응을 보일 수 있을 것이었다. 그는 단 하루 맞았지만 그것만으로도 많은 것을 얻을 수 있었다.

"신체 능력에 비해서 반응 속도가 터무니없이 빠르시던데요. 그것도 선생님의 능력 중 하나인가요?"

"예. 노노미야 양이 어디를 공격하려고 하는지 의지를 발산하면 그것을 느낄 수 있습니다. 몸이 따라가지 못해서 그렇지요."

신전에 도착해서야 간신히 말문을 튼 스캇은 자신의 능력을 설명했다.

"그건 대단한 능력이에요. 선생님의 능력이야말로 오크의 무예와 딱 맞아떨어지는 조건이겠군요."

노노미야는 마음을 숨기지 않고 진심으로 스캇을 칭찬했다. 그녀의 말대로 스캇의 능력은 전사에게 필요한 최고의 소질을 한 가지 충족시키고 있었다. 옆에서 그들을 지켜보고 있던 카라포엔이 스캇에게 말했다.

"음… 그건 그렇고 말일세. 자네 능력에 대해서 자세히 말해줄 수 있겠나? 힘들면 말하지 않아도 괜찮다네."

"아닙니다, 카라포엔님. 제 능력은 '완벽한 의사 지각'이라는 이름을 가지고 있습니다."

그는 천천히 이야기를 시작했다. 자신이 능력을 얻게 된 계기부터 이 능력으로 해온 일들과 효과를 하나하나 설명했다. 감응이나 은신 같은 정형화된 기술을 비롯하여 대지의 의지를 발산하거나 다른 메시지를 복제하는 것까지 설명하기에는 시간이 보통 오래 걸리는 것이 아니었다.

그들은 식사를 마친 후에도 늦은 밤까지 이야기를 계속 나눴고 스캇이 가지고 있는 기술에 대해서 비로소 이해할 수 있었다.

"흥미롭군. 무엇보다 언어나 글을 바로 이해할 수 있다는 것이 너무나 부럽구먼. 그런데 자네는 몇 개의 능력은 정형화시킬 정도로 잘 발전시켰으면서 아직 그 능력의 무한한 발전성에 대해서 잘 알지 못하는 것 같군."

"발전성 말입니까? 전 그저 지금의 능력으로도 충분히 노력했다고 생각하고 있었습니다만……."

그가 나쁜 마음을 먹었다면 도박이나 정치에 이용하는 것도 가능했을 것이다, 마치 켈리처럼. 하지만 정작 본인은 자신의 능력을 활용할 생각을 하지 않고 있었다. 카라포엔이 지적한 것은 바로 그런 부분이었다.

"예를 들어보겠네. 자네는 신체의 일부분에 다른 메시지를 복제하는 것이 가능하다고 했네. 바람의 기운을 실어 달리는 속도를 늘리는 것이 그 예지. 그렇다면 그 바람의 기운을 손이나 온몸에 담아 실전에서 사용한다면 어떨까? 아니면 불이나 강철의 기운을 복제한다면 어떨까? 내가 본인이 아니라서 시험은 못하겠네만……."

"선생님, 이런 건 어때요? 메시지를 다른 이에게 전달하는 것이 가능하다고 했으니 적에게 자신이 공격할 방향과는 다른 방향을 공격한다는 메시지를 보내는 거예요. 혹은 공격 자체를 은신시킬 수도 있지 않아요?"

"음……."

스캇은 아무 말 없이 생각에 빠졌다. 그의 우울해 보이는 표정을 본 카라포엔과 노노미야는 그들의 예상이 빗나갔다고 생각했다.

"역시 안 되는가 보군."

"선생님이 그 정도도 안 해봤을 리 없지요."

스캇은 머리를 긁적이며 대답했다.

"아뇨. 전 시도할 생각도 못해봤던 거라서 좀 놀란 겁니다."

잠시 정적이 흘렀다. 카라포엔은 멋쩍은 듯 웃음을 흘렸고, 노노미야는 어색한 표정을 지었다. 그는 자신의 능력을 전투에 이용할 생각은 조금도 하지 못했던 것이다. 물론 그의 생활이 싸움과는 거리가 멀었기 때문이다.

"그렇다면 나 역시 자네의 훈련을 도와주지. 나는 자네의 능력에 관심이 많다네. 내가 자네의 능력을 연구해서 더 낳은 기술로 발전시켰으면 하네만, 어떻게 생각하는가?"

"저야 물론 송구스러울 뿐입니다. 못난 사람이라 능력이 있어도 어떻게 사용해야 할지 몰라 이렇게 썩혀둔 것이 부끄럽습니다."

스캇은 진심으로 부끄러워했고, 또한 진심으로 감사하고 있었다. 이 도시에서 가장 연로하며 많은 업무와 책임감을 지고 있는 카라포엔이지만, 그는 언제나 스캇에게 지원을 아끼지 않았다.

"선생님, 저도 도와드릴게요. 하루 종일 수련을 해야겠지만 밤늦게까지 남아서라도 참여할게요."

"고맙습니다, 노노미야 양. 다들 저 같은 사람에게 너무 과분한 도움을 주시는군요."

카라포엔과 노노미야는 이미 스캇의 진심에 매료되어 있었다. 그가 목표로 하는 길이 궁금하기도 했고 할 수 있다면 얼마든지 도움이 되어주고 싶었다. 그리고 언젠가 스캇이 이 도시와 오크들을 위해 무언가 커다란 일을 해내고 말 거라는 확신도 가지고 있었다.

그가 오크들의 마음을 알아준 것처럼 그들 역시 스캇의 노력에 도움이 되고 싶었다.

그날 이후로 스캇의 일상은 무척이나 바빠졌다. 해가 뜰 때부터 질 때까지는 노노미야와의 수련을 거치며 맞는 훈련을 했고, 도망 다니다 또 맞았다. 그리고 식사는 평소 하던 양보다 몇 배나 더 먹게 되었다.

몸에서 원하는 에너지의 양이 그렇게나 많이 필요했다. 때때로 야간 수업을 하기도 했지만 보통은 저녁 식사를 마친 후 카라포엔과 능력에 관한 실습을 했다.

카라포엔은 시간이 날 때마다 고대 서적이나 문헌을 참고

하며 스캇의 능력을 활용할 방법을 연구했다. 고대 유적의 보고라 불리는 '북유적'과도 가까운 곳이었기에 고대 문헌의 양은 베른보다 훨씬 방대했다.

모두 잠드는 밤이 되면 그는 누운 채로 죽은 듯 휴식을 취했다. 그렇게 몸은 쉬면서도 정신으로는 카라포엔과 노노미야가 만들어준 이미지 트레이닝을 했다.

스스로의 메시지를 구체화시키고 또 그것을 빠르게 변화시키는 훈련이었다. 메시지를 보다 신속하게 관리하는 것은 실전에서 많은 용도로 쓰일 수 있었다.

바라쿠도 곧잘 스캇의 훈련을 도왔다. 그가 올 때면 오누이가 함께 숲 속을 달리며 황운을 죽기 직전까지 몰아붙였다. 그것은 어지간한 사람이 아니고서야 제정신으로 이해하기 힘든 일이었다.

오크 족 최고의 전사라 불리는 둘의 합공은 스캇에겐 훈련이고 뭐고 다 때려치우고 싶을 정도로 힘들고 고통스러운 일이었다. 하지만 저녁 식사 시간이 되면 그들은 환한 미소를 지으며 당일의 성과를 칭찬했고 그는 또다시 그것을 위안 삼으며 고통스러운 밤을 보냈다.

노노미야도 할 일이 없어서 스캇을 도와주는 것은 아니었다. 원래 그녀는 도시의 식량난을 해결하는 사냥꾼 무리의 리더였다. 하지만 스캇을 가르친 후론 자신이 없어도 될 만한 평범한 사냥에는 거의 나서지 않았다.

그러나 가끔씩 대형 사냥을 나설 때면 노노미야가 직접 나서야 했다. 그런 날은 스캇의 휴일이라고 할 수 있었다. 스캇은 쉬는 날 도시를 돌아다니며 시민들과 이야기를 나누고 도시의 아이들과 놀았다.

그는 자신이 할 수 있는 것과 알고 있는 것으로 항상 시민들을 돕고자 했고 그래서 선생님이라 불리며 많은 이들의 존경을 받기 시작했다. 그럴 때마다 스캇은 자신의 이름 뜻을 이야기하며 스스로를 낮췄고 항상 겸손의 미덕을 보였다.

그의 존재는 점점 도시 안에서 무게를 더해가고 있었다.

『개들의 왕』 2권에 계속…

FANTASTIC
ORIENTAL
HEROES

무한 상상 · 공상 세계, 청어람 신무협&판타지

「표사」, 「소환전기」를 뛰어넘는
참신한 재미와 쾌감을 선사한다!

청바지와 박스티 같은 무협 소설!
쉽고 재미있는, 편한 무협을 즐겨라!

『잠룡전설』
(潛龍傳說)

잠룡전설(潛龍傳說) / 황규영 지음

"주유성?
영웅이지. 하늘이 내린 사람이야.
그 사람 게으르다고?
에이, 난 그런 소문 안 믿어.
게으름뱅이가 어떻게 그런 엄청난 일들을 해?"

강호에 내린 희대의 겁난.
하늘은 엄청 센 놈을 영웅이랍시고 내린다.
하지만…….
젠장! 엄청난 게으름뱅이다!!

무한 상상 · 공상 세계, 청어람 신무협&판타지

『한백무림서』11가지 중『무당마검』,『화산질풍검』을 잇는 세 번째 이야기『천잠비룡포』의 등장!!

천잠비룡포(天蠶飛龍袍) / 한백림 지음

천상천하 유아독존!!
새로운 무림 최강 전설의 탄생!!

『천잠비룡포』
(天蠶飛龍袍)

천잠비룡황, 달리 비룡제라 불리는 남자.

그는 누군가의 명령을 받고 움직이는 남자가 아니다.
그는 자신의 적을 앞에 두고 물러나는 남자가 아니다.
그는 자신의 이름 안에 있는 자들의 원한을 결코 잊는 남자가 아니다.

그 누구보다도 결정적이고 파괴력있는 면모를 지닌 남자.
황(皇)이며, 제(帝). 그것은 아무나 지닐 수 있는 칭호가 아니다.
그는 제천의 이름으로도 제어할 수가 없는 남자였다.

무적의 갑주를 몸에 두르고
가로막은 자에게 광극의 진가를 보여준다.

청어람 판타지의 재도약!!

2006년 7월 개봉 예정인 영화 다세포 소녀의
인터넷 원작 만화 전격 출간 결정!
300만 다세포 폐인을 열광시킨 상식을 뒤엎는 엉뚱한 만화 세계!!

다세포 소녀

'다세포 소녀'는 인터넷에서 300만 명의 '다세포 폐인'을 양산한 인기만화다.
'무쓸모 고등학교'를 배경으로, '또사시한' 순정만화 주인공 같은 외모의 남녀 고교생들이 펼치는 엽기적이고 황당한 내용과 성(性)에 관한 발칙한 상상력을 보여주면서 네티즌들로부터 폭발적인 반응을 얻고 있다.
"제 또래들과 함께 나누고 싶은 성, 사회 문제 등을 짚어보고 싶었다"는 작가의 변에서 볼 수 있듯 만화 속 이야기의 절반가량은 주변에서 전해 들은 '실화'를 참고했다. 작품에서 보여지는 비꼬는 패러디와 냉소적인 유머에서 삶에 대한 진지한 성찰이 엿보이는 것은 그 때문이 아닐까!

외눈박이의 일기
오늘 영어 선생님이 성병으로 결근하셔서 담임 선생님이 내신 수업을 하셨다. 담임 선생님은 "뭐, 원조교제 하다 보면 그럴 수도 있으니 이해하라"고 말씀하시더니 여자 반장한테도 병원에 가보라고 하셨다. 반장은 눈물을 글썽이며 외쳤다. "너무해요! 선생님! 전 원조교제 같은 건 안 했어요!" 그러나 매독이라는 담임 선생님의 말을 듣곤 벌떡 일어나 후다닥 짐을 챙겼다. 그러더니 남자 부반장 면상에 욕과 함께 주먹을 날렸다. 부반장은 "습진인 줄 알았다"고 변명했다. 그걸 본 다른 아이들도 병원에 간다며 서둘러 교실 밖으로 나갔다. 결국 교실엔… '제… 젠길! 나만 남았다. 그래, 나만 숫총각이다. 제기랄!' 담임 선생님은 자책하지 말라며 "세상은 용모로 살아가는 게 아니잖아"라며 화를 돋우셨다. "뭐라구요? 지금 놀리시는 겁니까? 선생님! 그래! 나 외눈박이다! 그래서 한번도 못해봤다! 크아악!"

장대한 역사의 영고성쇠 속에서 태어난 실천적 지혜의 핵심!

군주는 현명하지 않아도 현인에게 명령을 하고, 무지해도 지식인의 기둥이 될 수 있다.
신하는 일의 수고를 더하고, 군주는 일의 성공을 칭찬하면 된다.
그 일만으로도 군주는
지혜롭다는 평가를 받을 수 있다.

한 권으로
끝나는
중국 고전 시리즈

한 권으로 끝내는
중국 고전 일일일언
■ 모리야 히로시 지음 / 계 일 옮김 | 값 12,000원

자신도 모르는 사이에 인생의 시계(視界)가 넓어지고,
인간관계의 폭이 넓어졌다면 본 서의 내용을 적어도 반
이상은 이해한 것이다. 삶을 윤택하게, 보다 지혜롭게
살고 싶어하는 모든 사람들에게 이 책을 권한다.

한 권으로 끝내는
노자의 인간학
■ 모리야 히로시 지음 / 장선연 옮김 | 값 12,000원

오늘날 사회적 혼란보다 더 큰 문제는 우리의 심신 모두
가 너무나 약해져 있다는 점이다.
당장 힘들다고 쉽게 약해져 버리는 모습을 많이 볼 수
있다. 이렇게 되면 이토록 삼엄한 현실 속에서 살아남기
힘들다. 그래서 『노자』다.

한권으로 끝내는
중국 재상 열전
■ 모리야 히로시 지음 / 김현영 옮김 | 값 12,000원

중국의 방대한 정치 비결이 축적된 역사책은
정치에 뜻을 둔 사람은 물론이고 조직 안에서
고군분투하는 여러분에게 시대에 따라 변하지 않는
정치의 요체를 알려줌으로써 '정치' 뿐 아니라
널리 조직을 운영하는 데 큰 도움을 줄 것이다.

잘나가고 싶은 사람은 읽어라!

**그에게 한눈에 반했다! 그것은 분위기 탓?
애인과 나란히 걸어갈 때 당신은 좌, 우 어느 쪽에 서는가?
이성은 왜 서로 끌리는 걸까? 그 심층 심리를 해명한다!**

30초의 심리학

■ **30초의 심리학**
아사노 하치로우 지음 / 계일 옮김 | 값 8,500원

처음 본 사람인데 왜 닮은 느낌이
너무나도 강렬한 사람이 있다.
흔히 하는 말로 '필이 꽂힌 사람',
그래서 잊혀지지 않는 사람,
한눈에 반했다고 하는 것이 바로 그것이다.
이런 인간의 감정을 논하는 데
남녀의 구분이 있을 수 없다.
사랑하는 그, 혹은 그녀를
생각하는 것만으로도 가슴이 두근거린다.
이상할 것 없다. 당연히 그럴 수 있는 것이다.
그렇기에 인간을 감정의 동물이라 하지 않는가.
그러나 그렇게 좋아하는 그 사람이
어느 날 갑자기 싫어지는 경우는 왜일까?

Psychology